焼き天ぷら

料理人季蔵捕物控

和田はつ子

時代小説文庫

角川春樹事務所

目次

主な登場人物

季蔵《としぞう》　日本橋木原店「塩梅屋《あんばいや》」の主。元武士。裏の稼業は隠れ者（密偵）。

三吉《さんきち》　「塩梅屋」の下働き。菓子作りが大好き。

瑠璃《るり》　季蔵の元許嫁。心に病を抱えている。

おき玖《く》　「塩梅屋」初代の一人娘。南町奉行所同心の伊沢蔵之進《いざわくらのしん》と夫婦に。一児の母。

烏谷椋十郎《からすだにりょうじゅうろう》　北町奉行。季蔵の裏稼業の上司。

お涼《りょう》　烏谷椋十郎の内妻。元辰巳《たつみ》芸者。瑠璃の世話をしている。

豪助《ごうすけ》　船頭。漬物茶屋みよしの女将おしんと夫婦。

田端宗太郎《たばたそうたろう》　北町奉行所定町廻り同心。岡っ引きの松次と行動を共にしている。

松次《まつじ》　岡っ引き。北町奉行所定町廻り同心田端宗太郎の配下。

長崎屋五平《ながさきやごへい》　市中屈指の廻船問屋の主。元二つ目の噺家松風亭玉輔。

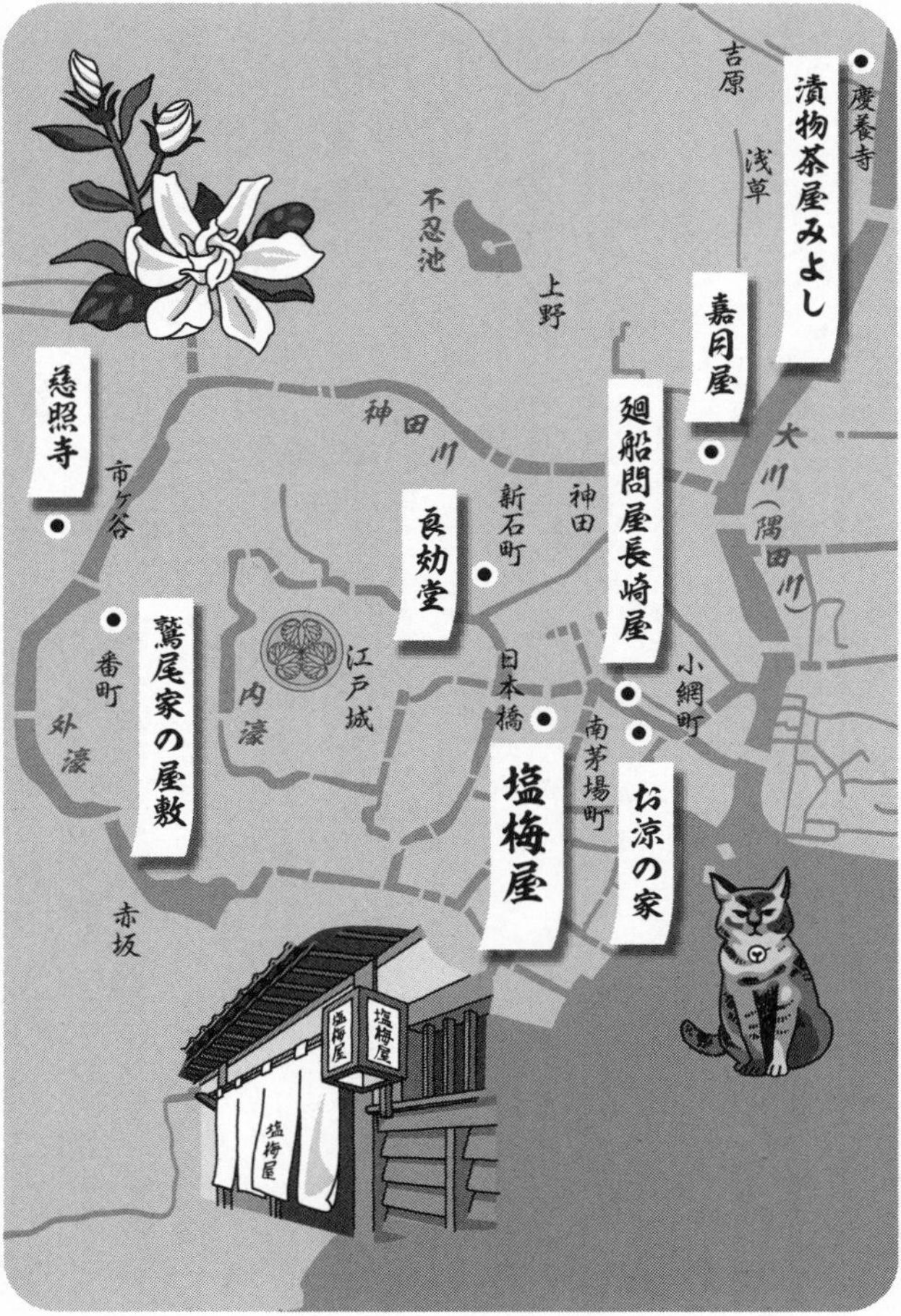

地図製作／コンポーズ　山﨑かおる

第一話　うれし菜飯

一

日本橋《にほんばし》は木原店《きはらだな》の塩梅屋《あんばいや》では暮れ六ツ（午後六時頃《ごろ》）には暖簾《のれん》がかけられ、行灯《あんどん》に灯《あか》りが点《とも》り、一膳飯屋《いちぜんめしや》ならではの時が過ぎていく。

「この年齢《とし》でよく生き延びられたと思うよ。こいつの可愛《かわい》さもひとしおだ」

履物屋の隠居喜平《きへい》は最初に供された小鉢を一箸《ひとはし》一箸、慈しむように口に運んでいた。

突き出しの小鉢はこごみのお浸《ひた》しである。

これはよく洗ったこごみをさっと茹《ゆ》でて、半分に切り、醤油《しょうゆ》、味醂《みりん》と和《あ》えて削り鰹節《かつおぶし》をふわりと載せて仕上げる。

山菜の一種である明るい緑色のこごみは草蘇鉄《くさそてつ》とも言い、くるくると渦巻き状に可愛らしく丸まっている。

「この様子が何とも言えないのさ」

細めた喜平の目は濡《ぬ》れていた。

昨年の末から弥生《やよい》半ば過ぎまで、江戸の町は何十年に一度という流行風邪《はやりかぜ》に見舞われて多くの者たちが命を落としていた。その中には喜平の遠縁の子どももいたのである。

「次はあんたの好物のサザエの壺焼《つぼや》きだよ」

大工の辰吉《たつきち》は喜平を励ますように言った。

——早くここで喜平さんと辰吉さんの喧嘩《けんか》の仲裁をするようになりたいものだ——

季蔵《としぞう》は江戸の海で獲《と》れる突起のほとんどないサザエを七輪で焼く準備をしていた。荒波にもまれて育ったサザエはごつごつと角が尖《とが》っているものなのだが、内海（江戸湊《えどみなと》）のものはほとんど角がない。角があった方がサザエらしく美味だという説は嘘《うそ》で角の有無は味には無関係であった。

「サザエはさ、触るとギュッと蓋《ふた》を閉じるのが活《い》きがいいんだよね」

盥《たらい》の中でサザエの汚れを洗い流していた三吉《さんきち》が季蔵の方を見た。

頷《うなず》いた季蔵は、

——こいつの家族も大変だった——

三吉のところでは家中が流行風邪に罹《かか》って籠《こも》り続けていたのである。そのせいで一時、夜の商いを止《や》め、粥《かゆ》や丼《どんぶり》ものだけを安値で朝から売り切れるまで賄《まかな》っていた、塩梅屋のお役目に加わることが三吉は出来なかった。その引け目もあるのか、このところ、

「おいら、大事な時に役に立たなかったんだから、これからは頑張らなきゃ」

が三吉の口癖であった。

「だから、おいら、このサザエも焼いてみたい」

願い出たが、

「まあ、今日のところは見て学んでくれ」

季蔵は首を縦に振らなかった。

サザエの壺焼きはサザエの口を上にして網にのせ、直火《じかび》に近くして焼く。サザエの蓋から汁が吹きこぼれてきたら、一息待って醤油を口から注ぐ。この後もう一度醤油混じりの汁が吹き上がってきたら出来上がりである。

これはサザエの汁が吹きこぼれてきてから、醤油を注ぐまでの一息待ちが結構肝である。醤油を注ぐと必ず身が締まるので、一息待ちが長すぎると、焼いたサザエの身が固くなりすぎるだけではなく、独特の風味さえ失われてしまう。

「おいら、焼きは得意なんだけどな」

三吉が唇を尖らしかけると、

「わたしはサザエの次が待ち遠しいですよ」

指物師の勝二《かつじ》が呟《つぶや》いた。勝二は生来場を読むことや人の気持ちの察しに長《た》けている。指物師の婿養子だった勝次は名人だった義父の死後、未熟だった技磨きに精進しつつ、ひとかどの苦労を重ね続けて家族を養ってきた。そして今は時折、こうしてなつかしさに誘われて顔を出す余裕もでてきていた。

「それならあれを一人でやってみろ」

焼き上がったサザエの壺焼きを供した季蔵は俎板《まないた》を見遣《みや》った。

「え、いいの？」

三吉は顔を輝かせた。

「おまえは魚捌《さかなさば》きだって得意じゃないか」

季蔵は笑顔を見せて、

「今日の造りは今朝豊漁で届けられたばかりのアコウダイの洗いだ」

赤魚《あこう》とも呼ばれる白身のアコウダイは鯛《たい》に舌触りや風味が似てはいるものの、断じて鯛の仲間ではない。

「さすがにもう、鯛には手が届かなくなりました」

流行風邪が蔓延《まんえん》していた当時、人の寄り合う宴《うたげ》や食中《しょくあた》りによる体力低下を懸念して、魚の生食は固く禁じられた。そのせいで最も高価なお造りにされる鯛の需要が減り、知り合いの漁師たちが只《ただ》同然で塩梅屋に置いていくこともあったのである。流行風邪禍《か》から脱した今はもう、元の高嶺《たかね》の花に戻ってしまっている。一方、何よりアコウダイは安い部類の魚であった。

三吉は真剣な表情でアコウダイを丁寧に下《おろ》し、薄いそぎ切りにして冷たい井戸水にさらして身を引き締めた。その後水気を切ると、一人前ずつ皿に並べて供した。わさび醤油ではなく酒、梅干し、昆布《こんぶ》、削った鰹節で作られる煎《い》り酒の入った小皿を添える。

「こりゃあ、豪勢だ」

とりわけ生魚好きの喜平は歓声を上げて箸を使うと、

「いいねえ、刺身じゃなしに洗いにしたのが憎いよ。脂が乗ってて風味もあって最高、刺身は特に美味《うま》い。だが食いすぎるとちょいと胃の腑《ふ》がもたれる。ところがこうして、洗いにして、脂や風味を抑えてくれると箸に任せて平らげられる。うれしいね」

初めて笑い顔になった。

「とんだ食い意地の張った爺《じじい》だよ、あんたは」

辰吉はすかさず言い放って喧嘩を売り、

「とにかく、気に入らないのは流行風邪の騒ぎがあってからというもの、嫁がわしの膳の中身を減らして出すことだ。倅《せがれ》に文句を言ったがとりあってくれなかった。何でもお上から年寄りの大食いは胃の腑を荒らしたり、腹を下しやすくなり、ひいては身体《からだ》の力が落ちて流行風邪に罹ってしまう、それゆえ、よろしくないという仰せが出たとかで――。流行風邪禍は終わったというのに中身はまだ減ったままなのさ」

憮然《ぶぜん》とした面持ちになった喜平は愚痴っぽく訴えた。

「お上の聞こえがめでたかったという昔の名医貝原益軒《かいばらえきけん》先生の『養生訓《ようじようくん》』にも、大食は戒《いまし》められているそうですから、息子さんたちは喜平さんの長生きを願ってのことに違いありません。それはそれとして有難《ありがた》く聞き入れ、ここの美味《おい》しい品々で減った分を取り戻したらいかがでしょう？」

勝二は穏やかに取りなすと、

「なるほど」

喜平は大きく頷き、

「うちのおちえの奴《やつ》ときたら痩《や》せ細ったままなんだよ。あの流行風邪は悪く後を引くっていうから、きっとおちえもまだ治りきっていねえんだろう。子どもたちはすっかりよくなってるんだがな」

話を変えた辰吉は急に泣き出しそうな顔になった。流行風邪禍の折、辰吉の家ではおちえも子どもたちもこれを患った。これを知った季蔵は日々、通ってくる辰吉に粥や丼を託し続けた。

「あの――」

喜平は話し出して次の言葉を止めた。あの――に続くのが〝褞袍《どてら》のような女房〟という言葉だったからである。

そもそも喜平と辰吉の喧嘩の種は常にこれであった。喜平は下駄職人としての腕こそよかったが、柳腰の美女と色香漂う素足に目がなかった。それが小女の腰巻の中を覗《のぞ》いたり、嫁の寝姿を盗み見る等の悪癖につながり、呆《あき》れ果てた息子に早目に隠居させられたという経緯があった。

辰吉の方は、大食い競べで知り合ったふくよかこの上ないおちえに一目《ひとめ》惚《ほ》れして所帯を持った。辰吉にとってこのおちえは永遠の恋女房なのだったが、ある時喜平はうっかり、「あれは女ではない、褞袍だ」と口に出してしまい、以来、辰吉は喜平を助平爺《すけべいじじい》と罵《ののし》り、二人は酒が入ると、殴り合いになるのではないかと周りをはらはらさせるのが常だった。今もおちえの話が出たとたん、この場に緊張が加わった。

――喜平さんが大病して、勝二さんが顔を出さないようになってからというもの、お酒に弱い辰吉さんが大酒を飲んで眉間《みけん》に青筋を立てることもなくなった。互いの元気を確かめるかのような、ちょうどいい具合の当てこすりとか小競り合いがなつかしい。それには縕袍は鬼門だ。喜平さんはよくその言葉を呑《の》み込んでくれたものだ――

季蔵が安堵《あんど》し、

「おちえさんならこの間、ひょっこり往来でお会いしました。前と変わりない元気な様子でしたが、たしかに多少は痩せられましたね。わたしも気になっておたずねしたら、理由はおちえさんが贔屓《ひいき》にしている役者の沢村市之丞《さわむらいちのじょう》でした。瓦版《かわらばん》の人気役者欄で市之丞が好きな女の見た目について応《こた》えていて、〝柳腰と大女の間〟とあったのだそうです。それでおちえさんはせっかく病で痩せたのだし、このまま痩せ続けていて、〝柳腰と大女の間〟を保とうとしているとのことでした。だから心配ありませんよ」

勝二は辰吉に微笑《ほほえ》みかけ、

「あ、それからこの洗い、最高です。刺身とは一味違う、身がしまってこりこりとした独特の歯ごたえが何ともいえません。すっかり腕を上げましたね」

三吉を褒《ほ》めることも忘れなかった。

二

そこで、そうだ、そうだとばかりに何度も頷いた喜平は、

「それにしても夏料理の洗いを今の時季からとは、まあ、贅沢《ぜいたく》中の贅沢さね。口の中で魚の身がちりっちりっと弾んでくれる。そういやあ、ここの先代の長次郎《ちょうじろう》さんが洗いの秘訣《ひけつ》は身を洗う時の水の冷え加減やかける時で、それで魚の身の風味や食味を変えられるなんていう話をしてたな」

あえて洗いの蘊蓄《うんちく》話を長く続けた。

「洗いに使われる魚は鱸《すずき》、鮃《ひらめ》、鯛等の白身魚の他に鯉《こい》、鮒《ふな》などの川魚です。各々の魚によって洗いのコツが異なりますが、どんな魚の洗いでも各々工夫できて、最も美味しく召し上がっていただける時季は今なのです。鍋《なべ》が恋しい冬場に涼し気な洗いは時季違いでしょうし、暑すぎる夏場は氷でも使えれば別ですが、冷たい井戸の水使いでは身の締まりが今ほどではないのです」

季蔵は苦笑まじりに話した。今の時季、氷は加賀《かが》の前田《まえだ》家が毎年将軍家に献上する、しごく貴重な物であった。

「なるほどねえ」

喜平一人はまた頷いたものの、

――喜平さんに乗って話の流れを変えたつもりだったが――

辰吉は押し黙り、勝二は困った表情になっていた。

——季蔵さん、わたし、余計なことを言ってしまいました。何とかなりませんか？——

訴えている勝二の目に、

——これで何とかなるとは限らないのでしょうが——

季蔵は飯物に取り掛かった。〆《しめ》は菜飯と決めている。菜飯は青物が乏しくなる冬場に蕪《かぶ》や大根の葉、春菊、小松菜等を用いて作られることが多い。けれどもあのような大禍のあった後はことさら、春の訪れと命を示す菜の緑がうれしく貴重に思われた。天秤棒《てんびんぼう》を担いで売り歩く馴染《なじ》みの青物屋が塩梅屋の前を通りかかった時、

「見事な夏大根ですね。葉もたっぷりとふさふさだ」

季蔵が見惚《みと》れると、

「見込んでくれたのかい？　だったら言い値でいい。実は売れ残っちまってたんだ」

捨て値で夏大根を売ってくれた。

まずは夏大根の葉と茎を首から切り離し、丹念に洗い清めて泥を落とし束ねておく。鍋に湯を沸かしこれを茹でる。茹ですぎると色が鮮やかに仕上がらない。

茹でた葉と茎を軽く絞って小指の先ほどの長さに切り揃《そろ》える。これを鉢に取って塩をぱらぱらと振りかけて混ぜ合わせる。百八十ほど数える間そのままにしてしっかりと味をつける。塩味を馴染ませたら葉と茎に残った水気をぎゅっときつくしぼっておく。

飯は茹でた葉と茎に塩味が馴染む頃仕上がるように炊き上げる。炊き立ての飯に塩味が

馴染んだ葉と茎を入れて混ぜ合わせる。全体が混ざったら飯茶碗《めしぢゃわん》に盛りつけて炒《い》った白胡《しろご》麻《ま》を振りかけて供す。

すでにこれに付け合わせる夏大根の和え物は拵《こしら》えてあった。これはまず夏大根の白くて太い根を小指の半分ほどに薄く薄く切り揃え、軽く塩をかけてしんなりさせておく。胡瓜《きゅうり》は細切りに、蒲鉾《かまぼこ》は細かく裂《さ》く。夏大根の水分をぎゅっと絞り、胡瓜と蒲鉾と合わせて煎り酒と砂糖で調味する。

「さあ、夏大根の菜飯と和え物です」

季蔵は勧めた。

「夏大根の菜飯と和え物なんて、こりゃ、またおつじゃないか。このところ、おつなんて言葉、俺《おれ》はすっかり忘れてたぜ」

喜平は感じたままを口にし、

「食い物で時季を先取りできるってのは幸せだよ。人がばたばた逝って、こちとらも明日をもしれねえちょいと前までは、時季なんてもんまでも死んじまったみてえでさ、先取りも何もあったもんじゃなかった」

急に多弁になった辰吉は目を瞬《しばた》きかけて、

「いいねえ、この菜飯、夏大根の葉だからそこそこ辛みがあってさ」

声を掠《かす》れさせた。

「和え物も辛さと甘さが程よくて。和え物は余裕の旨《うま》さですね」

勝二もまた、自分たち家族がよくぞ生き残ったものだと実感したのか、目を潤ませていた。

そんなこんなで時が過ぎ、三人は腰を上げた。季蔵は夏大根の菜飯と長次郎直伝の厚焼き玉子を詰めた折を手土産《てみやげ》に渡した。

「あの世のとっつぁんも皆さんとご家族がお元気で、さぞかし安堵していると思います」

季蔵の言葉に、

「ここの厚焼き玉子におちえは目がねえんだ。あいつの喜ぶ顔が見られる」

辰吉は勝二の言葉など聞かなかったかのように満面を笑みで埋《うず》め、

「うちの強気な嫁もこれが好きでな。一度持ち帰って食わせた後、何度か真似《まね》て作っていたようだが、真似られないと兜《かぶと》を脱いでいる」

喜平はふわふわと笑った。

勝二は、

「女房と子どもに渡す前に一切れぐらい食べておかないと、わたしの口には入りませんよ、絶対」

うれしそうに苦笑した。

長次郎直伝の厚焼き玉子の秘訣は甘辛出汁《だし》に尽きる。これは鰹節と昆布を煮出してさらに煮詰めた濃厚出汁に、相当量の砂糖、醬油、酒、塩を加えたものである。

あとは鉢に割りいれた卵は、菜箸で白身を持ち上げて塊がほどける程度にしか掻《か》き混ぜないことである。あまり混ぜ過ぎると甘辛出汁を加えた時、固く締まってしまい焼いてもふっくらと膨らまない。

白身がほぐれた卵液に甘辛出汁を入れるが、焼く寸前まで混ぜない。油を引いた鍋の真ん中に菜箸で卵液を落として、ジューという音がしたら、軽く混ぜ合わせた卵液と甘辛出汁の一部を流し入れる。

全体に軽く火を通したら、一巻き目は火の通った卵を手前に手繰《たぐ》り寄せる。鍋の空いたところに油を引き、卵を滑らせて奥側へと移す。空いた手前側に油を引き、卵液を薄く流し入れる。

卵を巻く時は鍋の奥側を少し下げ、箸で卵を手前に返すと巻きやすくなる。鍋を火から三寸（約九センチ）ほど離して焼くと、均一に熱が入り、焼きムラができにくくなる。

卵がすべて巻き上がったら片面だけ焼き色をつける。

「実はこの厚焼き玉子は三吉が拵えたのです」

季蔵が告げると、

「こりゃあ、驚いた」

「てえしたものだ」

「三吉さん、ありがとう」

三人は礼を言って帰って行った。

季蔵は三吉に暖簾を下げさせると、同じ折り詰めを手渡した。

「おとっつぁんやおっかさんの分だ。ご苦労さん、もう帰っていいぞ」

「ありがとう。それにしてもおいら、こいつをモノにするのは大変だったよな」

三吉はじっと洗い上げたばかりの鍋を見つめた。

「玉子焼きっていうから焼くんだと勘違いしてやってると、あっという間に焦げちゃうんだもん。鍋を火にかけていいのは、初めに火を通す時と仕上げに焦げ目つける時だけなんだよね。後の巻きはひたすら焼くっていうよりも、気持ち遠火でさっさと火通して形付けてくんだ。わかるのにおいら、相当しくじったっけ――」

「そうだったな。でも、今では立派に仕上げられる」

季蔵は優しい眼差《まなざ》しを三吉に向けた。

「季蔵さんに褒めてもらえると、おいら、うれしいっ」

三吉は兎《うさぎ》のように飛び跳ねながら勝手口を出て行った。

その後、季蔵が入念に片付けを続けていると、

「邪魔をする」

聞き慣れた野太い声が聞こえた。

北町奉行烏谷《からすだに》椋《りよう》十郎《じゆうろう》が表の油障子《あぶらしようじ》を開けて店に入ってきた。背丈だけではなく横幅もかなりある巨漢の烏谷にのしのしと踏み込まれると、気のせいか壁が揺れるように感じる。

「ずいぶん遅くのお出ましで」

意外そうな言葉とは裏腹に季蔵はあまり驚いてはいなかった。

江戸の町が流行風邪禍に見舞われて以来、烏谷は朝から晩までこの疫病への対処で飛び回り続け、以前のようにいついつ訪れるという、日時を指定する文《ふみ》など届けさせる余裕をなくしていた。

このところも、

「腹が空《す》いて疲れた。何か美味いものはないか？」

こうして世更けにやってくる。

そのせいで季蔵は、この大食らいのためにも、客たちの分からたっぷりと二人前を取りおく習慣がついた。思いついて烏谷の好物を別に用意しておくこともある。

「飯物がお先でしたね」

季蔵はまずは洗いにしたアコウダイの残りで天ぷら寿司《ずし》を拵えることにした。

そもそも天ぷらは烏谷の大好物であった。大好物を取っておいて後で食べるのを好んだ烏谷だったが、今はそうではなくなっている。もう半年以上、八面六臂《はちめんろっぴ》の活躍をしているせいか、常に疲れきっていて、ただひたすら、せかせか、がつがつと好きなものから胃の腑に納めるのである。

三

アコウダイは分厚い身と尾の方を残してある。これに衣をつけて揚げていく。炊いた飯は菜飯にしなかった分を、酢飯にして握ってあった。この上には海苔《のり》がのせてある。揚げたての天ぷらを握った酢飯の上にのせてたらりと少量の醤油をかける。

「これには山葵《わさび》は要りません」

七貫ばかり供された烏谷は無言、夢中で食べ続け最後に、

「衣の中で魚の身がほろほろと崩れる食味、嚙《か》むと口一杯にふわーりと広がる旨味が何とも言えない。これは病みつくな」

やっと褒め言葉を口にして、

「このように美味い魚の名は？」

訊《き》かれた季蔵が明かすと、

「なに？　今時分、漁師たちや魚屋が余って困ると愚痴るあの赤魚か？」

仰天した。

「左様でございます。旬のアコウダイは適度に脂が乗りますが、白身魚ゆえ天ぷらにしても決して重くはならず、さらりと身がほどける旨味がたいそう美味なのです」

季蔵の言葉に、

「ならばもっとこれを――」

烏谷は懇願した。

「実はお涼《りょう》さんから、とかく血を荒らすとされている美味なものばかり、お奉行様に食べさせないようにと言われております。できればお浸しや和え物も召し上がっていただきたいところです」

元辰巳《たつみ》芸者で今は長唄《ながうた》の師匠《ししょう》で暮らしを立てているお涼は烏谷の内妻であり、季蔵の元許嫁《いいなずけ》で心に病を抱えた瑠璃《るり》の世話をしてくれている。

「そんな——。常の時ならまだしも、今のわしは流行風邪禍の後始末で忙しい。美味いものだけが日々の楽しみなのだぞ」

烏谷はすがりつくような眼差しを向けてきた。烏谷は持ち前の丸々とした童顔の相手に与える効果を知っている。特に無邪気そのものに装うことのできる、丸くて大きい目は最強の武器であった。

「わかってくれえ」

絞り出したかのような声も上げた。

「お奉行様の願い、叶《かな》えてさしあげたいのはやまやまですが、これは恩あるお涼さんからの頼みでもあるのです。それに何より、お涼さんはお奉行様の身体を案じられています。そこで一考しました。お奉行様にあと少しお好きな天ぷらを召し上がっていただきます。けれどもタネは今宵《こよい》お浸しや和え物に用いたこごみと夏大根です。お二人の望みの折衷案ですがいかがでしょうか?」

「しかし、アコウダイは今安く——」

なおも言い募る烏谷に、

「いえ、もう買い置きのアコウダイはありません。酢飯も尽きました。あるのはサザエです。青物の天ぷらを召し上がる前に、サザエはいかがですか?」

季蔵は烏谷が不機嫌になるとわかっていて水を向けた。

「サザエといえばどうせ壺焼きであろうが――。わしがサザエ嫌いなことぐらい、そちとて知っておろう」

烏谷は口をへの字に曲げた。

殻ごと焼いた壺焼きのサザエの身を殻から引き出すと、口近くに帯状で青い砂袋の一部に胃の腑がある。これが何とも苦い。その奥には雄《おす》と雌《めす》とで異なる生殖腺《せん》があり、こちらの方は甘く、サザエ好きは貝肉を食べるだけではなく、苦みと甘味の両方を備えているワタを最高の珍味として堪能《たんのう》している。

「あの青い色はわしには毒にしか見えない。初めて目にしたとき、子ども心にぞっとした。あんなもの、皆よく食べられたものだ。そのせいで、生まれてこのかた今までサザエは食わず仕舞いだ」

烏谷はワタの青い色が苦手であった。

「承知しております。ですのでお奉行様のために取り置いていた、貝肉の多い大きめのサザエを天ぷらにいたします」

「青いワタは除くのだろうな」

烏谷は念を押した。

「もちろんでございます。青いワタ食いは壺焼きだけの醍醐《だいご》味《み》でございますから」

こうして季蔵はこごみ、夏大根、サザエの貝肉を天ぷらに揚げていく。

アコウダイの天ぷら寿司で人心地ついた烏谷の方は、やっと盃《さかずき》を手にする余裕が出来た様子で、目の前に差し出される皿の上の天ぷらを平らげ続けた。

こごみについては、

「茹でずに揚げてるな。ワラビやゼンマイなどよりアクがないからできることだ。うっすらと舌が感じるこの程度の苦みなら悪くない、むしろ酒が進む。振りかける塩と粉山椒《こさんしょう》の香味塩とも相性がいい」

うがった物言いをして、からりと揚がった夏大根の葉と茎のかき揚げと、薄く輪切りに切り揃えて揚げた夏大根の両方をぱりぱりと音を立てて頬張《ほおば》った。

「こっちはうっすらした辛みだ。夏大根ゆえ白いところの方が辛みが強いがわしはこの手の辛みは嫌いではない。大根ゆえ何より身体によかろう。きっとお涼も安堵することだろう。ただしこれだけ辛みがあるので、粉山椒は要らぬ。塩だけで足りる」

緊張した面持ちで不安そうにサザエを俎板に載せた季蔵の手元を見つめた。

「さていよいよ、わしは生まれて初めてサザエを食う――」

「そんなに構えないでください。サザエと同じように青く苦い鮑《あわび》の肝なら、鮑の貝肉にかけるタレに用いるので、お奉行様も食べ慣れたものでございましょう? 苦みに限っていえば鮑もサザエもそう変わらないのですから」

季蔵の言葉に、

「そうはいうが、鮑の肝はサザエのように帯状ではないぞ。わしはあの様子がたまらなく不気味でならぬ」

　烏谷の声がやや震えた。

「なるほど――」

　食べ物の好き嫌いにはそのような要素もあるのだろうなと思いつつ、季蔵はサザエの殻の中からワタと貝肉を引き出して分けた。貝肉の方に串《くし》を打って揚げていく。サザエの生の貝肉は鮑と同じで固いので串から外れるようなこともない。

「どうぞ、召し上がってください」

　皿に盛りつけて勧めると、こわごわ串を手にした烏谷は、

「旨いっ、柔らかい。歯応《はごた》えが旨味と共に感じられる。アコウダイの天ぷらとはまた違った不思議な美味さだな。これには塩も何も要らぬわ」

　皿の上をあっという間に串だけにしてしまった。

　この間に季蔵はワタの部分を親指の爪ほどの大きさに切り分け、衣をつけて揚げた。

「な、何をしている――、す、捨ててくれぇ」

　烏谷は悲鳴を上げかけたが、

「珍味ですし勿体《もったい》ないのでわたしがいただきます」

　季蔵は箸で引き上げたワタの一片を賞味した。

「うーん、何とも美味です」

　そっと目を閉じて旨さの余韻を楽しむ。

「幸せです」

もう一片を口に入れる。

「そんなに美味いものなのか？」

根が食いしん坊の烏谷は知らずと身を乗り出した。

「揚げたのでそうは苦くありませんし、貝肉よりも複雑で独特の風味が何とも言えません。あ、それからこれに串を打たないのは肝は柔らかいので外れてしまうからです。もちろん、同じように揚げても貝肉の柔らかさとは異なります。お一つ、いかがです？　こうして切り分けて天ぷらの衣で包んでしまえば、青さは見えませんし、すでにもう帯状ではありません」

季蔵は空のままの相手の皿をちらりと見た。

「そ、それではひ、一つだけ――。耐えられなかったら吐き出す、よいな」

「もちろんかまいません」

季蔵は安心させるような笑顔を向けて、揚げたてのワタを烏谷の皿に置いた。

「そうでした、これには欠かせないものがあります」

季蔵は井戸に走って冷やしてあった大徳利《おおどっくり》を引き上げた。

「こんな時季でもサザエのワタ揚げには、キリッと冷やした冷酒が合います。まずはワタ揚げを冷酒で飲み込んでみてください」

「本当か、どれどれ――」

興味を惹《ひ》かれた烏谷は冷酒が注《つ》がれた湯呑《ゆのみ》を手にした。

「まずは冷酒から行くぞ」

烏谷はがぶりと湯呑の半分を呑み込んだ。

「さて、次だ」

覚悟を決めてサザエのワタの一片を口に運ぶ。そこで残りの冷酒を飲み干してごくんと喉《のど》を鳴らすと、

「わしは海が好きでな、夢でもないのに清々《すがすが》しい磯《いそ》を歩いているかのようだ。心が和む。それにぐいぐいやった冷酒のせいか、サザエのワタ揚げの苦みも気にならなかった。これはサザエのワタ揚げが美味いというよりも、冷酒とワタ揚げが互いに引き立て合って、不思議な癒《いや》しを味わわせてくれているような気がする。この取り合わせはただの五臓六腑《ごぞうろっぷ》を満たす食べ物ではない」

満足そうにため息をついた。

そして、一片、また一片と季蔵が揚げていくサザエのワタを冷酒と共に楽しみ続け、最後の一片をぐいと喉に送り込んだところで、

「この取り合わせを考えたのはおそらく先代の長次郎《ちょうじろう》だろうな」

呟くように告げた。

四

「その通りです」

季蔵は感慨深く頷いた。

仮にも北町奉行である烏谷が裏店《うらだな》の一膳飯屋にすぎない塩梅屋と縁を続けているのは、安くて旨い飯にありつくためだけではなかった。

昔、堀田季之助《ほったとしのすけ》と名乗っていた季蔵は主家の息子に謀《はか》られて理不尽な罪を背負わされ、切腹せざるを得ない羽目に陥っていた。そんな経緯《いきさつ》で主家を出奔し、行き場を失っていた季之助に救いの手を差し伸べたのが先代の塩梅屋主《あるじ》長次郎だった。

季之助は季蔵と名を改め、この主の元で料理人の修業を続けていたが、先代には塩梅屋主のほかに裏の顔があった事実を知ったのは、突然長次郎が殺され、通夜《つや》の客として北町奉行烏谷椋十郎が訪れた時であった。

裏の顔とは烏谷の下で隠れ者としての使命を果たすことであった。烏谷は季蔵にもこの役目を担わせようとした。奉行所同心たちだけの正面きっての調べでは、暴くことのできない悪行が世の中には多すぎる、だから密《ひそ》かな探りが要るのだと烏谷は強調し、逡巡《しゅんじゅん》していた季蔵は共感を覚えてこの役目を受けた。自分が主家で受けた仕打ちもその一つだと思われたからである。

季蔵は烏谷の隠れ者として働いた日々の数々の断片を思い出したが、もとより言葉には

出さず、

「とっつぁんは天つゆだけが天ぷらのタレではないと言っていました」

　季蔵は続けた。

　醬油と砂糖の甘辛味が好きな江戸っ子には、昆布出汁、煮切り味醂、醬油、削り節を一煮立ちさせて漉《こ》して作る天つゆが人気である。

「天つゆを万能とするのではなく、ただの塩や工夫を加えた胡椒塩、香り塩、抹茶塩で供する方がさらに美味さが増す素材もあるのだと教わりました。サザエのワタ揚げには塩代わりに冷酒をと思いついたのだそうです」

「さすが長次郎だ」

　烏谷は丸い大きな目を細めた。珍しく感傷的になっている。烏谷は目を瞠《みは》ることが多く、大笑いして大きく瞠ったその目は一見無邪気そのものに見えるものの、実は少しも感情を宿していなかった。

「久々に長次郎と話がしたくなった」

　烏谷は目を細めたまま、大徳利を手にして立ち上がると勝手口へと向かった。勝手口の先の裏手の離れには、亡くなった長次郎の位牌《いはい》の入った仏壇がある。流行風邪禍で多忙になる前の烏谷は、前もって訪れを報《しら》せて、ここで料理を楽しみつつ、季蔵に命を下していた。

「すっかり無沙汰《ぶさた》をしてしまった。ようやく落ち着いたと報せてやらねばならぬ」

烏谷は仏壇に線香を上げ、長次郎の位牌に向けて手を合わせた。

「長次郎よ」

烏谷は位牌に話しかけた。

「わしには上様がおられるこの江戸を、明るく生きる喜びに溢《あふ》れる町にしたいと願ってきた。それには悪事がまかり通らぬようにするべきだとも。そちはそんなわしの願いに力を貸してくれた。改めて礼を言いたい。ありがとう、長次郎」

そこで言葉に詰まった烏谷は右手の人差し指で目頭を拭《ぬぐ》った。

——お奉行が泣いている？——

後れて離れに入ってきた季蔵は愕然《がくぜん》とした。

烏谷は先を続ける。

「そのうち悪事だけを取り締まっていても皆を幸せにはできぬとわかった。欲深な悪人が利を一人占めにするのを止めさせたところで、関《かか》わりがあった者たちは救われても、皆にまで幸をもたらせるとは限らない。そもそも皆にとっての幸とは何か？　それは決して飢えぬことだ。もう少し細かくいうと、着の身着のままで凍え死なぬこと、大雨で堤防が崩れて家もろとも流されて溺《おぼ》れ死なぬこと、橋が落ちた時でも巻き添えを食わぬこと、病に倒れた時は医薬の助けも受けられることも入る。これらについて肝に銘じたわしは、かなり頑張って対処してきたつもりだった。そもそもお上の手当などではとても足りない。どうせ金に名など書かれてはいないはずだと夕カを括《くく》り、冬前には古着屋を言い含めて安売りさせたり、お大尽《だいじん》や大名家との仲立ちで得た金を堤防や橋の修理に回したこともある。長屋に住んで施療をしている、感心な町医者にはいくばくかの助けの金も渡している。とにかくとにかく精一杯やってきたのだ」

　そこで烏谷は大きくため息をついた。

　──お奉行のなさっていることはもとより私利私欲からではない。そのおおよそは知っていたが、ここまで詳しく聞いたのははじめてだ──

　季蔵は続く烏谷の言葉を待った。

「長次郎、わしに弱音は似合わないとそちに叱《しか》られそうだな」

　烏谷は自身を励ますように声を張った。

「何が酷《ひど》いかと言って、昨年末からの流行風邪禍ほどの痛手はないとわしは思っている。これほど手に追えぬ悪事はないぞ。もちろん闘いはした。こちらで采配《さいはい》して炭の値上がりを防ぎ、伝染《うつ》らぬように鼻と口を覆うようにと晒《さら》しを大量に都合した。最も伝染りやすいのは肩を寄せ合って、膳を囲み酒を飲むことや、口角泡を飛ばして語り合うことだとわかっていたから、一時的に料亭も含めて食物屋には看板を下ろさせた。こちらが多少お助け金を出して、塩梅屋その他の店には熱が高い病人やその家族向きの食べ物を安値で売らせた。これは流行風邪に負けぬよう、皆に滋養を摂《と》らせるためだった。だがそこまでしても流行風邪による死者は増え続けた。やっと落ち着いてきた何日か前、江戸の各寺から報せが来た。何と十万余人だというのだ。上からのお報せでは十五万余人だったというのに

「――」

――それはおかしい――

「上からのお報せ？　お奉行様が命を受けられて、調べておいでだったのではないのですか？」

今まで黙っていた季蔵は知らずと声を上げていた。

「いや、流行風邪禍による死者の数は南町の采配によるものだ。御重役たちがそのように決められたのだ」

烏谷は季蔵の方に向き直った。

「南町奉行の吉川直輔《よしかわなおすけ》様がなさったことだというのですね」

季蔵は南町奉行吉川直輔を見知っていた。一時ではあったが始終南町、北町が手柄や縄張りを巡って犬猿なのはよろしくないという風潮が生まれて、共同での調べを望む声が上がって宴《うたげ》が持たれたのである。その宴の膳を季蔵が烏谷から頼まれて請け負った。

南町奉行吉川直輔は声を荒らげたことなどないのではないかと思われるほど、物言いが優美であった。奥方と共に京風の暮らしと歌詠みを好むこの御仁は、叩《たた》き上げの烏谷とは対照的な柔和な様子をしていた。

「南からは一言の断りもなかった、見事出し抜かれたわ」

そう告げた烏谷はからからと笑った。もちろん瞠ったどんぐり眼《まなこ》は冷ややかな感情である。

「南だけでやれば北に喧嘩を売るようなもの――、事なかれの権化のようでもあり、そのようなお方には見受けられませんでした。それにとても自らを上に売り込む才覚がおありとも思えませんが」

「あの奥方はそうでもなかろう」

　烏谷は揶揄《やゆ》する口調になり、季蔵は、あの時、しきりに京の話をしたがった妻女の能面のような顔を思い出していた。

「将軍家も歴代の御台所様は京よりおいでの方々だ。泰平もこう続くと京かぶれを良しとする上も少なくはなかろう」

「しかし、何が目的でこのような大幅な誤魔化《ごまか》しをなさるのです？」

　季蔵は訊かずにはいられなかった。

「先ほど長次郎にも聞いて貰《もら》ったが、ここまでのことが起きてしまっても、お上からの御慈悲は常に雀《すずめ》の涙なのだ」

「ということは――」

「死者の数を十万余ではなく十五万余と偽れば慈悲の金を抜くことができる」

「酷《から》い絡《く》繰りです」

「そうだ。南町だけで出した数とわかり、すぐに各寺へ書状を送って調べた。わしは江戸中の寺を熟知している。とかく寺社方はたいていの寺に冷淡で渋い。坊主とて霞《かすみ》だけで食えるものではないし、腹が減り過ぎては満足に経も読めぬはずだ。それでわしは何かと助けてきた。だからすぐに教えてくれた」

「十万余というのは弔いの数ですね」

「供養の金もなく、弔われずに林に埋められたり、まとめてどこぞの塚に葬られている者たちの数を加えればこれ以上であろうな」

「間違ったなさりよう、誤った御政道です。何よりお奉行様が寝食を忘れて、ひたすら流行風邪禍に立ち向かっておられた間、吉川様や幕府の御重職方は、江戸の町を支えている民のために、何か特別なことをなさったのでしょうか?」

憤懣《ふんまん》やる方ない季蔵の声が響いた。

「そうは言ってもな」

そこで烏谷はくすくすと笑い出した。もちろんその目は笑っていない。

五

「所詮《しょせん》御政道とはそんなものだということよ。それにわしはそちやお涼のおかげで食を忘れてはいない。寝の方は夜鍋が得意ゆえ案じてくれずともよい。無駄に肥えてはおらぬわ」

烏谷は笑い続けている。

――これには何かあるな――

久々に季蔵は身構えた。

――格別なお役目が命じられるのだろうか？――

「実は先ほど長次郎の言葉を聞いた」

「左様でございましたか」

季蔵は薄く笑った。

「あの世の長次郎はわしの労苦をわかってくれて、流行風邪禍時の持ち出しで、わしの蓄えが底をついてきているようだから、ここは一つまた難事に備える心がけをするべきだと助言してくれた。ひいてはそちに出来ることはどんなことでもかまわない、手伝って貰えとまで言ってくれた。そちもわしのことをお涼と同様に思いやってくれているとわかり、お役目と称するには気の引ける事柄ではあるが、思い切って頼むことにした」

さすがに相手はもう笑ってはいなかった。

――やはりな――

思った通りではあったが、

――しかし、あれだけは――

気の引ける事柄の中身が案じられた。隠れ者は時に白州《しらす》で裁けない悪党を密《ひそ》かに葬るお役目を命じられることもあるのだ。

――流行風邪禍でこれほどの命が奪われた後だ。たとえ相手が悪党でも手に掛けて、命で償わせるのには躊躇《ためら》いが伴う――

畳の縁《へり》ばかり見ている季蔵は烏谷の目を見るのが怖かった。

「浅岡屋《あさおかや》一右衛門《いちえもん》を知っておろうな」

烏谷は切り出した。

「浅岡屋さんはこの江戸で屈指の呉服屋の御主人です。たしか今の御主人は二代目だと聞いています」

「そうだ。わしは一右衛門に少しばかり込み入った頼み事をされた」

——商いの邪魔になる競争相手を亡き者にしてほしいという頼みなのか？——

季蔵は背筋が冷たくなった。

——未曽有《みぞう》の天災を経た今では、商人《あきんど》たちは誰《だれ》もが商いの先行きに不安を感じている。一方、流行風邪禍の前からこの江戸には金で殺しを請け負う輩《やから》がいて、前より繁盛しているという噂《うわさ》を耳にした。何でも、相手の心の隙間《すきま》につけ入って、同業の競争相手を亡き者にすることを持ち掛けて請け負うのだという話だった——

「浅岡屋には跡取り息子の元太郎《げんたろう》がいる。一右衛門が亡くなったお内儀との間になした一粒種で、後妻も貰わず妾《めかけ》も持たなかったため、他に子はいない。当然一右衛門はこの元太郎に良き主になって貰いたいと願い続けてきた。決して甘やかさず、仕事も厳しく仕込んできた。ちなみに当代の一右衛門が浅岡屋を今日のような大店《おおだな》にした。そんな父親の覚悟が功を奏して、元太郎は非の打ちどころのない息子に育った。父親譲りの商才に長《た》けているだけではなく、奉公人たちにも慕われ、実直にして努力を惜しまぬ若者だという。誰もが認める出来物に成長した息子を信じて、一右衛門は元太郎に織物で知られている八王子《はちおうじ》へも仕入れのために足を運ばせていた。一右衛門が思ってもみなかった過ちはその八王子で起きた。何と元太郎は或《あ》る女に一目惚れしてしまったのだ。もちろん一右衛門は身元を調べた。女は孤児《みなしご》で府中《ふちゅう》の寺に引き取られて育ち、今は八王子の料理屋で働く仲居だった。名は紅代《べによ》という。年齢は元太郎より上だ。浅岡屋ほどになれば嫁取りも商いのうち、釣り合いがとれる相手を望むのが普通だ。そのことを元太郎に言って別れさせようとしたところ、家を飛び出して行ってしまい帰らなくなってもう一月になる」

「元太郎さんは想《おも》い女の紅代さんのところへ行ってしまったのですね」

――頼み事というのはもしや――

見当がついてきた季蔵は元太郎を男として立派だと思い、

――言い交していた瑠璃はわたしが出奔の折、置き去りにしたせいで正気を失うことになってしまったのだから――

胸の辺りがちくちくと痛んだ。

「おそらく元太郎は八王子で紅代と一緒に暮らしているだろうと一右衛門は言っている。何とかして別れさせて連れ戻して欲しいとわしに泣きついてきた。それが叶えばかなりの額の頼み料が支払われるだろう。頼まれてくれぬか、この通りだ」

あろうことか、烏谷は季蔵に手を合わせた。

「どうか、そのような振る舞いはなさらないでください。それと元太郎さんは浅岡屋の身代《しんだい》よりも、紅代さんを選ばれたのでしょう？　わたしは自分の来し方を振り返って、二人をこのままそっとしておいてあげたい気がしてなりません。あるいは浅岡屋さんが折れて紅代さんを嫁にすることを許すか――」

季蔵は偽りのない胸中を口にした。

――お奉行とてお涼さんとの今ある縁や暮らしは身分や立場を超えていて、到底世間並みではないはず――

ところが、

「それはわしが親の浅岡屋でも出来まいよ」

烏谷は反撃に出た。

「なにゆえです？　お奉行様ならではの蓄財のためですか？」

季蔵が声を尖らすと、

「紅代という女が悪女だからだ」

相手はきっぱりと言い切った。

「その証《あかし》は？」

季蔵が言い募ると、

「それについてはここへ人を呼んである。そろそろ来てもいい頃だ」

烏谷は障子を開けて縁側に立つと耳を澄ませた。上は老中首座から物乞《ものご》いまで、並外れた人脈の広さで知られ、千里眼、地獄耳を自称する烏谷だったが、実際は目よりも耳の方が聡《さと》かった。

「何だ、もう、訪れているではないか。さあ、早く出てきてくれ」

裏木戸の方へ声を張ると、白髪を後ろで束ねて粗末な形《なり》をした、痩せぎすの初老の女がすーっと影のように姿を見せた。

「おまえがお秋《あき》か？」

「はい」

お秋はおずおずと縁先に控えた。

「入れ」

「いいえ、あたしはここで」

お秋は動こうとせずに下ばかり向いている。

「お秋は元太郎の母親お志乃《しの》が嫁いだ時、実家《さと》の糸問屋佐野屋《さのや》から付いてきた奉公人だ。お志乃は元太郎を産み落としてすぐに死んだのだが、その後、ずっと元太郎の成長を見守ってきた。元太郎が疱瘡《ほうそう》に罹った時には願をかけてお百度、水垢離《みずごり》までしたというから、元太郎は実父の厳しさとお秋の母親のような優しさに支えられて育ったと言っていい。ところでおまえはどうして浅岡屋を出たのだ？　一右衛門から出て行けなどと言われるはずはあるまいに――」

「それはあたしから――」

お秋は顔を上げると、

「以前から若旦那《わかだんな》様が手習いを終え、腰を据えて家業に邁進《まいしん》なさるようになったら、亡きお志乃様の墓前に申し上げてお暇をいただこうと決めておりました。この先、立派な大人になられた若旦那様にあたしはもう要らないはずでした。ああ、でも、こんなことになるのなら――もう少し、いいえ、やはりあたしはもっともっと前に浅岡屋を出て行くべきでした。甥《おい》たちと一緒に八王子に住んではいけなかったのです」

お秋は頭を抱えた。

「大番頭の泰助《たいすけ》から話を聞いたのだな」

烏谷が念を押すと、

「泰助さんが八王子のあたしのところへやってきて、若旦那様の家出に関わってお奉行様があたしを呼ばれていると言いました。もうもう、ただ驚きで――」

お秋は薄い胸に両手を当てて喘《あえ》ぐように訴えた。

「あたしは若旦那様が仕入れで八王子へみえられた時、立ち寄ってくださるのが楽しみでなりませんでした。仕事のお話をなさる時の若旦那様は、それはそれは生き生きとなさっていました。もう、大丈夫、後は旦那様の采配で見合った方をお内儀さんになさるだけだと。ところがあたしの知らないところで、若旦那様は紅代なんぞという女と親しくされるようになってしまって――」

お秋はひいっと短い悲鳴を上げた。

「紅代という女はいったいどれほど悪い女なのでしょうか？」

たまりかねて季蔵は口を挟んだ。

「泰助さんから聞きました。若旦那様が浅岡屋を出た後、蔵から相当額の金子《きんす》がなくなっていたんだそうです。律儀な泰助さんは悩みつつ黙り通していましたが、今までもちょくちょく帳場から相当な金子が持ち出されていたとのことでした。どちらも蔵の鍵《かぎ》や手文庫の中身を自由にできる、若旦那様がなさったとしか思えないのだとか――。あたしがお育てした若旦那様にこのようなことが出来るとは思えませんが、事実だとしたら、若旦那様は紅代という女に騙《だま》されて、強請《ねだ》られるままに貢がされているのです。間違いありません。旦那様は女遊びを教えなかったことを悔やんでおいでだということですが、そんなことはありません。悪いのは金目当てのあの紅代なのですから」

お秋の頬は怒りで紅潮してきた。

六

「同じ八王子にお住まいなら元太郎さんのお相手に会われたのでは？」

季蔵は訊かずにはいられなかった。

「もちろん紅代が仲居をしている料理屋へ出向きました。江戸に居たら錦絵《にしきえ》に描《か》かれるほどのいい器量でしたから、若旦那様が夢中になられるのも無理はないと思いました。もてなしも行き届いていて、客たちにもたいそう人気があるとのことでした。でもあたしには一目で猫被《ねこかぶ》りだとわかりました」

どうしてそんなことまでわかるのかと季蔵が問おうとする前に、

「とはいえ、紅代にそう言ってなじれば若旦那様に通じましょう？　そんなことをすれば、惚れ切って魂を吸い取られている若旦那様には、かえって逆効果だと泰助さんも言っていましたから、その時、あたしは自分と若旦那様との関わりは一切話しませんでした。その代わり、旦那様に申し上げて、どなたか、紅代の面の皮をひっぱがして言い逃れできない証を示して、どんなに悪い女なのか、見せてやるしかないということになりました。こういうことは憑《つ》きものと同じで熱さえ醒《さ》めればけろりとして、悪い夢を見ていたかのように感じられるものだとも泰助さんは言っていましたしね」

憤怒《ふんぬ》の塊と化しているお秋は先ほどとはうって変わって声荒くまくしたてた。

季蔵は烏谷の方を見た。

——なるほど、それで——

——まあ、そういうことなのさ——

烏谷はやれやれといった表情を見せた。

——しかし、いったいどんな証を摑《つか》めばよいのです？——

季蔵が目で問うと、

「たしかに浅岡屋の倅が店の金をどうにかしても、親子間のことゆえ罪ではないな。はて、どうしたものか——」

烏谷は小首を傾《かし》げた。

「そんなの、男を見つけるに決まってるじゃないですか」

お秋は金切り声をあげて、

「ああいう男に金を貢がせる女は女郎と同じで、男一人では満足できず、常に何人かの男たちを操っているはずです。それに若旦那様は覚悟を決めて浅岡屋を出られた身ですから、いずれ金子も尽きましょう。そんな時のためにも紅代には他の男がいるのです」

「金子が尽きて愛想をつかされれば、金の切れ目は縁の切れ目ということなので、いずれ元太郎さんは浅岡屋に帰ってくるのではありませんか？」

季蔵が思わず簡単にできる予想を口にすると、烏谷はごほんと一つ咳《せき》をして、

「わしも話を聞いてすぐそう浅岡屋に言った。だがそれは駄目なのだそうだ。一右衛門は〝元太郎が幼い頃からわたしは父としてではなく、浅岡屋の主として厳しく接してきました。ですので、仕事絡みの辛《つら》さなら元太郎もたいていのことに耐えられると思います。けれども教えなかったこの手のことについては、赤子のように打たれ弱いのではないかと思われてなりません。悪い女に捨てられた後、立ち直れなくなって身を持ち崩すのではないかと案じられてなりません。お願いです。そんな風にならないうちに騙されていると気づいて、元太郎の方から女と手を切るようにさせてください〟と涙ながらにすがってきた。何とも深い親心よな」

しみじみと言った。

――これはもう八王子まで紅代さんの男探しに行くしかないな――

「わかりました」

季蔵は烏谷に向けてやや気乗りがしていない様子で頷くと、

「実はな、田端宗太郎《たばたそうたろう》から面白い話を聞いた」

相手は話を変えた。

北町奉行所定町廻り《じょうまちまわ》同心田端宗太郎は烏谷の配下にある。

「何でも、松次《まつじ》が娘ほど年齢の離れた女と歩いているのを、二度三度と見た者がいるという。女は柳腰の楚々《そそ》とした様子をした、たいした別嬪《べっぴん》で、これが松次にすがりつかんばかりの様子だったそうだ。松次も満更でもなさそうだったとかで――」

岡《おか》っ引《ぴ》きの松次は田端のお手先として働いている。

「一見してあまりに釣りあわぬ二人ゆえ、悪い女に騙されているのではないかと田端は案じている」

――また、これか――

ややうんざりしてきた季蔵は、

「とかく男というものは見目形のいい女子に弱い困った生き物よな」

揶揄するような烏谷の呟きを無視して、

「松次親分は独り者ですから、恋路を歩み出したとしても誰も咎《とが》めだてはできぬはずです」

そう言い切ると口をつぐんでしまった。

お秋と烏谷を見送った、季蔵は店に戻ると、

「三吉、今日もご苦労だったな。ところで、話があるのだ」

暖簾を手にしている三吉に声をかけた。

「何？」

「おまえ、二日間ほど一人で店を切り盛りしてくれないか？」

「えっ？　おいら一人で？」

三吉は鳩《はと》が豆鉄砲を食らったようにきょとんとしている。

「そうだ」

「そんなー。無理だよ」

今度は梅干しを口一杯に含んだ時のようなしかめっ面になった。

「実はな。お奉行様の縁者で昨年から食が細くなった方がいて、お奉行様が心配なさっているのだ。その方に美味しいものをたくさん召し上がっていただいて元気になってほしいそうなのだ。八王子の方にお住まいなので、市中に出てくるのは難しいから、こちらから出向いてほしいそうなのだ。困った時はお互い様だからな。三吉、これも修業だ」

季蔵の励ましに、

「修業？」

「そうだ。二日間はおまえの得意なものをお客様に供すればいい。それなら大丈夫だろう？」

「うん。それならやれるかもしれない」

三吉の顔に安堵と自信の笑みが浮かんだ。


翌朝、下駄を草鞋《わらじ》に履き替えて笠《かさ》を被り、旅合羽《たびがっぱ》を羽織って旅姿を調えた季蔵は、日本橋から馬による陸上運送が盛んな甲州《こうしゅう》街道へと歩み出した。

日本橋から八王子までは内藤新宿《ないとうしんじゅく》、下高井戸《しもたかいど》、上《かみ》高井戸、国領《こくりょう》、下布田《しもふだ》、上《かみ》布田、下石原《しもいしわら》、上《かみ》石原、府中《ふちゅう》、日野《ひの》と十の宿場を通って辿《たど》り着く。ここまでの道のりは約十里（約四十キロ）、八王子で一泊するのに程よい距離であった。

八王子の町にはすでに夕闇《ゆうやみ》が下りている。季蔵は紅代が勤める料理屋せんびとに立ち寄ることにした。

――せんびととは千の人という意味だな。このように名づけたのはここが八王子千人同心の町だからだろう――

滅びた武田《たけだ》家の家臣団と甲斐国《かいのくに》を引き継いだ徳川家康《とくがわいえやす》は、豊臣秀吉《とよとみひでよし》の天下統一に助力して八王子を含む関東を治めることとなった。そこでまずは甲斐から武力に優れた武田の家臣たちを八王子に呼び寄せて、治安維持に当たらせ、その後増やし続けて関《せき》ヶ原《はら》の戦いの時には千人体制の軍備となった。

泰平の世が続く中、この八王子千人同心の家系は扶持《ふち》こそさほどでもなかったが、日光《にっこう》東照宮《とうしょうぐう》の防火と警備に当たる等、江戸幕府から決められた由緒ある役職を務めた。

季蔵はせんびとの暖簾を潜《くぐ》った。戸口で迎えた艶《つや》っぽい大年増《おおどしま》の女将《おかみ》に、

「紅代さんという仲居さんはいますか？」

指名してみると、

「紅代を名指すお客さんは多いんですけど、残念ながらこのところお休みなんですよ。お客さんはどこからおいでで？」

「江戸です」

「でしたらあたしが後で伺います」

相手は目尻《めじり》の端にちらっと色香を刻んだ。

こうして季蔵は女将の勧める、生姜《しょうが》御膳で夕餉《ゆうげ》を済ませることにした。

「このあたりは今時分、新生姜が美味しいんですよ」

生姜御膳には生姜、新生姜の二種が用いられている。新生姜を使ったものは甘酢漬け、千切りにして短冊に切った油揚げと一緒に炊き込む生姜飯、生姜の砂糖漬けである。片や生姜が味付けに使われているのは、すりおろした生姜を鮪《まぐろ》にまぶした鮪の生姜焼き、同様にすりおろしを新牛蒡《しんごぼう》にまぶして揚げる新牛蒡の生姜揚げ、生姜の絞り汁で調味する生姜の胡麻風味葱汁《ねぎじる》と品書きにあった。

運ばれてきた料理には頼んだつもりはなかったが酒がついてきた。季蔵が断ると、

「野暮はいいっこなしですよ、こちらからのおもてなしです」

「これから向かう先がありますから」

「それならあたしがいただきます、いいでしょう？」

女将は季蔵の横に座って盃を傾け始めた。

――さすがに空腹だ――

「まずはいただきます」

箸を取った季蔵は性急に生姜御膳を腹に納めた。甘酢漬けには薄荷《はっか》の風味が加わっていて清々しく、油揚げと相性のいい甘辛醤油味の生姜飯は江戸風で口に合った。箸休めの生姜の砂糖漬けは砂糖の種類が違うせいか、江戸の菓子屋で売られているものより、濃厚で素朴な味わいがした。甲州街道を旅してきたと思われる鮪の生姜焼きには、内海の香りまで運ばれてきているような気がした。新牛蒡の生姜揚げと生姜の胡麻風味葱汁は、何とも新鮮で塩梅屋の品書きに加えようと決めた。

「大変結構なお味でした」

季蔵が箸を置いた。

「紅代についてどんなことが訊きたいんです？」

盃を傾けながらずっと季蔵を見つめていた女将が口を開いた。

「近頃、決まった相手が出来たという話はしていませんでしたか？」

季蔵は単刀直入に切り出した。

「わからないわねえ」

女将は大袈裟《おおげさ》に眉を寄せ、

「なんせ人気があってあって男寄せの花みたいな女でしたからね。この店の外で何をしていたかなんてわかりませんよ」

　やや不機嫌を物言いに滲《にじ》ませて、

「布団の敷いてある部屋だってまだ余ってるし、ここへ来るお客さんとどうにかなってくれてれば、遊び上手のお客さんから心づけを貰えて、こっちの実入りにもなるんですよ。でもあの娘、ここじゃ、どう水を向けてもうんと首を縦に振らなかったのよね」

　唇を噛んだ。

「身持ちが固かった？」

「っていうか、ああいうの、酸《つ》いも甘いも噛み分けたあたしに言わせりゃ、お客さんたちに競わせて、自分の値を吊り上げてるのよ。それに外でのつきあいなら丸どりできるってもんでしょ。好かないね、ああいう娘はさ」

「それで女将さんからもう来なくていいと言ったのでは？」

　季蔵の言葉に相手はふふふふと笑って、

「まさか、そんな損なことするわけないでしょ。八王子にはお女郎さんだけじゃなしに、飯盛り女たちも沢山いるけど、そういうのには飽き飽きしてて、わざわざここへ足を運んで、そこそこの料理や酒を楽しみながら仲居を口説いてみたいっていう男たちも結構いるんだから。あの娘目当てに来る客は多いのよ。はるばると遠くから来たお客さんもそうなんでしょ。女は紅代だけじゃあないいんだけどね。そう思わない？」

酔いを装ってぞろりと横座りで足を崩して見せると、緋《ひ》色の長襦袢《ながじゅばん》と白い足が覗いた。

「紅代さんの住まいを教えて欲しい」

立ち上がった季蔵は生姜御膳の代金に心づけを載せた金子を差し出した。

七

辺りはすっかり闇に包まれている。季蔵が紅代の住んでいる場所を訊くと、

「ここからそう遠くない、ひぐらし長屋に住んでますよ。大方貢がせてる男がいるだろうっていうのに、随分とケチな話だけど、誰だって年齢は取るから、その時のために貯《た》め込んでるんでしょうよ」

がっかり顔の女将は不承不承教えてくれた。

途中辻《つじ》にさしかかると二人組の男たちが前を歩き始めた。一人が肩を怒らせている。気になった季蔵は間を詰めた。一人はひょろりと背が高くもう一人は低くて横幅がある。

「兄貴、そんなに気負わなくても大丈夫さ、たかが女一人なんだから」

背の高い方が小声で言った。

「そうは言っても、前の奴らはこてんぱんにやられたっていう話だ。息の根は楽しんだ後に止めようってぇ、助平心が災いしたんだろうけどな」

「すぐにずぶりとやっちまうには惜しいようないい女だってぇからな」

「残念だが仕留めるのが先だ。いいか、油断はなんねえ」

――何と声に覚えがある――

季蔵は愕然とした。

八王子までの道中、季蔵が茶店で休んだ時、のどかに団子を食べていた二人組であった。背丈のある一人は声が高く、短軀《たんく》の方はかなりのだみ声で、団子は小豆餡《あん》か醬油ダレのどちらが美味いのか等の話をしていた。

――あの時は二人とも商人らしい旅姿で目つきの鋭さなど微塵《みじん》もなく、少しも気にならなかったのだが――、もしかして――

「日本橋から発《た》つ若い男を必ず尾行《つけ》て八王子入りしろなんてぇ言われてもねえ、我先にと商人たちが奔《はし》る天下の甲州路だよ、そんな奴、一人や二人じゃねえんだ、ちょいと無理な話だったよね」

なおも弟分らしき男は洩《も》らし、

「請け負った仕事は女の殺しだけだ」

どしんと重量感のある兄貴分は短く応えた。

――よかった、顔は合わせたが尾行られたわけではなかった――

季蔵の脇腹《わきばら》を冷や汗が流れた。

二人はひぐらし長屋の木戸門を入った。咄嗟《とっさ》に季蔵は木戸門の脇に身を隠し、家々からもれている灯りを頼りに目を凝らし、二人の足音に耳を澄ませた。

――あそこだ――

二人が探し当てた紅代の住まいの油障子を開け放った。

「畜生、いねえ、いねえじゃねえか。何だこんなもん、こんなもん」

高い声が苛立《いらだ》った。

次に家財道具をひっくりかえしたり等、慌ただしく家探しがされる気配が立て続いた。

「逃げられたな」

だみ声が断じ、二人は家から出てきた。

二人が木戸門を出ていくのを見送って、季蔵はその家に入った。板敷は一部がはがされ、割られた水瓶《みずがめ》は逆さにされていて、水浸しの土間には布団や女物の浴衣や手鏡や眉墨《まゆずみ》入れ、刷毛《はけ》と白粉《おしろい》、紅壺《べにつぼ》と紅筆、鍋、釜《かま》、俎板、当たり鉢に当たり棒、鰹節掻き、竹笊《たけざる》等の調理道具、皿小鉢や箸が飛び、塩、味噌、醬油等が容《い》れ物からぶちまけられていた。

——ここに見えているのは女一人の暮らしぶりだけだ——

季蔵は土間に転がっている飯茶碗も一つなら箸も一膳であることに気がついた。

——元太郎さんは？——

浅岡屋の主や大番頭、お秋の想像通りなら、元太郎と紅代は一つ屋根の下に住んでいるはずであった。

——これでは元太郎さんが家出した理由がわからない——

首を傾げた季蔵がふと開いたままの油障子の方を見ると、野良着に身を包み、手足を泥にまみれさせた二十歳ほどの若い男が立ち尽くしている。如何《いか》にも育ちの良さそうな澄んだ目の童顔が陽《ひ》に焼けて黒い。

――この顔に日焼けは似合わない――

家の中の光景を目に刻んで狼狽《うろた》えていた。

「紅代、紅代、無事か？」

その男は家へと踏み込んできたが、紅代がいないとわかると、

「おまえか――」

季蔵に向けて憤怒の眼差しを向けた。

「違います」

言い切った季蔵はまずは、

「あなたは元太郎さんですね」

相手が頷くのを確かめてから、自分がここを訪れた目的を隠さずに話して、次に見聞きしたことを告げた。

「あなたの言葉をどう受け止めたらいいか――。少し前からおとっつぁんは紅代を殺そうとしていたのです。きっと紅代はもう――。せめて、自分の身が危ういとわかって姿を隠したのだといいのですが――」

青ざめきっている。

「殺すとはまた随分と物騒なお話ですね」

季蔵はひとまず相づちを打つと、

「惚《とぼ》けないでくださいっ」

相手に睨《にら》まれた。

「先ほどわたしの言ったことは本当です。少し落ち着いて考えてみてください。紅代さんを亡き者にするのが目的なら、わたしまで雇うことなどないのです。それとお父様は何より、あなたとの間を元のように戻したいというお気持ちです。紅代さんに手を下しては一生、あなたに恨まれてしまいます。そもそもそんなことまでなさるお父様でしたか？」

季蔵は父子の情に訴えた。

「でしたら、わたしとの仲を認めて紅代を浅岡屋の嫁に迎えてほしいものです」

元太郎は季蔵がまるで父親浅岡屋一右衛門であるかのように厳しく見据えた。

「そうでしょうね。わたしの聞いた話ではそうしたいのはやまやまでも、そうはできない事情がおありだということでした」

「それは何です？」

元太郎は食い下がった。

「何だとお思いですか？」

季蔵は反対に訊き返した。

「孤児で仲居をしているから、紅代は悪い女だというのでしょう？」

「あなたから金子を強請っていると聞いています」

「それはわたしの方から言い出して紅代にやったのです」

「そうであっても、相手の女子の出自や仕事が気に入らないと、とかく息子は悪い女に騙されていると思うのが親です」

「誰も本当の紅代を知らないのです。大番頭の泰助やお秋ぐらいは、わかってくれてもよさそうなものでしたが駄目でした。紅代は客の男たちに人気なものだから、根の葉もない悪い噂を流されるのです。あなたも幾つか耳にしたのでは？」

「わたしはここへ来る前にせんびとの女将さんに聞きました。あなたの言うような話もしていましたが、当人に会わない限り、到底そうだとは決めつけられないとわたしは思っています。けれども、紅代さんがいないとなると、あなたの口から紅代さんのことを聞くしかなくなりました」

——今は元太郎さんの心に寄り添うしかない——

この言葉に元太郎の表情が緩んだ。

「それでは隣のわたしのところへおいでください」

元太郎は紅代の家を出ると、普段はかみさんたちが洗濯をしている井戸端で汚れた手足を清めた。

この後、中に招き入れられた季蔵は、

「別々に暮らしていたのですね」

思わず念を押した。

「ええ」

「紅代がどうしてもというので。わたしたちが想い合うようになった時から、紅代はおとっつぁんが二人の仲を認めてくれるまでは、清い間柄でいたいと言い通してきました。〝男女の仲になって一つ屋根の下になど住んだら、ああ、やっぱりふしだらな女だったと言われてしまうから〟と言うのです。わたしの方はもう、この先、紅代とさえ生きていければ、親も店も捨ててしまってかまわないという覚悟でしたが――ほら、この通り」

そこで元太郎は粗末な野良着の短い袖口《そでぐち》をやっこのように摑んで広げて見せた。

「千人同心のお一人に雇って貰えたんです。実はわたしは幼い頃から土や草木の世話が好きでしたので、紅代には案じられていますが、こうして何とか日々こなしています」

千人同心は日光火之番《ひのばん》等の武士としてのお役目を果たす以外は、ほとんどの者たちが田畑を耕していた。

「それでは――」

「それと何よりこれですよ」

元太郎がかけられている布巾《ふきん》を取り去ると、醬油色の具が載った大きめの丼が見えた。甘辛い匂《にお》いが季蔵の鼻をかすめた。うっすらと生姜の匂いもする。

「これは鮪の生姜焼き丼です。紅代は飯作りがたいそう上手《うま》いんです。朝餉だけではなしに昼時、野良で食べる弁当の握り飯、その上こうして夕餉も拵えて届けてくれるんです」

元太郎は知らずと僅《わず》かに笑みを浮かべていた。

第二話　焼き天ぷら

一

——そういえば、紅代《べによ》さんのところの土間にぶちまけられていた品は、紅白粉《べにおしろい》の類《たぐい》よりも料理に使うものの方が多かった——

「あなた、夕餉《ゆうげ》は？　まだなら分けて食べましょう」

勧められた季蔵《としぞう》は、

「すでにせんびとで済ませてきました。慣れない野良《のら》仕事はさぞかしお疲れでしょう。どうか腹ごしらえしてください」

相手に箸《はし》を取らせた。

「こんな時ですが、それでは一息つかせて貰《もら》います」

元太郎《げんたろう》は猛烈《もうれつ》な勢いで、鮪《まぐろ》の生姜《しょうが》焼き丼《どん》を胃の腑《ふ》に納めていく。

——鮪は江戸では犬も食わないと言われ、冬場に鍋仕立《なべじた》てのねぎまが食されるぐらいだったが、流行風邪《はやりかぜ》の折に工夫した鮪の漬け焼き丼はそこそこ好まれた。そうだ、一つ、鮪の漬け焼き丼を鮪の生姜焼き丼と名を変えて普段の品書きに加えてみよう――

「紅代は寿司《すし》も得手でして」

元太郎はやや自慢げな口調になった。

「寿司ですって？」

季蔵は目を瞠《みは》った。

――寿司ダネは鮮度が命。いくら料理の技に長《た》けていても素人が寿司を握ることなどできるのだろうか？　それとも、薄切りの鮪を生姜焼きにしてすし飯に載せるのだろうか？　しかし、それはちょっと――生姜風味と飯は合っても、鮪の生姜焼きとすし飯は合いそうもない――

「押し寿司ですよ。普段は生の生姜や茗荷《みょうが》を甘酢じめにして押します。運ばれてくる鯖《さば》は味噌煮《みそに》にして、穴子《あなご》は甘辛味の焼き穴子にして押し寿司にするんです」

――海に遠い土地柄ならではの知恵の産物だな――

すっかり感心してしまった季蔵は、

「それでは川で獲《と》れる鮎《あゆ》も押し寿司にするのですか？」

思わず訊《き》いてしまった。

すると元太郎は、

「ええ。獲れたての鮎は塩じめにして旨味《うまみ》を閉じ込めてから酢じめにします。紅代の鮎の押し寿司は酢飯の酢を控えます。ですので、えも言われぬ鮎の柔らかな旨味がふわりと飯と溶け合って、もう天にも昇る気持ちにさせてくれます」

褒《ほ》めちぎった挙句、

「ですが、これは贅沢《ぜいたく》なので特別な日のものだと紅代は言っていました。わたしが紅代と添い遂げるために、ここへ止《とど》まると決めた日の夕餉でした」

照れ臭そうにやや頬《ほお》を赤らめた。

――そうだった、今は紅代さんの料理の話を聞いている場合ではなかった。紅代さんの行方《ゆくえ》を案じなければ――

「もしや、紅代さんはあなたに文《ふみ》などを残しているのでは？」

季蔵の言葉に、

「そうでした」

元太郎は急いで竈《かまど》の後ろを探り、菊に似た花を持ち出してきて季蔵に見せた。

「やはり、そうだったのか、ああ、よかった。紅代のところの油障子《あぶらしょうじ》が開けっ放しで、土間にものが散らかっている様子を目にした時は、あのように取り乱してしまいましたが、よかった、ほんとうによかった」

何度も胸を撫《な》でおろしつつ元太郎は大きく安堵《あんど》のため息をついた。

「それが文の代わりですね」

季蔵が念を押すと、

「これはベニバナです。ベニバナの花は赤い染料になります。あなたはこれがベニバナだとわかりましたか？」

元太郎はまず問いかけた。

「いいえ」

季蔵が首を横に振った。

「ベニバナを知らなければ、この花と紅代を結びつけたりはしないでしょう。ベニバナはこの近くの空き地に繁《しげ》っています。それでわたしたちは当分、ベニバナの花を文代わりにしようと思いついたんです」

「紅代さんがあなたの家の竈の後ろにベニバナの花を置くのは、身の危険を感じてここから離れるという意味ですね」

「ええ」

元太郎は大きく頷《うなず》いた。

「紅代さんが今、どこに居るかも知っているのではありませんか？」

季蔵の言葉に、

「それは――」

急に相手は押し黙り、

「紅代は孤児《みなしご》で寺に拾われて育てられたので――」

元太郎はひっそりと応《こた》えた。

「その寺というのはどこです？」

季蔵は追及を止《や》めなかった。

「それは――」

またしても黙り込みそうになった相手に、

「そこで拾われて育てられたのなら、まずは、その寺を頼るでしょう？　そこへ身を隠したのだとしたら、あなた一人で追いかけて行くよりもわたしと一緒の方がよくはないですか？　敵はもうすでにその寺の場所を突きとめていて、向かっているのかもしれないのですから」

「そんな――」

再び青ざめた元太郎に構わず季蔵は戸口へと向かった。

慌てて身支度して追ってきた元太郎は長屋の木戸門を潜《くぐ》り抜けると、

「紅代が育ったのは府中《ふちゆう》にある大晃寺《だいこうじ》です」

そう言うと、すいすいと先に立って歩いた。すぐに追いついたものの意外な速さに、

「さすが商い精進の賜物《たまもの》ですね」

季蔵が讃《たた》えると、

「とんでもない、あなたこそ。わたしはあなたに何とか合わせているだけです。それと今はもう、あなたの話とあなたを信じるしかないと思っています」

元太郎は息をやや荒立たせている。

「もう少しゆっくり歩いてください。あなたに紅代さんについてのお話を続けてほしいで

す」

季蔵はすでに自分たちが尾行《つけ》られていることに気がついていた。

――どのみち、こちらが先に着くのだからかまわない――

季蔵は元太郎のために歩みを緩めた。

二

「あなたは紅代さんが育った大晃寺に行かれたことがあるのですか?」

季蔵は訊いた。

「いいえ、ありません。けれども紅代から話をよく聞いていました。孤児たちを養って読み書きを教えるのもまた、仏の道であるとしている、真《まこと》に徳の高いご住職が育ての親だということでした。紅代はこの寺の山門に捨てられていたんです。たしか年齢《とし》は二歳ほどだったとか――」

「織物取引で賑《にぎ》わう八王子《はちおうじ》に比べて府中は田舎《いなか》です。紅代さんは華やかな様子に憧《あこが》れて八王子で仲居になったのでしょうか?」

「それは酷《ひど》い」

元太郎は声を怒らせて、

「紅代は御住職をおとっつぁんと慕っていて、二年前までは寺で女師匠《おんなししょう》として、女児に読み書きの他に煮炊《にた》きや針仕事を教えていたんだそうです。ところが八王子が賑わうにつれて、大晃寺はより多くの孤児の世話をしなければならなくなったんです」

「八王子の賑わいと府中の寺の孤児が増えたというのはどう関《かか》わっているのです？」

季蔵は首を傾《かし》げた。

「八王子の商いが大きくなると集まる商人たち、ようは働き盛りの男たちの数も増えます。同時に旅籠《はたご》には、飯盛り女と呼ばれる遊女たちが集まってきます。近くの府中の若い女たちの中にも遊女になる者たちが増えてきたんです。たいていは貧しい百姓の娘たちだと紅代は言っていました。こうした娘たちは飯盛り女になったり、紅代のように料理屋の仲居をしたりしているうちに、相手のわからない子どもを授かってしまうんです。当人たちは実家《さと》への仕送りの他に、贅沢《ぜいたく》な食べ物や着物に金を使うだけではなく、薄情男に心底尽くしたりしていて、借金まみれであることが多く、もちろん、生まれた子なぞ育てられようはずもありません。それでこのところ、大晃寺の山門前には捨て子が絶えなくなったんです」

「しかし、沢山の子どもたちを食べさせるのは大変なことでしょう？」

「今までは住職の人徳で厨《くりや》での煮炊きや掃除、着る物、布団作りや繕い物等は、子ども好きの門徒の女たちが紅代を手伝って、奉仕してくれてきました。けれども、肝心の米や青物、滋養の摂《と》れる干し魚や卵等を買う銭に窮してしまえば、もうどうすることもできなくなったとのことでした。その上、高齢の住職は病を得ていて、弱った身体《からだ》で朝晩の経を上げ、子どもたちに読み書きを教えているそうです。男の師匠を雇う余裕などありはしないんです」元太郎の声が湿っていた。

「それで思い詰めた紅代さんは、八王子に出て仲居をすることになったのですね」

「ええ、その通りです」

「そして理由を聞かされたあなたは、八王子へ出向く度に店から持ち出した金子《きんす》を渡したのですね」

「八王子では飯盛り女も仲居も区別なく、店の主《あるじ》たちは若い女を客たちの餌食《えじき》にして、儲《もう》けようとしています。いくら紅代が客たちの人気者でも大晃寺の孤児たちを養うだけの稼ぎはありませんでした。紅代はそこをせんびとの女将《おかみ》につけこまれていました。あのままでしたら、いずれ紅代も借金をするようになり身を売ることになっていたでしょう」

「紅代さんが借金？　女将は中々の手練手管《てれんてくだ》で相手を焦らして、しっかり貯《た》め込んでいると言っていましたが──」

「そんなことはありません。そもそもあの女将は飯盛り女上りのたいしたあばずれ、やり手婆《ばば》なんです。女郎屋でも旅籠でもなく、料理屋を開いたのはスレていない、楚々《そそ》とした美形の素人娘を、高く高く客に売りつける算段だったからです」

憤怒《ふんぬ》の言葉をまき散らした元太郎は、

「ですから紅代にそんなところで働くのを止めさせたかったのです。もちろん大晃寺の御住職の並外れた慈愛に対しての敬意もありました」

「そうは言っても、あなたが浅岡屋《あさおかや》を捨ててしまえば、いずれ家出の折に持ち出した金子も底を尽きます。野良仕事が達者になっても得るのはせいぜい、給金代わりの青物でしょう——。それがわかっているから、紅代さんはあなたの父親である浅岡屋一《いち》右衛門《えもん》さんに認めてほしい、認めて貰えて晴れて嫁になるまでは、男女の仲にならないと決めていたのでは？」

季蔵は厳しい現実を突きつけた。

——そう考えると紅代さんもあの女将さんに勝るとも劣らない、なかなかの策士だ——

しかし、

「わたしにとっておとっつぁんは一人、おとっつぁんにとっても子はわたしだけ。孤児だった紅代はわたしたち親子の絆《きずな》を大事に思っていてくれるのです。嫁になりたいという打算が先んじているわけでは決してないんです」

元太郎は徹底して紅代の野心を否定した。

——恋に目がくらんでいるのか——とはいえ、ぴったりな言葉だ——

「なるほど。紅代さんは素晴らしい方なのですね。是非とも、わたしもお会いしたくなりました」

季蔵は元太郎に微笑《ほほえ》みかけた。

「もうすぐですよ。ああ、やっと会える。約束してるから会えるとわかっているのに、これほど切ないとは——」

元太郎は両手を交差させて胸を抱き締める仕草を繰り返した。

こうして二人は大晃寺に辿《たど》り着いた。空が白みはじめ、夜はそろそろ明けかけている。

山門を潜り抜けた時、

――ここには親に捨てられた子らの悲しみや恨みが溜《た》まっていることだろうな――

季蔵は思った。また、

――紅代さんが実の親子である、元太郎さんと父親の絆を大事に思ってくれているというのはやはり肯《がえん》じ得ない。幾ら御住職が慈しんでくれてきたとはいえ、それは仏の道を介してのものだ。仏の道に少しでも反する我儘《わがまま》は許されない。我儘をぶつけ合うことができてこそ、真の親子で、それはたいてい実の親子でしか叶《かな》わぬものなのだ。紅代さんが大晃寺のためにわが身を捧《ささ》げようとしているのも、育ててもらったゆえの恩返しではないか？そしてこのような心の裡《うち》は元太郎さんには決して解せないもののような気がする――

苦く哀《かな》しい想《おも》いが胸をよぎった。

季蔵は寺の裏手へと回り庫裡《くり》の戸を叩《たた》いた。

「御住職にお会いしたくまいりました。紅代さんの知り合いの者です」

そう名乗ると戸が開いて竈で炊き上げている麦飯や、大鍋《おおなべ》の味噌汁《みそしる》の匂《にお》いがこぼれてきた。

「慶円《けいえん》様なら本堂だよ。朝早くから精の出るこった。そんだから、慶円様の御経《おきょう》は極楽浄土《ごくらくじょうど》へ行けるご利益《りやく》があるって評判なんだけどね。話しかけても御経が終わるまで、応えねえだろうけどかまわねえ、上がって有り難《あ　が》てえ御経聴いてればそのうち終わる」

襷《たすき》がけをして手拭《てぬぐい》を姉さん被《かぶ》りにした門徒らしい四十歳ほどの女に言われ、二人は本堂へと向かった。

高齢の僧侶《そうりょ》が墨衣姿で仏像を前に経を上げている。入った時ちらりと見えたその顔は険しくやや骨ばって見えた。仏具は極端に少ない。

――それほど窮しているのだろう――

二人は慶円の背後に正座して経を聴くことになった。慶円の経にはわざとらしい抑揚がまるでなかった。ただし、経典の一言一言をよく嚙《か》みしめてから吐き出しているように感じられる。

――この人は習慣でも周囲の手前でもなく、純粋に仏の道を解して究《きわ》めるために読経《どきよう》しているのだ――

季蔵は珍しく聴き惚《ほ》れてしまった。

元太郎の方はふわり、ふわりとあくびをしている。

――まあ、若いうちはこんなものだろう。それに何より気がかりなのは紅代さんのことなのだから――

慶円は読経を終えると手にしていた数珠《じゆず》を片袖《かたそで》にしまってから二人の方を向いた。

「さて、何ですかな？」

ここで元太郎はもう一度、訪《おとな》いの理由を口にして、

「紅代はわたしの名を告げていたはずです。どこで待っているんです？　お願いです、会わせてください、お願い、お願いです」

何度も頭を下げた。

すると慶円は無表情のまま、

「紅代はもうここにはいない」

きっぱりと言い切った。

「嘘《うそ》です。わたしたちはここで落ち合うと約束していました」

なおも元太郎は言い募り、

「隠し立てなんて酷い、酷いですよぉ、教えて、教えてくださいっ」

泣くような声も出して、立ち上がって摑《つか》みかからんばかりになり、さすがに困惑顔になった慶円は、

「とにかくおらぬものはおらぬ。ただし、これを紅代から預かっておるゆえ、読みなされ」

胸元から文を出して元太郎に渡した。

三

慶円から文を渡された元太郎は息を詰めて読み始めた。みるみる呆然自失《ぼうぜんじしつ》になっていった顔が最後の一行で大きく歪《ゆが》み、目から涙が溢《あふ》れ出た。そして、うおーっという泣き声を

洩《も》らし続けた。季蔵は元太郎からその文を取り上げた。
端麗な女文字が連ねられている紅代の文には以下のようにあった。

この文をあなたが目にする頃《ころ》、あたしはもうこの近くにはおりません。そしてその行方を明かすこともできません。なぜなら、あたしには行く末を共にしたい相手がいるからです。

その相手は幼いあたしが大晃寺の山門に捨てられているのを見つけてくれた男《ひと》です。冷たい秋の長雨の頃だったそうです。その男もまた、大晃寺に捨てられ、育てられていた孤児でした。以来あたしは、兄さん、兄さんとその男を呼んで慕い続けてきました。十歳以上年齢の離れた兄さんは読み書きに秀でているだけではなく、手先が器用で力もあり、大晃寺で子らに読み書きを教える一方、慶円様の畑仕事を手伝ったり、棚造りや雨漏りの修繕等をこなしていました。

そんな兄さんでしたが、ある時、喧嘩《けんか》の仲裁に入って、喧嘩を売った方に怪我《けが》を負わせてしまい、代官所で厳しいお咎《とが》めを受けました。兄さんは弱きを助ける男気も持ち合わせていたのです。でも、これで兄さんはここにはもういられなくなりました。怪我をしたのはかなりのお大尽の息子でしたので、このお裁きはもとより公平ではありませんが――。とかくお上は孤児の言い分に耳など貸さぬものです。

あたしはずっと兄さんの背中を見て育ちました。それで兄さんがここを去った後、あたしで出来ることは見習おうと励みました。八王子で仲居をすることに決めたのは、兄さんなら大晃寺の窮状を見かねて、力仕事でお金を稼ぎ何とかしようとするに違いないと思ったからです。

とはいえ、大好きな兄さんの居所はわからず、生涯会えないかもしれないのです。どんなに忙しく暮らしていても、一日たりとも忘れたことはありません。あたしの心には隙間風《すきまかぜ》が恋しい、恋しいと吹いていました。

そんなあたしの前に優しい元太郎さんが現れたのです。好きだと言ってくれました。夫婦《めおと》になろうとも。あたしの心がふわりと温かくなりました。まるで寒風に晒《さら》されて凍えかけていたところを、突然春風に包まれたかのように——。気がついた時には大晃寺のために金子をいただいてしまう等、すっかり、元太郎さんに甘えていたのです。

あたしが生涯を捧げる相手はやはりあの兄さんなのです。ですから、あたしが元太郎さんと一つ屋根の下に住まず、男女の仲にならないのは、元太郎さんのお父様である浅岡屋さんに認めさせて、嫁にして貰うためなどでは決してありません。ただの口実にすぎなかったのです。

このことはどんなに謝っても謝り足りないとあたしは思っています。もう、これ以上、元太郎さんに甘え続けることはできません。なぜなら、甘えと言えば響きはいいけれど、ようは好意に付けこんでの無心を続けてしまうだけだからです。元太郎さん、あたしはあなたのお家や周りの方々が思われているように、あなたにとってよくない女です。

ですから、元太郎さん、どうか、あたしのことはきれいさっぱり忘れてください。元太郎さんにはあたしなんぞより相応《ふさわ》しい、釣りあいのとれたお相手が幾らでもおられるはずです。そのお方と末永くお幸せになられることを願っています。

それから元太郎さんは長屋の近くに生えていたベニバナを、あたしとの絆だとおっしゃってくださいましたがそれも違います。あたしが捨てられていた大晃寺の山門近くには、ベニバナが沢山生えていて、それで慶円様はわたしを紅代と名付けてくださったのですから。

繰り返しますがどうかお幸せに。

さようなら。

紅代

元太郎様

「ご住職もこの文をお読みになってください」

季蔵は慶円に文を渡した。

読み終えた慶円は無言で目を瞬《しばた》いている。

「ご住職、紅代さんが慕い続けてきた兄さんという方について、何かご存じではありませんか？」

季蔵は訊かずにはいられなかった。

慶円は一言一言噛みしめるように言葉を続けた。

「境内《けいだい》に萩《はぎ》の花が咲く時季にここへ来た赤子であったので、拙僧が萩吉《はぎきち》と名付けた。ここにいられなくなって出て行ってから、年に一度、今時分、思い出したように金子が届けられて、御本尊様の前に供えられていた。添えられている文には〝どうか仏の道を〟と書かれていた。萩吉の字であった」

「紅代さんはそれを知っていたのですか？」

さらに追及すると、

「おそらくは気がついていた」

俯《うつむ》いてしまい、

「二人は祭りで会っていたかもしれない」

ふと洩らした。

その慶円の言葉に、

「あんたが悪いんだ」

突然、立ち上がった元太郎が飛び掛かろうとした。

「いけません」

季蔵は元太郎を羽交い絞めにした。

「仏の道だとか言って、ようは育ててやった恩義をかさに着てずっと追い詰めてたんだ。だから紅代は同じ思いをしてきた萩吉って奴《やつ》を忘れられなかったんだ」

元太郎の慶円を見る目は猛《たけ》り狂っていた。

「まあ、落ち着いて。ご住職にはまだお訊きしたいことがあるのですから」

元太郎は慶円を睨《にら》み据えたまま、季蔵に両肩を押されて座った。

「先ほど年に一度今頃、萩吉さんが訪れる、二人は祭りで会っていたかもしれないとおっしゃいましたね。それはもしかして、くらやみ祭のことではありませんか？」

慶円は黙って頷いた。

府中の大國魂《おおくにたま》神社は江戸開府以前からの長い伝統と格式を誇っている。そしてこの古式ゆかしき神社の例大祭がくらやみ祭である。明かりを全《すべ》て消した深夜の暗闇《くらやみ》の中で行われていたため、くらやみ祭と呼ばれるようになった。六張もの大太鼓と八基の神輿《みこし》が町内を回る壮大な祭りであり、観光案内の一つである江戸《えど》名所図会《めいしょずえ》でも、「五月五日六所宮《ろくしょのみや》　祭礼之図」として取り上げられている。

季蔵は取り引き相手のつきあいで府中へ出向き、くらやみ祭を見聞してきた長崎屋《ながさきや》五平《ごへい》から以下のような話を聞いたことがあった。

「何でも昔々は尊い神様は見ちゃあいけない、見たら罰が当たって目が潰《つぶ》れるってことで、祭りは夜の暗闇で行われることになったんだそうだ。それにしても、有難《ありがた》い御霊《みたま》が神社から神輿に移って御旅所にお渡りになるのが、子《ね》ノ上刻（午後十一時頃）ってえのはねえ、真っ暗闇の中を歩くのは何とも酔狂が過ぎる。気味が悪いったらないし、ぞーっと背筋が冷たくなったよ。いいや、神様の御機嫌が気になって御霊が怖いんじゃあない、こんなに人が集まってて、ここまで暗かったら何があっても不思議はないからだよ。ちょいと聞いた話じゃ、くらやみ祭の後はいろんな骸《むくろ》が見つかるんだそうだ。相対死《あいたいじに》（心中）とか、どこの誰《だれ》ともわからない丸裸で血だらけの男のものとか、口から血を流して恨めし気な目をしている毒死の遊女とか——。そもそも幽霊噺《ばなし》は苦手でね、今にも祟《たた》られそうで、こいつばっかりはさすがのわたしも噺にはできません」

ちなみに大店《おおだな》の廻船《かいせん》問屋の主である五平は、若い頃、噺家になりたくて勘当されたことがあり、精進して二つ目まで上がった際の噺家名は松風亭玉輔《しょうふうていたますけ》という。

「くらやみ祭はいったい、いつなんだ？」

首を傾《かし》げた元太郎は慶円に迫った。

「品川《しながわ》の海で神輿等の神具を清める塩は今年もすでに得ている。祈晴祭を経て、一昨々日《さきおととい》神輿の鏡は塩で磨かれ、清められて御鏡磨式《みかがみすりしき》も終わっている。昨日には神輿・太鼓の準備が全て整えられた。もうすぐ終日続く神楽《かぐら》も始まる。今夜がいよいよくらやみ祭だ」

慶円は応えた。

「よかった、まだ終わっていなかった。それなら、まだ間に合うかもしれない」

元太郎は膝《ひざ》を叩いた。

「季蔵さん、文の初めの方をもう一度読んでみてください。それから最後の方も。紅代は行く末を共にしたい相手がいる、自分を捧げる相手は兄さんだとは書いていますが、どこか別の場所に行って暮らすのだとは書いてはいません」

「まあ、それはそうですが――」

季蔵は言葉を濁した。

――言わずもがなのことだからあえて書いていないのでは？　あるいは仏の道よりも愛を選んだ後ろめたさゆえ？　元太郎さんはどうしても紅代さんを萩吉さんに奪われたくないのだろうが――

一方の元太郎は、

「くらやみ祭が紅代と萩吉の逢瀬《おうせ》の場だったとして、仏の道を貫くことに疲れきった二人は――」

その先を続けることが出来なかった。

――それはあり得る――

「たしかに」

季蔵は大きく頷くと、

「それでは元太郎さん、紅代さんたちを探すために、わたしたちもくらやみ祭に紛れることにしましょう。ただし、約束してください。あなたの言うように、二人が命を散らそうとしていた時は止め、そうではなくて、落ち合って別天地への門出だったとしても、邪魔立てすることなく祝福して見送ると――」

「わかっています」

元太郎の頰にはまだ涙の跡が残っていた。

四

「ならばしばしの間あそこで休まれよ」

慶円の勧めで、二人は寺の裏手にある崩れかけたお堂でくらやみ祭までの時を過ごした。お堂の中に入ってほどなく、遠くから風に乗って囁《ささや》くように神楽の音が聞こえてきた。

「腹、空《す》いてるだろ？」

厨に居た門徒の女が薄茶色の握り飯を盆に並べて差し入れてくれた。握り飯は麦飯ではない白米で、茶も粗末ではない煎茶《せんちゃ》であった。

「早く食いな、旨いよ」

門徒の女がにっと笑った。

――そういえば昨夜、夕餉を食べてから何も口にしていない――

急に空腹をおぼえた季蔵は握り飯を手にした。すでに元太郎は頬張っている。

「これは――」

驚いたことに握り飯は煮鮑飯《にあわびめし》であった。使われているのは甲州《こうしゅう》名物の煮鮑である。醬油煮《しょうゆに》の鮑が煮鮑なのだが、その作り方は秘伝とされてきた。稀少《きしょう》な煮鮑は内海で獲れる鮑よりずっと高価なので、塩梅屋《あんばいや》が入手できた場合でも、混ぜ飯などには使わず、薄く切ってお造りとして供している。

――鯖の味噌煮や焼き穴子のようにすし飯の上に載せて押してもいいな――

季蔵は紅代の得意料理だという、海に遠い土地ならではの押し寿司に煮鮑を使うことを思いついた。

——それにしても何とも贅沢な味だ——

季蔵は煮鮑飯の握り飯を味わった。元太郎は三つ目に手を伸ばした。

——ともあれ、食べられるのはいいことだ——

季蔵の視線に気づいた元太郎は、

「情けない、どんなに落ち込んでいても美味《おい》しいものは美味しいんですから」

照れ臭そうに言った。

「煮鮑はよく召し上がられるのでしょう？」

浅岡屋の若旦那《わかだんな》であればそうであってもおかしくなかった。

「ええ、まあ。実は鮑が好物なんです、わたしもおとっつぁんも。でも、始末なおとっつぁんは煮鮑は樽《たる》入りの頂きものでしか食べないと、固く決めているので時々です。買いもとめてまでは食べません。それでよく膳《ぜん》に載るのは鮑の炊き込み飯です。これはお釜《かま》に洗った白米と小指の先のさらに半分に切り揃《そろ》えた鮑、生姜の微塵《みじん》切りか千切り、醤油、酒、昆布《こんぶ》、塩を入れて炊き上げます。おとっつぁんは鮑の肝も一緒に入れて炊いたものが好みなので、その分は別の釜で拵《こしら》えます。匂《にお》いと苦みに弱いわたしは勘弁です。そんな生鮑の炊き込み飯よりも煮鮑飯の方が数段旨いですよ。どこが違うかというと、煮鮑についてくるあの煮汁なんですよね。これが何とも深みのある旨味を出してくれるんです」

なるほどと感心した季蔵は、

「あなたは料理もお好きなようですね」

微笑みかけた。

「なに、鮑に限ってあれこれ口出ししたくなるだけです」

元太郎の口元も釣られてほころんだ。

——そういえば——

二つ目の煮鮑飯の握り飯を食べ終えて、極上に近い味の煎茶を啜《すす》った季蔵はふとした思いを口にした。

「だんだん、こんな値の張るものを振る舞っていただいていいのだろうかという気がしてきました。庫裡を訪ねた時、炊き上がっていたのは麦飯でしたし——」

「きっと特別なくらやみ祭の日だからですよ。客人をもてなすのが矜持《きょうじ》なのかも」

元太郎は同調しなかった。

「それにどうやって、この地に煮鮑が運ばれてきたのかも気になってきました」

季蔵の思いは疑問と化した。

「ここは甲州街道の宿場ですから」

「わかっています。でも、甲州名物の煮鮑は駿河《するが》で獲れた鮑を何とか日持ちさせようと醤油で煮たものを樽に詰めて、馬の背中に乗せて何日かかけて甲州まで運んだのが始まりとされています。ごっとん、ごっとんという揺れの妙も幸いし、いい具合に鮑に醤油の味が染み、生鮑とはまた異なる美味が生まれたと言われています。ただし、駿河の沼津《ぬまづ》を起点として千本松原《せんぼんまつばら》に続いている海沿いの道は、もう一つの甲州街道とは言われているものの、日本橋《にほんばし》から内藤新宿《ないとうしんじゅく》を経て甲州、諏訪《すわ》へと続く本来の甲州街道ではありません」

「あなたがおっしゃりたいのは、正規の甲州街道の宿場であるここ府中に、煮鮑が運ばれるのは不自然だというのですね」

「ふと思っただけですが――」

「ならば、江戸からここへ運ばれたと考えれば得心がゆきます。江戸と府中は急げば日帰りができる、そう長い道のりではありませんから。商いで始終この辺りを訪れているわたしは、そんな話を少なからず耳にしたことがあります。欲しいと思うものが何であれ、一つ残らず手に入るのがお江戸ですからね」

「なるほど」

季蔵は一応の相づちを打ったものの、

――ここにはよほどのお大尽が居て、わざわざ江戸から煮鮑を取り寄せ、くらやみ祭にはこのような寺にまで配るのだろうか――

正直今一つ実感が湧《わ》かずにいると、

「これも聞いた話ですが、この辺りの旅籠ではくらやみ祭に訪れる江戸の人たちの膳に煮鮑を供することもあるのだそうです。江戸から運ばれたものを江戸の人たちが食べるなんて、おかしな話ですが――。ああ、すいません、わたし、この話を思い出すとなぜかついつい笑ってしまうんです」

元太郎は目に涙を浮かべて笑い続けた。その様子が、想いを断念しなければならない悲しみゆえの道化にも見えて季蔵の胸に迫った。

祭りが行われる黄昏時《たそがれどき》が訪れた。季蔵と元太郎はまずは大國魂神社の神主の元へと赴き、神輿を囲んで集まっている大勢の人たちと合流した。そして本格的な夜が来た。家々は一軒残らず灯《あか》りを点《とも》していない。先頭のおぼろげな松明《たいまつ》の光がなければ真の闇である。二人は気配だけで顔の見分けさえつかない中を、人の波に歩調を合わせて進んで行く。

「昔々は神様が降臨なさるのは暗夜と決まっていて、ここの神事が特別ではなかったんだそうですよ」

元太郎が小声で呟《つぶや》くと、

「んだから、お江戸なんぞで昼間にやる神事にご利益はねえのさ。おらたちのくらやみ祭は、どんな祭りもかなわねえ」

どこからともなく応えが返ってきて、

「んだんだ、なんせ、明日の田植えの神事に先がけてんだからな。神さんに守られて米が育たなきゃ、飢え死にするしかねえのが百姓よ」

別の声が続き、

「御神事に氏子を肥やす六所《ろくしょ》（大國魂神社）の田」

長老らしきしわがれた声の川柳が聞こえた後、

「夜渡る祭り府中と夢中なり」

江戸からの見物客のものと思われる粋《いき》で艶《なま》めかしい川柳が耳に飛び込んできた。府中と夢中とが語呂合《ごろあ》わせになっていて、祭りは男女の交わりの意味で使われている。

そうこうして歩んでいくうちに人の波の動きが止まった。とうとう神殿に行き着いたのである。先頭の松明さえも消されて、漆黒の闇の中で、先頭の神主が神を讃《たた》える大祝詞《おおのりと》を捧げる声が響き渡った。神輿が神殿に納められる。

最後に太鼓がどおおんと地からの叫びにも似て打ち鳴らされた。そのとたん、周囲の家々の灯りが一斉に点される。暗闇から転じて灯りが点った様子は、これ以上はあり得ないと思うほど明るかった。

季蔵は一瞬、あまりの眩《まぶ》しさゆえに目を閉じてしまったほどであった。元太郎も同様に片手を両目に当てて庇《かば》っている。

そして、元太郎は照らし出されたまま、まだ止まっている人の波を掻《か》き分けて行く。紅代を探そうとしているのだ。人波はほとんど男ばかりであった。それで前に進もうとすると、

「前は神さんの近くだで、罰が当たるぞ」

ややもすると阻まれかけたが、

「すみません、大事な相手を探してるのです、若い女です、すみません」

しきりに詫《わ》びながら進み、紅代の顔を知らない季蔵も元太郎の後を追うしかない。

神殿のすぐ近くまで探した後は、後ろへ後ろへと人波を掻き分けはじめた。

「若い女です、探しています」

二人して声を張りつつ、やっと半分ほどまで掻き分けた時、つつっと人並みの外から人影が近づいてきて、

「ちょっと来い、神事に穢《けが》れは持ち込めないゆえな」

役人らしき様子の男が季蔵に耳打ちしてきた。季蔵は元太郎に目で促すとその男について人波から逃れた。

「代官所の者だ、柳井《やない》三九郎《さんくろう》と申す。おまえたちを理由《わけ》ありの人探しと見た」

鋭い目で見据えた相手は厳しい物言いで訊いてきた。

「ええ、実は──」

季蔵が名乗っておおよその事情を話すと、

「ということは、可愛《かわい》さ余って憎さ百倍、おまえが女たちを手に掛けた張本人だということもあり得るな」

柳井は元太郎に向けて眉《まゆ》を上げた。

──若い女とその相手に何かあったのだ──

季蔵は長崎屋五平の話を思い出していた。

「そんな、手に掛けたですって？　お願いです、その女に会わせてください」

元太郎は柳井の前に跪《ひざまず》いた。

「わたしからもお願いします」

季蔵も倣《なら》った。

こうして二人は松明を手にしている柳井に導かれて、神事の途中知らずと通り過ぎていた松の木林を進んだ。あれほど眩しかった家々の灯火も松林の中にまでは届かない。

立ち止まった柳井がその場所を松明で照らし出した。大きな松の木の根元に男女の骸が折り重なって血を流していた。

五

「紅代っ」

元太郎は抱くように重ねている男の身体《からだ》を剝《は》がした。

仰向《あおむ》けになった骸の男の年齢は四十歳ほどで鬢《びん》に白いものが混じりはじめている。皺深《しわぶか》い黒い顔は険しかった。憤怒と苦悶《くもん》の表情を浮かべている。がっしりとした長身の骨格に上等な大島紬《おおしまつむぎ》がぴたりと粋に似合ってはいたものの、どこか自堕落《じだらく》な印象を受ける。

――これがもしや、萩吉？　この様子は尋常な働きをしてこなかった証《あかし》では？　前に盗賊の一味の一人にこんな顔を見たことがあった――

柳井が素早く屈《かが》み込み、男の片腕を露《あら》わにすると、黒い筋の烙印《らくいん》がくっきりと見えた。咎人である証であった。

一方の女の方は生きている頃はさぞかし美しかったであろうと思われる、男なら誰もが好ましく感じるであろう、楚々とした死に顔であった。そのうえ死に顔だというのにまるで眠っているようだった。今にも起き上がって話しかけてきそうな、不思議な安らかさと明るさがある。常に年齢よりも若く初々しく見受けられる魅力の持ち主だったに違いない。

――紅代さんだとしたらもたらされた死は救いであったのかもしれない――

「二人とも斬《き》り殺されているように見えたが、男は首を一突きしていて、女の方は首を絞められて殺されている」

　柳井は、

「紅代っ」

　取りすがって号泣している元太郎をちらと見て、

「首を絞められているというのにこんな菩薩顔《ぼさつがお》の仏さんは見たことがない。よほど好いた男だったのだろう」

　男の骸に目を落とすと、

「相対死と見た。ったく、せっかくの神事が台なしだ」

　吐き出すように言い、

「おまえらはこやつらと知り合いなのだな」

　季蔵に確かめた。

「ええ、どうやら」

　季蔵は泣いている元太郎の肩を押して、

「お上へ申し上げてください」

説明を促した。

啜り泣きながら元太郎が紅代の身元を明かすと、柳井はすぐに大晃寺まで配下の者を走らせた。

ほどなく慶円が駆けつけてきて、死んでいる男女は萩吉と紅代であると告げ、

「神事を穢されてしまった、何とする？」

いきり立っている柳井の前に頭《こうべ》を垂れると、

「この者たちは我が仏の元へ」

きっぱりと言い切り、二体の骸を大八車《だいはちぐるま》に乗せ、菰《こも》をかけ、大晃寺へと運んだ。そして、田植え神事の日の明け方、やっと調達した棺桶《かんおけ》に入れられて葬られた。

「事情が事情だけに通夜《つや》はできないのだそうです」

元太郎は唇を噛んだ。

養い子にして御仏《みほとけ》の弟子二人を失った慶円の胸中は、はかりしれない悲しみの深淵にあるのだろう。慶円は二人の墓の前で、一刻半（約三時間）以上も読経を続けた。

季蔵と元太郎は代官所に呼ばれた。

——これは代官所日誌に書き留められることもなく、なかったことにするはずでは？なのになにゆえ、呼ばれてまた、話を訊かれるのだろう——

季蔵は不審に感じたが出向いてみるとその謎《なぞ》が解けた。

代官所の門前に立っていた柳井は二人を見つけると、顎《あご》をしゃくって裏にまわるよう促した。そこには酒や米樽、極上の金まくわ瓜《うり》の詰め合わせ、羊羹《ようかん》、カステーラ等の貢《みつ》ぎ物が積まれていて、浅岡屋の大番頭泰助《たいすけ》が江戸から駆けつけてきていたのだ。

「わしが江戸へ人をやったのだ。ったく世話をかけよって」

貢ぎ物を吟味している柳井の目は、不機嫌そうな物言いとは裏腹に満足そうだった。

「こちらのお役人様のお報《しら》せで若旦那様をお迎えにあがりました」

長年大店の大福帳と算盤《そろばん》弾《はじ》きを任されてきた男の顔は、小さな目がきらきらとよく動き、得体の知れない笑みで包まれていた。

「あなたが季蔵さんですね。このたびは若旦那様が並々ならぬお世話をいただきました。ありがとうございます。この通りです」

頭《こうべ》を深く垂れ、一度顔を上げると、

「霧が晴れて空が見えました。これほどよい流れになるとは――もう、最高です、本当にありがとうございました。主もくれぐれもよろしくと申しておりました」

さらに深く辞儀をした。

「さあ、若旦那様、参りましょう」

元太郎のためにすでに駕籠が用意されていた。

「わたしはまだ――」

元太郎は季蔵の方を見た。

――もっと、紅代さんの供養がしたいのだろうな――

察するものがあった季蔵だが、

「季蔵さん」

自分を呼んだ泰助の声音には逆らい難い厳しさがあって、

――そうだ。これはお奉行から命じられたお役目であった――

あえて紅代の名は出さずに、

「お好きな花は何ですか？」

元太郎に訊いた。

「今時分はあれかと」

応えた元太郎を季蔵は、

「お父様も心配されておられることですし、どうか先にお帰りください。あれはわたしにお任せください」

そう言って促した。

元太郎たちを見送り、柳井に辞儀をし、後に続こうとした季蔵を柳井が呼び止めた。

「渡したいものがある」

季蔵は、しばし待たされた。

「まずはこれだ、男の袖にあった」

柳井は表が金色で裏が銀色になっている、末広扇《すえひろおうぎ》を開いて渡した。親骨は漆《うるし》の本塗、本《ほん》銀箔《ぎんぱく》と本金箔が使われている贅沢な品ではあったが、べったりと萩吉の血が付いている。

「こちらは女が帯に挟んでいたものだ。身体が重ねられていたせいで男の血が染みていた。これもそっちで始末してほしい」

柳井は血に染まった褐色の薄い紙のようなものを差し出した。受け取ってしげしげと見つめた季蔵は、鼻に当てた後舌で触れて、血の味とは別の風味を探り当てた。

「これは熨斗《のし》ですね」

はっきりと告げた。

熨斗とは熨斗鮑の略であり、鮑をごく薄く剝ぐように削ったものをいったん乾かし、さらに水で引き伸ばしたものであった。

「相対死の咎人の血に染まっているとはいえ、神事に使われることもある尊い熨斗ゆえ、始末に手を貸せば罰が当たるような気がしてな」

「末広扇と熨斗は結納の品でもあります。二人は祝言の支度をしていたのでは？」

季蔵が真顔で訊いたせいだろう、

「まあ、おおかた極楽浄土での祝言だろうがな。とにかく頼むぞ」

柳井は笑い飛ばした。

「承知いたしました」

季蔵は末広扇と熨斗を手にして大見寺へと戻った。ベニバナを一抱え切り取って、線香一つ上げられていない土を盛り上げただけの墓を供養すると、すぐに江戸への帰路についいた。

途中、なぜ、二人はあのような物を持ち合っていたのかと気にかかってきた。

――熨斗だけではなく、末広扇まで揃《そろ》っている。これらに真綿やスルメや昆布を加えれば完璧《かんぺき》な結納の品になる。となると、紅代と萩吉は必ずしも、あの世ではなく、強い絆で結ばれたこの世での暮らしへと踏み出そうとしていたのではないか？――

それともう一つ腑に落ちないことがある。

――死に顔だ。紅代さんがあのように安らかに逝ったのは、柳井様の言う通り、好きな萩吉さんに殺されるゆえだったとしても、萩吉の苦悶の表情は恐ろしいほどだった。愛する紅代と共に旅立つと決めていたというのに、なにゆえ、あのような悪鬼のごとき形相だったのか？　もしや、あれは――

柳井が断じた通りの相対死だったのだろうかと季蔵は気にかかった。

――柳井様には訊けなかったが、萩吉さんが紅代さんの首を絞めて殺し、自分の首を掻き切ったのだったとしたら、それに用いた刃物はどうしたのか？　少なくとも死んでいた二人の傍《そば》にはなかった――

相対死への疑惑を募らせたまま、夜半近くに日本橋へと入り、塩梅屋へと辿《たど》り着くと、暖簾《のれん》を仕舞おうとしていた三吉《さんきち》が転がるようにして、

「お帰り」

季蔵に飛びついてきた。

「ただいま。店はどうだった？」

季蔵が尋ねると、

「うん、まあね。なんとか、そうそう、これ」

三吉は烏谷《からすだに》からの文を見せた。

六

「実はさ、今日もさっきまでお奉行様、ここの離れに居たんだよね。腹が空いている。何でもいいからっていうもんだから、おいらの作った肴《さかな》とか汁、今日の品書きの料理をお出ししたんだ。そしたら、とっても旨そうに残さず食べてくれて、美味しい、美味しいっていっぱい褒めてくれたんだよ、おいら、感激、うれしかったよ」

三吉は興奮気味に頬を染めている。

その烏谷からの文には以下のようにあった。

明日、暮れ六ツに訪《おとな》うゆえよろしく頼む。留守の間そちが任せた三吉の料理はなかなかのものであったぞ。三吉も腕を上げたものだ。特にそちから聞いたという、そら豆や葱味噌《ねぎみそ》、鯵《あじ》たたきの蘊蓄話《うんちくばなし》は面白かった。退屈せずに時を過ごすことができた。
烏谷
季蔵殿

──ご用の向きは何だろう？　浅岡屋さんの件はすでにもう片付いているはずだ。労《ねぎら》いの言葉はお奉行には似合わない。また、新たなお役目を仰せつかることになるのか──

正直、やれやれと思った季蔵は、

「ところで三吉、どんな料理をさしあげたのだ？」

しばしその手の話については考えないことにした。

「どんな料理かって、季蔵さんがこの時季によく拵えてるものばかりだよ。まずは七輪の網の上で焼くんで、竈が塞《ふさ》がっていてもできる、焼きそら豆でしょ、それから肴にも菜にもなる烏賊《いか》ゲソの葱味噌揚げ、今が旬の鯵のたたき、粥《かゆ》ではない豆腐粥」

どれも三吉の得意料理であった。

「それから麦とかのどんな穀物よりも早く実る青くてさやの柔らかいそら豆は、さやごと煮て食べることができて、飢饉《ききん》の助けになるたいした豆だった話、それと今じゃ、当たり前みたいな葱味噌もちょっと前までは、異国から入ってきたせいで、カピタン味噌って言われてたこと、鯵のたたきの元祖は沖たたきって名の漁師料理で、釣れたての鯵のはらわたを取って骨ごと叩いて、味噌と混ぜただけのものだった。今じゃ、鯵のたたきは骨を抜いて三枚に下したものを使うし、薬味は青紫蘇《あおじそ》、茗荷または生姜、小葱なんかで、味噌も白味噌に煮立てた酒や味醂《みりん》を混ぜて拵える。この話をしたらお奉行様、〝鯵さえ獲れたてなら、沖たたきの方が旨いんじゃないか、その時だけ漁師になりたい〟なんて言ってたな」

――食通というよりも食いしん坊のお奉行らしいな――

季蔵は呆《あき》れつつも微笑ましく感じた。

「あと片栗粉《かたくりこ》でとろみのついた出汁《だし》に塩と生姜の絞り汁を加え、賽《さい》の目よりやや小さめの豆腐と微塵切りの青物が入った豆腐粥は食べて貰えなかった。豆腐粥はとろみのついた豆腐汁で、お米を使った本物の粥とは違うって説明しても駄目。〝粥と名がついていると何より流行風邪禍を思い出させる。少し前まで日々、さんざん食べたんでしばらくはいい。来年の今頃にまた作ってくれ〟ってさ」

――やはり、お奉行には流行風邪禍が相当応えているのだ――

「あと――」

続けかけて三吉は言い淀《よど》んだ。

「まだ、あるのか?」

「お奉行様ときたら、豆腐粥は米の粥を思い出させるから嫌だなんて言ってたのに、〝まだ飯を食べていない、これでは腹がおさまらない、何か作れ〟ってきかなかったんだよね」

「飯は炊いてあるはずだろう?」

「ん、だけど今日はお客さんたちの頼みで焼きお握りにして出した。醬油味のあれって、いつもの飯より食べられるでしょ。だからお奉行様がおいでになった時にはもう一つ残らずなくなってたんだ」

「それはさぞかし困っただろう」

――そうであっても、お奉行は三吉を褒めちぎっていて苦情は文に書いていない――

やはりさしもの烏谷も年端のいかない三吉には、多少の我儘は言っても、追い詰めたりはしないのだろうと思っていると、

「やっぱりまた、〝何でもいいから飯の代わりになるもの作れ〟って言うんだよね。あのお奉行様、言い出したら絶対きかない」

三吉は困り果てたその時の顔を作って見せた。

――こと食べることとなるとやはりな、変わらぬものだ――

季蔵は半ば三吉に同情しつつも、

――とはいえ、無事切り抜けられたから、褒められたとあんなにうれしそうだったのだろう――

「それで何を飯物代わりにさしあげたのだ？」

訊かずにはいられなかった。

「唐芋《からいも》が残ってて、卵があったんで、時々〝これは菓子屋の賄いだよ〟って言って、嘉助《かすけ》旦那が拵えて食べさせてくれるいもカステーラを作ったんだ」

嘉月屋《かげつや》の嘉助とは季蔵が湯屋《ゆや》で知り合ったのが縁の始まりであった。菓子と菜の元は同じだと考える好奇心旺盛《おうせい》で研究、試作好きな嘉助は時折、塩梅屋を訪ねるようになり、い

つしか菓子は拵えるのも食べるのも大好きな三吉とも馴染《なじ》みになった。今ではことある毎《ごと》に三吉が嘉助から教えを乞《こ》うようになっていた。

「カステーラというからにはむずかしいだろうに」

皆が大好きで憧れているカステーラは長崎から伝えられた南蛮菓子の一つである。材料こそ、卵、小麦粉、砂糖を用いるだけのものだが、ふっくらしっとり風味豊かに焼き上げる術はかなり高度な職人芸であった。専用の石窯《いしがま》も欠かせない。

「ううん」

三吉は首を横に振った。

「それがさ、これがそうはむずかしくないんだよ。コツさえ摑めば簡単とも言える。時もかからない。すぐに拵えることができるんだ」

「ふーん、それでは拵え方を教えてくれ」

「切った唐芋は水に漬けてアクを抜いてから生のままおろし金でおろすでしょ。ここに片栗粉と砂糖、溶き卵を入れて搔き混ぜるんだ。鍋に薄く油を引いて、生地を流すんだけどここ、薄焼き卵の要領ね。片面が焼けたら煎《い》り白胡麻《しろごま》をふって裏返しにして、しっかり焼き色をつけて出来上がり。蜂蜜《はちみつ》があったからかけてお勧めしたら、お奉行様、十二枚ぺろっと平らげちゃった。嘉月屋さんじゃ、黒蜜をかけたり、中に砕いた胡桃《くるみ》を入れてる。そうしても美味しいよ」

「なるほどな」

──これなら飯物代わりになるだろう。菓子と菜の元は同じだという嘉月屋さんらしい、菓子まかないだ。高値のカステーラとは似ても似つかない代物だが、簡単だし安くできるし悪くない──

「それにしても、よくも咄嗟《とっさ》に機転をきかせられたものだ」

季蔵は三吉の成長に目を細めた。

──偉い、感心したとも言ってやりたいものだが、それはこの次にとっておこう──

帰り際に三吉は、

「漁師さんからの言伝《ことづて》で明日はサザエと鱚《きす》を届けてくれるって。サザエ、今年はよく獲れるみたいだよ」

わざと笑みを嚙み殺して神妙な顔で伝えた。

この後、季蔵は明日の献立を考えることにした。まずは鱚の天ぷら三昧《ざんまい》と記した。たいていの魚介類は天ぷらにしても美味である。鱚の天ぷらの美味さは身の旨さというよりも、衣と身の絶妙な案配にあると言える。

ようは何より上手に揚げなければならないのが鱚の天ぷらなのだ。そのためには開いた鱚は水気をよく取って、小麦粉を薄くまぶしておく。

大鉢にとった小麦粉に卵と水を一気に加えてざっくりと混ぜて天ぷら衣を作る。油を熱した鍋に衣をつけた鱚を入れ、何度か返しつつ百二十数える間揚げ続ける。

鱚は鯵や鰯《いわし》に比べて身が薄く、衣がぼってりと多すぎると白身の淡泊な風味やさらっとした食味が損なわれる。とにかく、からりと揚がっていなければならない。また、冷めるとその美味さが半減する。揚げたてを塩だけで食するのが一番とされていた。

──明日は離れに七輪を持ち込んで鱚の天ぷらを揚げることにしよう──

次に季蔵は濃厚さを好む烏谷のために、鱚の天ぷらの変わり種を考えついて書き留めた。

鱚の南蛮《なんばん》天ぷらと命名した。

これはつけダレが命である。松の実、乾燥させた蜜柑《みかん》、白葱各々を微塵に切っておく。これを醬油と酢に混ぜるとつけだれが出来上がる。

鱚の方はいわゆる天ぷらにはしない。開いた鱚は塩・酒をふっておき、軽くその水気を拭《ふ》きとって小麦粉を薄くはたく。それを溶き卵に潜らせた後、平たい鉄鍋に熱した胡麻油で両面を焼く。

焼き上がったらつけダレをかけて供する。

──いわゆる天ぷらが揚げ天ぷらなら、こちらの方は焼き天ぷらだ。どうやら離れの七輪は二台になりそうだ──

七

「邪魔をする」

翌夕、烏谷は暮れ六ツきっかりに塩梅屋を訪れた。市中が流行風邪禍に見舞われていた間、烏谷の訪れは空腹を満たすためだけのことが多く突然の来訪ばかりであった。文で訪れを指定してくるのも、こうして几帳面《きちようめん》にそれを守るのも久しかった。

「こうして常のように訪うと流行風邪禍などとっくの昔に吹き飛ばして、何もなかったかのようだがな」

烏谷はからからと笑い、

「そうですね」

季蔵も真からそう思いたかった。

——しかし、なにぶん、元の賑わいが戻ってくるまでには時がかかる——

流行風邪禍では多くの人たちの命が奪われ、人が集まる商家は流行風邪をうつし合う温床ということになって休業を余儀なくされ、特に食物商いにはそれが祟って店を畳むところも少なくなかった。

病床に臥《ふ》せる人たちや家族のために、一時、粥や丼物《どんぶりもの》ばかりを商う為朝屋《ためともや》に転じた塩梅屋は当時、烏谷からの援助で何とか切り盛りは出来た。とはいえ、元の塩梅屋に戻った今は仕入れる材料の質を落とすわけにはいかず、ぎりぎりの採算で、三吉に給金を払うのがやっとであった。

「そう簡単に元には戻れぬものよ、それと物事は時と共に変わるものだ。それでこそ先行きが望める」

地獄耳、千里眼の上に狸《たぬき》おやじでもある、烏谷らしい、くるくると主張が変わる変幻自在の物言いであった。

離れの烏谷は七輪二台を前に目を丸くした。季蔵が事情を説明する間もなく、

「もう一台増やしてくれると数が合う」

などと言った。

冗談ではなさそうである。

「これからどなたか、おいでなのですか？」

季蔵の物言いに僅《わず》かに非難が籠《こも》ったのは文に書かれていなかったからであった。

――もう一台ということは三人か――困ったな、酒は大丈夫だが鱚はお奉行の分しかない。お奉行は大食いだ。はて、足りない分をどうしたらいいか？　そうだ、あれだな、あれしかない――

季蔵は慌てて店に戻って三吉に飯を炊くように告げた。

――いったい、どなたがおいでなのだろう――

季蔵は天ぷらと焼き天ぷらの準備をしながら気にかかった。

こそりと裏手で音がした。

「おいでになったようだ」

烏谷は生まれつき備わっている耳も悪くない。

「襲われるのでなければよいのですが」

七輪に炭を熾《おこ》す気にもならないでいると、季蔵は裏木戸が開く音が聞こえた。ひたひたと草履が土を踏む音が続く。たしかに二人――。その音は離れの戸口の前でぴたりと止ま

った。

「迎えてやってくれぬか。一人はそちの見知った者だが、もうお一方はこのような場所は不慣れなお方ゆえな」

「はい」

立ち上がった季蔵は離れの戸を引いた。

「しばらく」

蔵之進《くらのしん》がいつもと変わらぬ飄々《ひょうひょう》とした様子で立っている。

「あなた様でしたか」

季蔵はしばし安堵した。

次に紫色の頭巾《ずきん》が目に入った。中肉中背の蔵之進とほぼ同じ背格好の男もまた戸口に立った。

「烏谷椋十郎《りょうじゅうろう》様、南町奉行吉川直輔《よしかわなおすけ》様をお連れしました」

蔵之進は落とした声で奥へと告げた。

――南町奉行吉川直輔様がなにゆえここへ？

たしか、流行風邪禍の死者の数を偽ったお方ではなかったか？――

季蔵の全身に緊張が走った。

――そんなお方をここに呼ばれるとは、いったい、お奉行は何をお考えなのだろう――

「邪魔をする」

吉川は短い挨拶《あいさつ》を口にして、

「さあ、どうぞ」

季蔵は二人を促して草履を脱がせた。

「ここは仏間でもあるようだ。ここの先代であろうか？」

訊かれた季蔵が、

「左様でございます」

と応えると、あろうことか、頭巾を取った吉川は何とも礼儀正しく、仏壇に手を合わせてから烏谷と向かい合って座った。

――そういえば――

まだ烏谷は無言であった。

――あの時、お奉行は、このお方がなさった死者の数の誤魔化《ごまか》しを追及するよりも、自分はこの江戸と市中の人たちのためになることをするという風におっしゃっていた。そしてこうして今ずっと黙っている。ということは――

「無理を申しました」

吉川の方が先に頭を垂れた。

すると烏谷はにやりと笑って、

「いやはや頭巾がよくお似合いです。その姿なら出合茶屋に出向かれても、誰にも悟られませんよ。あなたも隅におけませんな」

意味深な洒落《しゃれ》を投げつつ、頭を下げて礼を返すと、

「それにねえ――」

蔵之進にちらと目を向けて、

「こんな芸当までお出来になるとは、いやはや感服、感服」

わざとらしく哄笑《こうしょう》した。

「頭巾は父の形見です。それとこの伊沢《いざわ》蔵之進が南町の筆頭与力《よりき》だった養父の代から、あなたと昵懇《じっこん》だったことは誰もが知るところです。縄張りや手柄を巡ってとかく、南と北は張り合い、競い合うことが多いのですが、以前、拙宅で宴《うたげ》を催した際に申し合わせたように、時には力を合わせることも大事です」

吉川は歯切れよく応えると、

「蔵之進を通じて是非とも、あなたにお目にかからねばならないと思いました。その理由はきっとあなたは、今回のことでこのわたしを誤解されていると思ったからです。はっきりと申し上げます。わたしは流行風邪禍で死んだ者の数の調べなど任されてはおりません」

きっぱりと言い切った。

「だが、わたしのところへ届けられたものには調べた証にあなたの名が書かれていたのですよ。それでも違うとおっしゃるのか？」

語調を強めた烏谷はくわっと大きな目をさらに見開いた。

「それはわたしのところへも届きました。自分の名が一人歩きしてしまっていて、まさに寝耳に水の話でしたが、妻が〝これはきっと上の方々のよきはからいで、世事にも通じているあなたも承知していることに違いない〟と言うのでそのままになっていました。しかし、風の便りで――」

そこで吉川は控えている蔵之進を見つめて、

「死者の数が桁違《けたちが》いなことを知り、これぱかりは看過できないと思ったのです。このような大事を偽るなどもっての外です。わたしとて町奉行、流行風邪禍によって失われた命の数を心から憂えておりました」

悲痛な声を出した。

季蔵は吉川の鬢に白いものがちらほらと目立ち、卵の剝《む》き身のようだったつるりとした顔に皺が刻まれている様子に気がついた。

――お窶《やつ》れになった、よほどのご心労だったのだろう――

烏谷の表情からも憤怒が消えている。

「この話を奥方様にされましたか？」

烏谷は穏やかに訊いた。

「いえ――」

相手は畳に目を落とした。

「お痩《や》せになりましたな」

烏谷は労《いた》わるように訊いた。

「ええ、少しばかり――」

「このままではあなたは強すぎるが支えになる奥方様と、数えられず成仏できていない死者たちの間で懊悩《おうのう》した挙句、病に取りつかれてしまいかねない。この一件はしばしお忘れなさい」

烏谷は微笑むと、

「せっかくここへおいでになったのですから、京風の膳《ぜん》ばかりで日頃、味わうことのない江戸の味を堪能《たんのう》なさい。典雅ではないが野卑でもない、精悍《せいかん》で濃厚な味もよいものですよ」

吉川に向けて片目をつぶり、季蔵の方へは顎をしゃくった。

この後、季蔵は天ぷらと焼き天ぷらの両方を七輪でこなし始めた。

――やはり、これではお奉行の分一人前しかない――

季蔵は気がかりだったが、

「どうぞ」

烏谷に箸を渡された吉川は、

「実はうちでは妻が天ぷら嫌いなのです。屋台の天ぷらは下品だし腹痛の元だというのです。でも、天ぷらは美味しいと評判でしょう？　それでわたしは屋台の天ぷらに憧れていて一度だけ、妻には内緒でこっそり食べました。その美味であったこと――」

やや青かった顔に赤みがさして急に饒舌《じようぜつ》になり、忙《せわ》しく無言で箸を動かし続けた。

ふと自分だけ食べていることに気づいた吉川は、

「烏谷殿、あなたは？　蔵之進、腹は空かぬのか？」

困惑気味に二人を案じたが、

「わしは先ほど出がけに好物の大福を食いすぎてな。腹が空くまで酒でつなぐ」

「遅い昼餉でしたし、わたしには吉川様をお送りするお役目がございますので」

とうとうこの場は箸を取らず終《じま》いとなった。

驚いたことに吉川は天ぷら三切れ、焼き天ぷら二切れを残してほとんど全部を食べ切った。

「一つ、二つわかったことがある。わたしが屋台の天ぷらを美味だと言ったことを撤回します。中身は海老《えび》でしたが、あれには衣がどっぷりと厚くついていてまるで衣を食べているようでした。無我夢中だったので気がつかなかったのです。今、食べた揚げ天ぷらのサクサクの衣ときたら、まるで舌のためにある天女の羽衣のようでしたし、焼き天ぷらのつけダレにはすっかり病みついてしまいました。妻と二人で楽しみます。作り方を教えてください」

季蔵が拵え方を書いた紙を渡すと、

「『春の夜の　夢の浮橋　とだえして　峰に別るる　横雲の空』、これは新古今《しんこきん》和歌集を編纂《へんさん》した著名な歌人藤原定家《ふじわらのていか》の作です。文字通りには、春の夜の、浮橋のようなはかなく短い夢から目が覚めたとき、山の峰に吹き付けられた横雲が、左右に分かれて明け方の空に流れていく――という意味なのですが、夢から現実が広がっていくかのような奇妙な一体感が感動的です。夢と現実は相反するものであるにもかかわらず、妻もわたしもこの歌が大好きで、焼き天ぷらを一口食べた時、わたしはこの定家の歌を思い出しました。焼き天ぷらのつけダレと衣は共に夢で、つけダレと衣で味わえる中身の鱚は、明け方の空に流れる横雲の様子、現実なのですよ。夢のように現実が美味、何とも素晴らしい限りです」

すっかり元気を取り戻して帰って行った。

第三話　夏の寿司《すし》

一

吉川《よしかわ》の後ろ姿を見送った烏谷《からすだに》は、

「まずは空《す》きっ腹に何か報《むく》いてやらねばな」

鱚《きす》の天ぷら二切れをむしゃむしゃと塩も振らずに手摑《てづか》みで食べた。

「ここへ戻ってくる蔵之進《くらのしん》の分も食うてしまったが、そもそも天ぷらは揚げたてを食するものだし、鱚の天ぷらなどたいして珍しくもないゆえ、まあよかろう。はて、同じ鱚とはいえ、焼き天ぷらの方はどうしたものか？　これは初めて味わう。食い物の恨みは恐い。無理を言って動いて貰《もら》った蔵之進に恨まれてはかなわん。といって、たった一切れでは奥歯が喧嘩《けんか》する。これは蔵之進と分かち合うことにしよう」

あろうことか、つけダレに鼻を近づけただけで皿の上に供されているままにした。

――今、お奉行は無理を言って動いて貰ったとおっしゃったな――

烏谷の言葉を季蔵《としぞう》は聞き逃さなかった。

「やはり、目論見《もくろみ》でしたか――」

「そういうことだ。蔵之進に頼んで、わしが何やらたいそう気を悪くしていると、吉川殿の耳に入るよう南町奉行所内で噂《うわさ》を振りまいて貰った。もちろん、その理由は伏せた。ようはわしの方から、あの調べに関《かか》わったのは真《まこと》かと南町に水を向けたのさ。調べはあちらにも必ず届いていて、思い当たるだろうから、必ず何か言ってくるはずだと思っていた」

「それでいかがでした？　吉川様のお言葉の真偽のほどは？」

「そちはどう思った？」

そう言いながら烏谷は季蔵に酒を勧めた。

「今はお役目中でございます」

季蔵が断ると、

「全《すべ》てのことは変わるものだ。ましてやあそこまでの流行風邪禍《はやりかぜか》を経た後は猶更《なおさら》であろうよ。まあ、飲め。それと礼を言わして貰う。忘れていたわけではないが目論見の遂行に気を取られていた。倅《せがれ》が戻ってきてくれたと浅岡屋《あさおかや》一右衛門《いちえもん》がたいそう喜び、こちらがへえと思うほどの金子《きんす》を上乗せして大盤振《おおばんぶ》る舞《ま》いしてくれた。これでわしもしばらくは何かと動きやすくなった。このたびのそちの働き、一生恩に着るぞ」

烏谷は盃《さかずき》を差し出したままでいる。

――ここまでお奉行がわたしに謝意を示されるとは――

「それではいただきます」

季蔵が手にした盃に注《つ》がれた酒を飲み干すと、

「わたしは吉川様のお話に嘘《うそ》はなかったように思います」

きっぱりと言い切った。

「世の中にはわしを凌《しの》ぐ大した役者がいないとも、また、あの京かぶれの吉川殿にそのような芸当ができぬとも限らぬぞ。そこをどう思う？　わしは近頃《ちかごろ》、どの相手も自分の尺度でつい疑り深く見てしまう。これでは相手の真の姿が見えぬこともある」

烏谷は眉《まゆ》を寄せた。

「吉川様はおいでになったばかりの時は、例の調べに対して、腹を立てているというお奉行様のご機嫌が気になって仕様がないご様子で、ご自身の潔白を訴えていらっしゃいましたが、お奉行様に酒肴《しゅこう》を勧められると安堵《あんど》されて、大いに楽しまれ、お得意の御歌《おうた》の蘊蓄《うんちく》も披露されていかれました。頼もしくも時に難儀、とはいえお好きでならない奥方様のことも洩《も》らしておられました。それでも、蔵之進様が流した噂話にはかなり動揺されたのでしょう、心労ゆえか、当初はお変わりになったようにも見受けられました。けれども、お帰りになる頃はすっかり元気になられて、あのお方は以前も今も、お奉行様が案じられるようなお人柄ではないのだと思います」

季蔵は吉川直輔《なおすけ》についての観察を時系列にまとめた。

「毒にも薬にもならぬ奴《やつ》ということだな」

烏谷は苦笑した。

「いいえ、取り扱いによっては毒になりかねません。それゆえ、お奉行様は吉川様に調べの出所に関しての話を一切、されなかったのでは？」

季蔵は南町と北町両奉行所に根も葉もない、偽りの調べを届けさせた張本人は誰《だれ》なのかと気掛かりであった。

――お奉行も同じ思いであるはずだ――

すると突然、

「偽りの調書は吉川殿の名で書かれていた。そち、どうか一つ、吉川殿の奥方律《りつ》殿を探ってはくれぬか？　京かぶれでちやほやに弱いあの奥方なら、知らずと寄ってくる悪人たちに利用されているかもしれぬ」

烏谷が切り出した。

「探ると申されても――」

季蔵は首を傾《かし》げた。

――まだ、元太郎《げんたろう》さんを連れ帰る役目の方がましだ。そうだ、わたしなどより――

すると、

「ここへ来て蔵之進が奥方にまで取り入っては怪しまれるゆえな」

先手を打ってきた烏谷は、

「もっとも、蔵之進から聞いた話では、奥方はここは江戸だというのに、四季折々の京の行事についての話が好きだという。これからだと祇園会《ぎおんえ》や四条河原《しじょうがわら》の夕涼み、鞍馬《くらま》の竹切りといったところだ。ちなみに京は祇園社（八坂《やさか》神社）で行われる祇園会は天下の壮観と称されるほど、古いしきたり通りに行われる華麗な大祭だ。また、数知れぬほどの茶店や、軽業、見世物、狂言の小屋が立ち並び、太鼓の音が鳴り響き続け、賑《にぎ》わしく夜が更けていくのが四条河原の夕涼みの醍醐味《だいごみ》だという。鞍馬の竹切りは竹を雌雄《しゆう》の蛇に見立てて、法師たちが竹切りの首尾を競い合う、元は豊凶を占う神事であったそうな」

と続けた。

――このところ、神事や祭りと縁があるな――

くらやみ祭のことを思い出していると、

「このあたり、そちは得手であろうが」

浅岡屋や大番頭の泰助《たいすけ》から聞かされているのだろう、烏谷はさらりと言ってのけた。

「行き掛かり上ですが」

渋々季蔵が頷《うなず》くと、

「わしからだと言って、そちがこれらの行事を彷彿《ほうふつ》とさせる料理を届けるというのはどうだろう？」

斬《き》り込むような提案であった。

「しかし、わたしは江戸の料理人。京で修業をしたわけではありません。雅《みやび》な京料理など拵《こしら》えられるわけもないのですよ」

季蔵が強く首を横に振っても、

「もとより、京料理など作らずともよい。料理に江戸も京もない、美味《うま》ければよいのだ。吉川殿のあの喜びようを見たであろう？　ようはあの夫婦が旨《うま》いと喜ぶ夏の料理を考えて作るだけで足りる」

烏谷は押し続けた。

――お奉行には敵《かな》わない――

苦笑した季蔵は、

「少し考えさせてください」

そう応《こた》えて、離れを出ると店の勝手口へと歩んだ。三吉《さんきち》が拵えたすし飯が入ったすし桶《おけ》と、仕込んでおいた寿司《すし》ダネを取りに戻るためである。

季蔵は八王子《はちおうじ》で元太郎が紅代《べによ》の得意料理だと自慢して話してくれた、あの土地ならではの寿司を作るつもりでいた。すでに薄切りの新生姜《しんしょうが》と茗荷《みょうが》は甘酢に漬け込んであった。

「サザエの壺焼《つぼや》き、どれもすっかり冷めちゃってるよ。ほんとにおいらが焼いてよかったの？」

困惑気味の三吉に、

「大丈夫だ。ついでに身を殻から出して薄切りにしてくれ」

「わかった」

こうして季蔵はサザエの壺焼きの薄切りも寿司ダネに加えた。

これらを離れに持ち帰ると、

「おっ、寿司だな」

待ってましたとばかりに烏谷はごくりと生唾《なまつば》を呑《の》んだ。

「あいにく寿司ダネが三種しか揃《そろ》いませんでしたが」

季蔵は寿司桶のすし飯をやや固めに握って、まずはサザエの薄切りを三片ほど並べた上に、ごくごく薄く緑がかった透明な紙のような白板昆布《しろいたこんぶ》とおぼろ昆布を別々に載せて供した。

「昆布はお好みの方で拵えさせていただきます」

専用の刃物で限界まで昆布を削っていった挙句の中心の部分が白板昆布の元である。それを銅釜《どうがま》で砂糖と酢で甘く煮込むと翡翠《ひすい》色の綺麗《きれい》な白板昆布となり、旨味《うまみ》が浸透して味に深みが出る。

ちなみに白板昆布の元を削る途中で出てくるのがおぼろ昆布であった。

白板昆布もおぼろ昆布も、今朝季蔵が親しくしている海産物問屋に出向いて入手してきたものである。

——紅代さんが得意だったという鯖《さば》の味噌煮《みそに》の押し寿司もいいが、鯖寿司といえばやはり酢と昆布締めのバッテラだと思い、是非とも試してみたくて白板昆布とおぼろ昆布をもとめておいたのだが、まさか、この二種をサザエで比べることになろうとはな——

白板昆布載せ、おぼろ載せの両方を試した烏谷は、

「サザエには断然おぼろが合う。すし飯の上に小さなサザエの身が三切れ載っているのだ

が、ふわふわのおぼろが切れの間を埋めていて、渾然一体《こんぜんいったい》となる上に身を落とさずに食える。これが白板昆布となると身がぽろっと落ちそうになるし、白板昆布とサザエの身が別個の味を主張しているかのようだ」

季蔵が握る傍《そば》から摘《つ》まんで胃の腑《ふ》に落とし続けた。

二

「そろそろ蔵之進も戻るゆえ、サザエはこのあたりで止《や》めておこう。長次郎《ちょうじろう》の血を引くだけあって旨いおき玖《く》の料理に、日々舌鼓を打ってはいるだろうがな。運のいい奴よな」

そこでしまったという顔になった烏谷は、

「言うておくが、わしが蔵之進を羨《うらや》ましがっているなどと、決してお涼《りょう》に伝えてはならぬぞ。何もわしはお涼の料理の腕が悪いと言っているのではない。忙しくしていてなかなかお涼の手料理にありつくことが少ない、ただそれだけのことなのだから」

額の冷や汗を手拭《てぬぐい》でぬぐった。

たしかに見初めて妻にした相手が塩梅屋の先代の娘おき玖というだけあって、蔵之進もかなりの食通であった。

「お涼さんはお奉行様のお身体《からだ》をいつも案じておられます。どうかお涼さんのお心を召し上がってください」

その言葉の後に季蔵は薄切りにして甘酢漬けにした生姜と茗荷、各々をすし飯に載せて供した。薄切りの生姜はすし飯に座りがいいが、ばらけてしまう茗荷は縦半分にしか包丁を入れられず、ぼってりと盛り上がって厚く座りが悪い。こうすれば落ちにくいのではないかと思いついて、季蔵は中ほどに細く切った焼き海苔《のり》をぐるりと廻《まわ》してみた。

烏谷はその茗荷寿司に箸《はし》を伸ばしながら、

「それで海苔の帯とは考えたものだ。結構、結構、この手の青物ものなら幾ら食べてもお涼に叱《しか》られはせぬだろう」

たっぷりと甘酢漬けにされている生姜や茗荷にこれは大丈夫と安堵したのか、

「食った、食ったぞ、しかしまだ満腹ではない。後は楽しみな鰆の焼き天ぷらよな」

せり出した腹を太鼓に見立ててぽんぽんと叩《たた》いて見せた。

そこへ蔵之進が戻ってきた。

「残しておいたぞ」

烏谷の言葉を、

「それは恐悦至極」

蔵之進は歌舞伎《かぶき》役者の言い回しを真似《まね》て、半ばお道化《どけ》た物言いで返した。

――この方は曰《いわ》く言い難い、我が道を行く気性だ。たとえ相手が上司でもへつらうことは決してしない。そして、自分が得心できた命には危険を顧みず邁進《まいしん》する。おそらくお奉行様と吉川様の仲介になったのも、信じる道が見えたゆえであろう――

一盃だけ烏谷の酒を受けた蔵之進は、

「後はこちらで」

手酌になり、ゆっくりと箸を使って、美味そうに冷めた鱚の天ぷら一切れを平らげると、

「空腹で食べてはそいつの味がわからないと困りますので、失礼、後で」

烏谷に一応詫《わ》びてから、

「寿司ダネがなくなるまで握ってくれ」

季蔵に頼んだ。

そしてサザエ、生姜、茗荷の各々の寿司をしごく上品な様子でしかも手早く食べ尽くしながら、

「申しわけございませんでした。お報《しら》せが後になりましたが、吉川様を無事お送りいたしてまいりました。ご機嫌ですっかり美味に酔いしれておいででした。これでお奉行が懸念されることはもうないのでは？」

じっと烏谷を見つめた。

――このあたりもいい度胸だ――

「使いだてしてすまなかった、礼を言う。ただし、懸念はむしろ深くなった。吉川殿が何も知らないうちに、この市中は悪の法がまかり通ることになるゆえな」

「たしかに。このところ何一つ罪のない真面目《まじめ》な商人たちが急死していますから」

蔵之進はさらりと応えた。

「悪の法とは？」

季蔵は尋《たず》ねずにはいられなかった。

烏谷は蔵之進に向けて顎をしゃくった。

「あってはならないことだが、裁きも奉行所も出世や富裕を手に入れたいという人の世の欲と無縁ではない。となると奉行所では裁けぬ罪が多々野放しになる。これらを調べて仕置きをする稼業は当然ある」

そこで蔵之進は思わせぶりに季蔵をちらりと見た。

——以前からこのお方はわたしの裏の顔を知っている——

季蔵はうっすらと微笑《ほほえ》んだ。

「そしてその稼業には暗黙の掟《おきて》がある。徹底的に真偽のほどを調べ尽くして仕置きをするというものだ。それがこのところ、そうではなくなって、金さえ積まれれば、どんな相手でも殺すようになってきたのではないかと思う」

今度は蔵之進が烏谷をじっと見た。

烏谷は話を引き継いだ。

「あれほど酷《ひど》い流行風邪禍ともなれば、そう簡単には全てを元には戻せない。休止していた商いがやっと動き出すと、財が尽きかけている商人たちは、短期間で熾烈《しれつ》な競争に勝たねば生き残れなくなった。商いは買い手を増やして成功していくものなのだが、これほどの死者が出れば買い手の数も激減する。買い手が増えない以上、自分たちの商いを伸ばす方法は唯一つ、競争相手を潰《つぶ》すことだ。潰すのに最も早いやり方が主《あるじ》の命を奪う、ようは殺しだ」

「仕置きに関わる稼業の方まで本来の掟を破ることはないでしょう?」

季蔵は憮然《ぶぜん》とした。

「流行風邪禍の間、仕置きはほとんど行われなかった。というのはいつ誰《だれ》が命を落とすやもしれぬ状況だったゆえ、悪への無念や抗議さえも弱まったのだ。あえてそう呼ぶことにする仕置屋たちには、他に仕事があって正義の徒を自負している者たちもいるが、これでしか糊口《ここう》を凌《しの》げない者も当然いる。中には盗みで捕まって死罪になるくらいなら、この稼業を続けていて、発覚した結果死罪になった方がいいと言い切る者もいる。流行風邪禍の間、じっと息を潜《ひそ》めているしかなかった、仕置屋しか生きる道がない者たちは、今後の活路を商人たち同士の競争に見出《みいだ》した。こうしたことは一度堰《せき》が切られると、調べをしない安易さもあり、大枚《たいまい》も入るとあって広まっている様子だ」

烏谷は気難しい顔で告げた。

「仕置屋たちに頭はいないのですか?」

季蔵のこの問いには、

「残念ながら、茶店で隣同士になっても互いに気づかないだろうな。虎翁《とらおう》のような奴《やつ》が大きく江戸の闇《やみ》を束ねていたのは昔の話だ。今は利の種類によって、棲《す》み分けている。当然、掟を説く頭はおらず、銭勘定だけが達者な者の仕切りとなるものの、これがたいして続くこともなく、くるくると目まぐるしく代わっていくという話だ」

蔵之進は応えた。

「ところでわしに吉川殿の調べを届けてきたのは、どんな利に関わる者であろうと思う?」

烏谷はまず季蔵に訊《き》いた。

「死者の数を増やすなんて、ご重役方の仕業としか考えられませんでしたが、吉川様があそこまで違うとおっしゃっておられる以上、そうではないと思います――」

季蔵が声を潜《ひそ》めると、

「これは耳に挟んだ話ですが、仕置屋たちの間でそのうち南北両奉行所が仕置屋の一斉取り締まりに乗り出すのではないかと囁《ささや》かれているそうです」

蔵之進は烏谷を強い目で直視し、

「その囁きが真《まこと》なら――」

問い掛けた。

「闇夜に寄席にでた帰路、二つ目に昇進したばかりの噺家《はなしか》が斬《き》られた。命を奪われたその若者は廻船《かいせん》問屋長崎屋《ながさきや》五平《ごへい》と知り合いだった。若者はほぼ五平と背格好が同じで、高座にあがる時の紋付を五平から借りていたのだ。これを知った時、すぐに仕置屋の仕業とぴんと来た。若い噺家は五平と間違われて殺されたのだと。ただし、まだ誰がどの仕置屋に頼んだのかはわからん。五平が跡を継いで順風満帆《まんぱん》な長崎屋はさまざまな品を扱っている。それゆえ、商売仇《がたき》の数も多いゆえな。長崎屋には流行風邪禍の折、口と鼻を覆う晒《さら》しや防寒の羅紗《らしゃ》を安く多く揃えて貰う等、たいそう世話になった。それになにより、五平は真っ当な商人《あきんど》だ。この手の商人が江戸を支えてきた。殺させるわけにはいかぬ。実はすでに飢《き》饉《きん》時の米を常備している米屋の山形屋《やまがたや》重兵衛《じゅうべえ》、同様に味噌屋《みそや》、信濃屋《しなのや》八右衛門《はちえもん》も、この半年ほどの間に襲われて死んでしまった。下手人はわからぬままだ。わしは定町廻《じょうまちまわ》りでは人が足りぬ、もっと見廻りする者を増やせと命じた」

烏谷の最後の言葉は大声になった。

――知らなかった、寝耳に水だ――

季蔵は一瞬やや恨みがましい視線を烏谷に投げかけたが、

――ああ、でも五平さんはまだわたしのもう一つの顔を知らずにいる。ようはお奉行はそれを五平さんに悟られないようにしたにちがいない――

仕方がなかったのだと思い直したところに、

「この訃《ふ》報《ほう》はまずは長崎屋に届いて主五平が駆けつけてきた。仇は自分の手で取りたいと言ってきかない、今も言い続けている」

蔵之進が五平の怒りを代弁した。

――たしかにわたしまでお上と関わっていたとわかれば複雑が過ぎる。ますます、五平さんの気持ちは収まらなくなるだろう。しかし、よりによって思いやり深い五平さんの身にそんなことが起きていたとは――

季蔵は仕置屋への怒りをこれほど覚えたことはなかった。

「だとすると、あの騙《かた》りまがいの調べを届けたのはお奉行への脅し――」

季蔵の呟《つぶや》きに、

「吉川殿が本物の昼行燈《ひるあんどん》と知った上で、捕らえられるものなら、捕らえてみろという北町とお奉行への挑戦――」

蔵之進は目を細め、思い切り憤怒《ふんぬ》をこめて嗤《わら》った。

三

「まあ、わしの人脈は言うに及ばず、地獄耳と千里眼を甘く見てのことよな」

烏谷はうははと大笑いで応えて、

「今に見ておれ。容赦はせんぞ」

丸く大きな目の中に刃《やいば》にも似た鋭い光を宿すと、

「ともあれ、敵に勝つ力の源は食うことよ。さあ、共に焼き天ぷらを食おうではないか」

蔵之進に声を掛けて箸とつけダレの入った小皿を引き寄せた。

二切れしか残っていなかったせいか、二人は鱚の焼き天ぷらにつけダレをかけ回し、一切れずつ惜しみ惜しみ食した。

「いかがでございましたか?」

思わず季蔵が訊いてしまうと、

「わたしは定家《ていか》の夢の浮橋の歌にもあれほどくわしい、吉川様のようには、とてもこの味を雅《みやび》やかには譬《たと》えられない。しかし、冷めると味が落ちる天ぷらとは異なり、独特のつけダレによるものか、冷めてもたいそう旨かった。わたしもおき玖に作ってもらいたいから、作り方を書いてくれ」

蔵之進に乞《こ》われた。

——そういえば、この料理はとっつぁんの日記にはないものだった——

長次郎は分厚く何冊もある日記を遺《のこ》していて、塩梅屋で供したものや、客から聞いたり、足を向けた先で洩《も》れ聞いた食べ物の話を記している。

「わしは蜜柑《みかん》の皮の使い道は布に包んで風呂《ふろ》に入れるだけでないとわかった。だがこのことはお涼には言うまいぞ。あやつはあやつでわしと一つ屋根の下で暮らすようになってからというもの、一心に料理に精進してきたゆえな」

季蔵に作り方を書けとは言わなかった。

「それはそれは御馳走《ごちそうさま》様です」

蔵之進はうっすらと笑った。

烏谷がお涼にこうした気遣いをするのは、芸者だったお涼がそうは煮炊きに長じていないと見当がついたからであった。

夜四ツ（午後十時頃）の鐘が鳴った。

「そろそろお開きにしては？　お奉行様にはお涼さんが、役宅《うち》ではおき玖が待っております」

蔵之進が惚気《のろけ》混じりに腰を浮かしかけたところで、

「まああ待て、わしはそう焦っては帰れぬのだ」

烏谷は季蔵を見据えた。

「忘れておった。浅岡屋の大盤振る舞いのおかげで夏を前に、厄祓《やくばら》いの祭りを催すことができるようになった。使われていない大きな蔵はすでに借りてある。どこぞの神主に来てもらって、疫病除《えきびょうよ》けの祓いをして貰う。その後そこで皆が思い切り食べたり、飲んだりできる、そんな催しにしたい。高値で売られている疫病除けの札よりも、よほどこの方が効き目がある。米や酒はもう押さえてある。だが、何をどういう形で思い切り食べて貰うことができるのか、そちと相談しなければならぬのだ。ちなみにこの祭り、一月は続けるつもりだ」

「わたしにその案を考えろというのですか?」

やれやれと思う反面、

――どんなことになっても人は食べずには生きられない。お奉行自ら先頭に立って、皆の胃の腑を満たそうとするのは何よりのことだ。流行風邪禍で生き残ったのはいいが、日々の食に窮する人たちがいるという話を耳にした。これでは滋養不足で元の身体に戻りづらいのだそうだ。あるいは大黒柱の父親や母親のどちらか、あるいは両親《ふたおや》共流行風邪に奪われてしまった家もあるという話。両親が亡くなってしまったところでは、年嵩《としかさ》の子が幾らにもならない、商家の下働きや賃仕事でやっとやっと、弟や妹を養っているという酷な話も。育ち盛りの子らが食うや食わずでは憐《あわ》れすぎる。たしかにお奉行の言う通り、そんな人たちに思い切り美味しいものを食べさせてやりたい――

烏谷の使命に自分の気持ちを重ねた。

「わかりました、ただ――」

やはり気になるのは予算だった。

「蔵で催す厄祓い祭では子どもや老人、職にあぶれている者たちからは銭はとらぬと決めている。流行風邪禍の時の粥《かゆ》や丼《どんぶり》めし同様、安くて旨いものを頼む。費《つい》えはわしが持つゆえ。よろしく」

烏谷は形だけ頭を下げた。

「わたしもお手伝いさせてください」

蔵之進は願い出たが、

「そちは前に似たことがあった時、途中で下りたと聞いている。わし同様、料理に文句を言うのは得意だが、作るのは得手でないのだろう。無理はするな。それにわしには考えがある」

烏谷はさらりと受け流して続けた。

「実はこれを機に、新しく食物屋を始めたい者たちに名乗りをあげてもらうことにした。流行風邪禍で食物屋は休業が続き、店を畳む者が多く出た。市中の食物屋の数が減り過ぎたのだ。特に甘味処《かんみどころ》や茶店の類《たぐい》は激減だ。三度の膳《ぜん》と異なり、甘味や茶はなくても暮らせるからだ。とはいえ、これらがある程度ないと殺伐感《さつばつかん》が否《いな》めない。この手のゆとりの飲食があってこそ、上様のおられる江戸城下ではないか。そこでわしはあの松次《まつじ》に甘味処を出さないかと勧めたいのだ。やもめの独り身ならば岡《おか》っ引《ぴ》きだけやっていても何とか食えるが、所帯を持つとなるとそうはいくまい。松次は近く祝言を挙げるかもしれないと、田端《たばた》から事情を聞いているからだ」

——ああ、あの話か——

「お相手はどんな方なのです?」

季蔵の問いに、

「田端は寡黙ゆえ、聞き出せたのは今、話したことだけだ。そちなら知っているのではないか?」

烏谷は蔵之進を見遣った。

「名は鍋《なべ》、仕置屋に殺されたとしか思えない、味噌屋の信濃屋八右衛門の妾《めかけ》だということです。何でも、むらさきという源氏名《げんじな》で働いていた吉原《よしわら》の女郎だったのを信濃屋が落籍《ひか》して妾にしたとのことでした。もともと器量好《よ》しなだけで、客商売には向かない質《たち》だったのが倹約第一の八右衛門の眼鏡に叶《かな》ったのだとか。女郎は田舎《いなか》から口べらしにと売られてきた後、煮炊き、針仕事、掃除、洗濯等の女の家仕事は何も教えられないそうです。特に掃除や洗濯は手が荒れますから。とにかく吉原の水が綺麗に綺麗にと念じつつ磨いて育て上げるのです。ですので落籍された後、ろくに女の仕事も出来ないというのに、気位だけは高くて散財ばかりする女が多いのだそうです。花魁《おいらん》まで昇り詰めた女ともなればさぞかしでしょう。けれども花魁にはほど遠かったお鍋は、むらさきとは呼ばせず、親がつけてくれた名に戻したい、女仕事もおいおい覚えたいと殊勝なことを言い、信濃屋八右衛門は大いに満足していたとのことでした」

「とはいえ、主に死なれた妾に家はなかろうな」

　烏谷は呟いた。

「ええ。すぐに着のみ着のまま追い出されたようです。その後、松次と知り合ったのでしょうが、そこからはわたしよりも、松次の方がよく知っているはずです」

「ところで寝ているところを何者かに刺し殺された味噌屋の信濃屋八右衛門、米屋の山形屋重兵衛の跡は遠縁の者たちが継いでいる。二人とも妻に先立たれ実の子もいなかった。これについて調べて、何か不審なことは出ては来なかったのか？」

　やや苛立《いらだ》った口調で烏谷は話を変えた。

「このところ殺しを頼む客も頼まれる仕置屋の側も安直になってきています。仕置屋の仕業だとしか思えない殺しが増えてきました。ですから、大店《おおだな》の主が殺されると、同業者が商いで勝ち抜くための殺しではないかと疑われるのはもっともです。わたしもお奉行から命じられた通り、味噌屋と山形屋と同業の者たち、特にこの流行風邪禍で景気が悪くなった店の主に重きを置いて、その様子を見張っております。しかし、まだ、これといったおかしな点は見つかりません」

　応えた蔵之進は無念そうにため息をついた。

二人を送り出したのはちょうど丑三時《うしみつどき》（午前二時頃）で、

——朝まであと少しだ——

季蔵は烏谷から任された、老若男女に思い切り食べてもらえる料理を考えようと決めた。

離れの片付けを済ませて店に戻って小上がりに座ると、まずは紙と筆、硯《すずり》や墨を用意した。烏谷からの命である厄祓い祭の品書きを考えて書き留めるためであった。

——どうしたことか？——

あろうことか、何も湧《わ》いてこなかった。代わりに仕置屋について、あれやこれやと気になっている。

——流行風邪禍では日々、親しい人を含む何人もの人が死に、弔いのない日はなく、それでも人々は何とかして生きていかなければならなかった。そのためには死に対して鈍麻するしかない？　蔵之進様は市中の人たちも仕置屋も安直になっていると言っていたが、これも流行風邪禍の影響だと言えないこともない。鈍麻すれば死も殺しもそうは変わらない、大事な頼りは金だけだと——

季蔵は人々の乾ききった感情に寒気を感じた。

——だとしたら、浅岡屋さんは元太郎さんのことをお奉行以外にも頼んでいたのでは？　紅代さんの家に襲うように入り込んだあの二人の男たちはいったい、何のために江戸からはるばる来たのか？　あの連中の前にも誰か来ていて紅代さんを襲ったような口ぶりではなかったか？　紅代さんと萩吉《はぎきち》さんは本当に相対死《あいたいじに》だったのか？　萩吉さんのあの恐ろしい断末魔の顔が腑《ふ》に落ちない。それと末広がりの扇子と熨斗《のし》のことも。あれらはこの世での祝言の証《あかし》であって、極楽での恋成就を願ってのこととは思えない。やはり不自然だ。でもまさか浅岡屋さんは紅代さん殺しを仕置屋に頼んだ？　わたしの仕事は無事に元太郎さんを泰助さんに引き渡すだけのものだった？——

そこで季蔵は井戸まで歩き、冷たい水を汲《く》み上げて飲んだ。

四

するとさらに頭がすっきりしてきた。

——骸《むくろ》が紅代さんなのは、元太郎さんや御住職が言っていたが、あの入墨まである崩れた様子の萩吉さんは本当に萩吉さんなのだろうか？　すぐに萩吉さんだと言っていたが、御住職は骸の萩吉さんの身体を見たわけではない。幼い頃からの身体の特徴、黒子《ほくろ》や怪我《けが》の痕《あと》を確かめてもいない。そうなると、年月を経ていて、萩吉さんと長い間会っていない御住職に、果たして見分けがついたものかどうか——。柳井様の頭ごなしの決めつけと鼻息の荒さに抗《あらが》えなかっただけでは？　しかし、これは全てわたしの憶測にすぎず、確たる証にはならない——

季蔵は首を横にぶるぶると振って、湧き上がってくる疑念を振り払った。

——それより今は厄祓い祭の品書きを考えないと——

予算が流行風邪禍の時同様となると、まずはお腹《なか》が膨れる飯物から考えなければならない。

まずは紙に夏の寿司と書く。次に固めの握りにした旬《しゅん》の寿司を記した。

サザエ押し寿司

茗荷押し寿司

生姜押し寿司

これらはネタの生姜や茗荷は甘酢漬け、サザエは壺焼きに下拵えしてあるので、押したすし飯がネタと互角に主張する押し寿司にできる、いや、むしろその方がさらに美味いはずだと季蔵は思っている。

——押し寿司の深さは握り寿司のようにネタの鮮度が命ではないところだ。味付けの妙味によってネタの旨味が引き出され、すし飯の方は押された飯粒が混ざり合って独特の風味を醸《かも》し出している。ネタとすし飯との旨味の饗宴《きょうえん》なのだが、何とも幾重にも旨味が張り巡らされている。それに何より、これは京の都を含む上方の寿司なのだ。ただし、秘訣《ひけつ》は出来上がりを想《おも》い描いて、型の隅々まで丁寧に寿司飯を詰め込み、ネタを姿よく並べて押すことに尽きる——

季蔵は吉川の奥方にも厄祓い祭の料理を届けようと考えた。次に思いつくまま、鯖、鰯《いわし》、鯵《あじ》という、旬であったり、比較的安価な魚を用いた押し寿司をあげてみた。

鯖の味噌煮押し寿司
焼き鯖押し寿司
鯖の酢〆《すじめ》押し寿司
鯖の炙《あぶ》り酢〆寿司
鰯酢〆押し寿司
炙り鰯押し寿司
鮪《まぐろ》の漬け押し寿司
炙り漬け鮪押し寿司
鯵の酢〆押し寿司
炙り鯵の押し寿司

季蔵は三吉にも覚えてもらわないと手が足りないと考えて、拵え方も書き留めておくことにした。

この中で鯖に限っては味噌煮、焼き、酢〆、炙り酢〆と四種類の押し寿司を思いついている。味噌煮は鯖の切り身を平鍋《ひらなべ》に用意した味噌、味醂《みりん》、酒、砂糖、薄切りの生姜で調味する煮魚である。鯖だけが焼きで他の鰯、鮪、鯵が炙りなのは、鯖が傷みやすいせいもあるが、完全に火を通した焼き鯖からは余計な脂が落ちて、たいそう美味だからである。

酢〆は鮪以外の魚に共通している。

まずは酢に砂糖と塩を適量加えたすし酢を拵える。三枚に下した魚に軽く塩を振り、余分な水気を出しておく。ここでの塩振りは塩〆とは異なる。水気を拭《ふ》いて平たい器に入れて、粗《あら》く切った昆布をぱらぱらと載せ、魚が浸《ひた》るぐらいにすし酢を注ぐ。一晩では中心部分がまだ生で残っているが、二晩は置くと完全な酢〆となる。こうして拵えた鯖の酢〆をさらにさっと炙ると鯖の炙り酢〆となる。

また鮪の漬けの漬け汁は酒、味醂、醤油《しょうゆ》で拵え、刺身の切れほどに切り揃えた鮪を漬ける。これを炙ると炙り漬け鮪になる。

鰯は塩〆を経て酢〆にすると、より臭みがなくなる。ここでの塩〆は多めの塩をまぶして一刻（約二時間）ほど置き、水気を綺麗に拭きとって仕上げる。これには是非ともまろやかな品位を添える白板昆布を載せたい。なお、炙りいわしでも塩〆は欠かせない。

焼き穴子《あなご》押し寿司

穴子は一年を通して口にできる魚介で人気があり、鰻《うなぎ》ほど脂がないので押したときに脂がすし飯を台なしにすることもなく、押し寿司に適している。焼き穴子は開いた穴子を白焼きにした後、蒲焼《かばやき》の要領で酒、味醂、醤油に潜《くぐ》らせて焼き上げる。

やりいか塩〆押し寿司

スルメイカと異なり、繊細な味の刺身が美味なやりいかは冬場が旬ではあるが、夏場だと小やりいかとして獲《と》れる。押し寿司のやりいかは足と腸《はらわた》を取って皮を剝《む》き、胴体だけを使う。塩〆は鰯同様にする。

五目鯛《ごもくたい》押し寿司

元の名は大村寿司《おおむらずし》。これだけはとっつぁんが九州は大村藩の侍の頼みで拵えたというものである。何でも足利将軍の頃、戦さに敗れ領地を奪われた大村純伊《すみこれ》が、反攻して勝利、元の領地に凱旋《がいせん》帰還した折、領民らが祝して拵えて領主だけではなく、広く兵たちにまで配って供したのが始まりだと言われている。

細かに切った椎茸《しいたけ》と牛蒡《ごぼう》の甘辛煮にそぼろに炒《い》った鯛を加え、錦糸《きんし》玉子を載せた逸品押し寿司である。

鯛は茹《ゆ》でたアラから骨を抜いてほぐしたものでないと、そこそこ脂のあるそぼろにならない。アラでも鯛は鯛で一見豪華だが実はたいした節約ぶりの、だからこそ美味い押し寿司である。

鰹《かつお》漬け押し寿司

鰹タタキ梅肉風味押し寿司

鰹の漬け押し寿司は鮪の漬け押し寿司同様、漬けに用いるタレが命である。醬油、味醂、酒にすりおろし生姜を加える。そこへ三枚に下し、刺身用に切った鰹を浸しておく。一晩置いて漬かったところで漬けのタレの水気を拭きとり、すし飯に載せて押す。

鰹タタキ梅肉風味押し寿司の方はまずは鰹のたたきを拵える。もとめた鰹は温まっていることがあるので、井戸で一度しっかりと冷やす。この冷やしを怠ると焼いた時に、すぐに中心まで火が通ってしまって、タタキに仕上がらなくなる。

焼く時には塩をしっかりと皮目だけに振りかける。塩を振ってから焼くことで、皮にも香ばしさと塩気がほどよく感じられるようになる。皮の美味しさこそ鰹のタタキの真骨頂でもある。

鰹は皮目を下にして焼いていく。少し焼き色がついたら、さっと皮のついていない面を焼く。この鰹のさくを取り出し、冷たい井戸水の中で絞った手拭で手早く熱を落とす。水っぽく仕上がってしまうので、くれぐれもさくを井戸水の入った盥《たらい》などにつけ込んではならない。

ここまで書き留めた季蔵は、

——あと要るのは汁と甘味なのだろうが、甘味の方は松次親分が考えてくださるだろう。汁の方は汁で温まれる冬ならまだしも、夏ともなるとまるで思いつかない。とはいえ、何とかしなければ——

考え続けているつもりがいつしか、身体がぐらっと揺れて畳に倒れ込んで寝入ってしまっていた。

五

「てえへんなんだ、起きてくれ。頼む」

どこかで聞いた声だと気づいて季蔵は跳ね起きた。

夜が白み初めている。

「親分でしたか」

「長屋の方へ行ったんだがいねえもんだから、たぶん、ここで寝ずの料理だと思って来たんだ」

すぐ目の前に松次が立っている。

「何か起きましたか？」

松次が一人で季蔵を訪れるのは、市中で事件が起きた時であった。烏谷の命でそこに駆り出され、骸等を検《あらた》めさせられる。これも隠れ者のお役目の一端なのだろうと季蔵は従ってきた。

「やっと流行風邪がどっかへ行ってくれたんで、お上に禁じられてて堪《こら》えてた派手な集まりが目白押しだ。といったって、お大尽《だいじん》たちに限ってだけどな。今時分は毎日のように、紫や朱の幕を掲げた屋形船が飲めや歌えの乱痴気騒ぎだが、とうとう、八百良《やおりょう》もそいつを真似て、離れを屋形船の間なんてのにしちまった。屋形船に群がって酒、肴《さかな》、水菓子から影絵、猿芝居、お女郎までを売る、うろうろ舟やひらた舟には気の毒だが、舟に乗るよりてっとり早いってんで結構人気が出てきた。殺された艾屋仁五郎《もぐさやじんごろう》はこうした八百良《や》での遊びの帰り道、吾妻橋《あずまばし》で斬りつけられて死んだんだよ。何でも傷が若造の噺家が殺られた時に似てるんだと。田端の旦那《だんな》やお奉行はとっくに駆け付けてる。こちとらはいつものお役目でここに来た」

両腕を組んだ松次はえへんと咳《せき》をこぼすと、早くしてくれと言わんばかりに顎を引いた。

——夜道で襲われた？　闇に紛れて五平さんと間違われ、二ツ目になったばかりの噺家が斬り殺されたときと同じだと？——

「わかりました、今、すぐ」

季蔵は素早く身支度すると、松次と共に吾妻橋へと向かった。

「斬り殺されていたのは艾屋さんだけですか？」

艾売りから身を起こして一代でここまでのしあがった艾屋仁五郎は、薬種問屋をはじめ、唐物屋《からものや》、骨董屋《こっとうや》、炭屋等多数の店の主であった。当然、招かれた宴《うたげ》に供の者がいて不思議はなかった。

「駕籠屋《かごや》は駕籠を置き去りにして逃げたよ。供をしていた大番頭もさ。誰もあの艾屋との一蓮托生《いちれんたくしょう》はご免なんだろうな。家族も女の一人もいないから、悲しむ奴などいねえさ。それどころか、殺されて清々してる奴がごまんといるだろう」

「よほど憎まれていたのですね」

――米屋の山形屋重兵衛さん、味噌屋の信濃屋八右衛門さん、そして間違って身代わりが殺された廻船問屋の長崎屋五平さんは恨みを買うような人たちではなく、評判のいい商人だ。だとすると夜道での殺しの傷痕《きずあと》は似ていても、同じ下手人だと果たして断じることができるものか――、それにわたしが検《あらた》めても、身代わりになった若い噺家の傷痕を検めていない以上、比べることなど出来はしないし――

「まあ、そうだろ。今日の誘いも駕籠は誘った方持ちじゃなきゃ、応じねえっていうほどのどけちなんだってえからな。普通こんだけ銭の山を築いといてそこまでやるかねえ。けちだからこそ、お大尽になるってえ説もあるにはあるが、銭のねえ俺《おれ》にはさっぱりわかんねえ」

松次は吐き出すように言った。

吾妻橋では長身痩軀《そうく》の田端と堂々とした烏谷が惨殺された艾屋の骸を見下ろし、鉢巻きをして寄棒《よりぼう》を手にした奉行所小者《こもの》たちが盾となって、集まってきた野次馬や瓦版屋《かわらばんや》を制している。

「御用のもんだよ、どいてくれ」

松次は利き手で十手を頭上に振り上げながら人ごみを搔《か》き分け、季蔵はすいっと松次の脇《わき》の下を潜り抜けた。

「ご苦労であったな」

烏谷は一応言葉では労《ねぎら》った。田端は無言でじっと骸に目を落としたままでいる。短軀の太り気味で、首はあるかないかよく見えない。眉《まゆ》は太く目こそ細かったが、顔の中央に大きな団子鼻が据わり、厚い唇は強い意志と実行力を示している。上等な結城紬《ゆうきつむぎ》を羽織と小袖《こそで》に誂《あつら》えて着ていて、羽織の紐《ひも》には金糸が光っていた。艾屋仁太郎は絵に描《か》いたような成り上がりのお大尽であった。

季蔵は松次に倣《なら》って膝《ひざ》を折り、骸のそばに屈《かが》み、手を合わせた。

――もしや、これは――

殺されている骸の着物の袖口部分から薄桃色の龍の頭が食《は》み出ている。そっと引き出し、片袖に入れた。

見覚えがあった。

――父親が造った海難除《よ》けのための鎮海魂《しずめうみたま》神社に、跡を継いだ五平さんが寄進した龍神像を紅水晶で模したものだ。五平さんの家ではお守りとして家族全員が持っていて、いつだったか、招かれた時に見せて貰ったことがあった。しかし、どうしてその一つがここにある?――

季蔵が心に不安を募らせていると、

「わたしは同じ刀による、同じ使い手の仕業だと思います」

田端はきっぱりと言い切った。

「しかし――」

季蔵が反論を切り出しかけると、

「たしかに艾屋は感心できる商人の対極にはいたが、所詮《しょせん》商いは競争、勝つか負けるかだ。どんなに心映えのいい商人であっても、成功者ともなれば疚《やま》しいことの一つや二つあってもおかしくはないし、二代目、三代目とて今の財を守るためには相応の策を用いていることと思う。殺された信濃屋八右衛門、山形屋重兵衛とて同様だろう。ただ艾屋ほど悪徳が過ぎていなかっただけのことだろう。太刀筋が同じという動かぬ証が全てだ」

　烏谷はやや苦い顔で制した。

――手練《てだ》れで刀に通じた田端様の言葉を信じよう――

「わかりました」

　承知した季蔵は、

「それでも、まだ下手人の見当はついていません」

――仕置屋によるものとの疑いがあるというだけでは全く解せない――

「どうか、わたしに艾屋を調べさせてください」

　季蔵が願い出ると、

「わかった」

　烏谷は大きく頷き、

「俺も行く。そもそもあんた一人じゃ、調べさせてなんかくれないよ」

　松次が呆《あき》れ顔で言った。

艾屋は両国広小路《りょうごくひろこうじ》の南端の薬研堀《やげんぼり》にある。どんと間口を広く構えていて、屋根の上にはわざと燻《いぶ》して年代物に見せている〝天下一艾萬薬種屋〟と書かれた看板がのっていた。

主の訃報《ふほう》はすでに報せているので、小僧たちが店の前を掃除する姿もなく、大戸を下ろしたままである。勝手口へ廻って、

「ちょいと誰かいねえか」

松次が大声を張り上げると、三十代半ばほどの番頭らしき店の者が顔を見せた。

「ど、どなた様で」

おどおどと口を開いたその顔は蒼白《そうはく》であった。

「俺はお上から十手を預かる松次ってぇもんだ。昨日の夜更け、吾妻橋で斬られて死んだここの主について訊かせてほしいことがあって来た」

「は、はい、てまえは——。あの——。それで——」

「主が殺されて驚いてんのはわかるが、頼りねえなあ、大番頭はいねえのか？」

「おります。『旦那様が襲われた』と顔色を失《な》くして戻ってきてばったりと倒れ、そのまま気を失ってしまっていましたが、今さっき正気づき、通夜《つや》と弔いの支度に追われています」

「なら、支度の方はあんたが代わって大番頭と話をさせてくれ。何せ、大番頭は襲ってきた奴を見てるはずなんだから」

「かしこまりました、伝えてまいります」

こうして松次と季蔵は通された客間で大番頭の春吉《はるきち》と対した。四十歳を幾つか出た年頃の春吉は痩《や》せぎすの上、眉だけではなく髷《まげ》まで薄かった。

「旦那様をお守りできず不甲斐《ふがい》なく思っております。こんなことなら、どんなに旦那様が反対しても、口入屋に頼んで用心棒をつけておけばよかったと悔いられます」

「へーえ、自分の身のためだというのに艾屋仁太郎は用心棒の金を惜しむのかい？」

「それは惜しむというよりも節約でございまして」

本心ではないのだろう、春吉は宙に目を泳がせた。

「それでどんな様子だったんだい、襲ってきた奴らは？」

松次の問いに、

「紫色の頭巾《ずきん》を被《かぶ》ったお侍様たちでした」

「大勢かい？」

「三人か、四人」

「それじゃ、あんたが逃げるのも無理ねえな。その侍たち、何か言ったかい？」

「〝天に代わりて非道を討《ほう》つ〟と言っていました。てまえはもう怖くて怖くて、駕籠舁《かごかき》たちはすぐに駕籠を放り出して逃げたのでてまえも続きました。てまえはとんだ不忠義者です。今、てまえに出来るのであれば、あのお侍様たちを探し出して、旦那様の無念を晴らしてさしあげたいと思っています」

春吉は何度も目を瞬《まばた》かせた。

「下手人探しは俺たちの仕事なんだからそれには及ばないよ。でも、あんたにその気があるんなら、下手人探しに一つ、力を貸してほしい」

松次はじっと相手を見据えた。

「もちろん、お貸しいたします。とはいえ、先ほども申し上げた通り、てまえで出来ることであればですが」

春吉は不安そうに松次を見た。

「出来る、出来る、ただ、艾屋の旦那の部屋を見せてほしいだけなんだから」

「それならお安いご用です」

春吉はほっと胸を撫《な》でおろすと、

「こちらでございます」

立ち上がると客間の障子《しょうじ》を開けて廊下に出た。

六

二人は主の部屋へと案内された。客間同様お大尽にしては飾り気が全くなかった。部屋には押し入れはあるが、床の間はなく、ただ青々とした畳が広がっている。

大店の主たちの中でも、特にとかく一代で成り上がった主は、李朝《りちょう》の壺《つぼ》や当代一と称される書画、特別に頼んで贅《ぜい》を尽くした調度品で客間や自分の部屋を埋めて満悦するきらいがある。骨董専用の部屋や蔵を持つ者までいる。

――これでは骨董屋もあがったりだな――

こうした一代目の死後、この手の品々を持て余した二代目に頼まれ、まとめて引き取るのが、骨董屋にとって最も嬉《うれ》しい仕事なのであった。

松次が押し入れを開けた。向かって左の上段が積み重ねられている布団で、下段は松次の腰丈ほどの高さの船簞笥《ふなだんす》である。右の上段、下段を占めているのはすべてよくわからない像であった。木で出来ている物が多かったが、石製、陶製のものもある。

「ご覧いただいているのはお賓頭盧《びんずる》様です。医薬の神様と言われています。旦那様はこのお賓頭盧様を集めるのが唯一の御道楽でした」

ひっそりとこの場に控えていた春吉が説明した。

「金などは使われていませんが手に入れるのが大変なので、結構高くついていたはずです」

「ご利益はあったのでしょうか？」

季蔵は訊かずにはいられなかった。

「何でも若くてまだ今のようではなかった頃、故郷《くに》の貧乏寺に鎮座していたお賓頭盧様が夢に出てきて、〝我と艾を尊べば必ず利をもたらす〟とのお告げを下されたとのことでした。それで艾の商いを始められたのだとうかがっています」

「そうくわしくはねえが、ふっと聞いた話を思い出したよ、お賓頭盧様ってえのはそもそも、貧乏人の病を治してくださる、有難《ありがた》い神様だったんじゃあ、ねえのかい？　金儲《かねもう》けとなりゃあ、大黒様と相場が決まってる」

松次は苦い顔で首を傾げた。

「なにぶん、凡人のてまえたちには計り知れぬところのある旦那様でしたので」

春吉は言葉を濁した。しかし、

「この船簞笥の中身は何か、心当たりはありませんか？」

季蔵のこの問いには、

「お仕事に関わる書とあと小判ですが、もちろん旦那様しか開けられません」

きっぱりと応えた。

「ちょいとやってみるとするか」

鉄板で出来ている錠前本体が簞笥の一部に収まって、鍵《かぎ》の役目を果たすのが船簞笥の錠前である。松次は春吉に小柄《こづか》（小刀）を持って来させると、船簞笥の左側の引き出しの隙《すき》間《ま》に入れ、引き出しを抜いた。小柄を巧みに使い、引き出しと扉を仕切っている縦板を押し広げつつ、扉を強引にあけるように引っ張ると解錠した。

ぎっしりと小判が詰まっている。

「蔵にも沢山おありでしょうに」

季蔵は呆れた。

「てまえも何もここまでしなくてもと思ったのですが、旦那様はお賓頭盧様の他はこれしか心躍って集められる物はないとおっしゃっていました。身近に小判とお賓頭盧様を感じていたかったのでしょうか」

小判のほかに何か書いたものはないかと探していると、人の名の書かれた一枚が見つかった。それには以下のようにあった。

艾仕置屋　ご依頼の筋

米屋　山形屋重兵衛
味噌屋　信濃屋八右衛門
廻船問屋　長崎屋五平
唐物屋　薩摩屋《さつまや》紳助《しんすけ》

このうち、山形屋と信濃屋の名にはすでに朱で線が引かれていた。

「こりゃあ、てえへんなもんを見つけちまった」

松次は青ざめ、

「松次親分」

季蔵は寒気がしてきた。

「あの、何か――」

只《ただ》ならぬ気配に気づいた春吉もまた、顔の色を失くし、

「ひょっとすると、骸は引き取れなくなって、通夜、弔いはできねえかもわからない。あんたもお上に呼ばれて調べを受けることになるかもしんねえ。まあ、多少の覚悟はしといてくれ」

帰り際の松次の言葉に、へなへなと頽《くずお》れてしまった。

その足で、二人は番屋へと向かった。

「しかし、人の欲ってえのは底なし沼だね。あんなお大尽が仕置屋までやってたなんて。俺たち岡っ引きが調べに命懸けになるように、次々に店を持って財を増やすってえのは商人の性だってこたぁ、わかってるつもりだったが、正直、これほど人も欲も商人も怖くなったことはねえ」

洩らした松次に、

「同感です。今後わたしはお賓頭盧様さえ怖いと感じそうです」

季蔵は同調せずにはいられなかった。

番屋にはすでに艾屋の骸が運ばれてきていて烏谷と田端が待っていた。

「これなんでさ」

松次からあの一枚を見せられた烏谷は、

「なるほど」

田端の方を見た。

「やはり」

大きく頷いた田端は、

「実は長崎屋からそれらしきことは聞いて知っていた。しかし、まさか、こうして遺していたとはな」

ふうとため息をついて、

「そうなるとこれはさらなる意味を持つことになる」

襟に挟んでいた紙の札を取り出して見せた。それには以下のようにあった。

海運無事祈願　　鎮海魂神社

「これはそちたちが艾屋へ向かった後、骸を運ぼうと動かした折、骸から落ちたものだ」

烏谷が告げた。

――紅水晶の龍神の守りの他にも五平さんと関わるものがあったとは――

思わず季蔵は片袖に入れたままになっている、紅水晶の龍神を袖の上から握りしめた。

「五平は自分の身代わりに弟弟子の松風亭玉生《しょうふうていたまお》が殺されたことをたいそう悔やんでいた。探し出して仇《かたき》を討ちたいと。そして、今、この二つの証が揃った」

田端は鎮海魂神社のお札と艾仕置屋、ご依頼の筋とある紙を左右の手に持っている。

「それでは艾屋仁五郎を殺したのは五平さんだとおっしゃるんですか？」

季蔵は田端を睨《にら》むように見据えた。

「たとえ、そうだとしても、これほど悪い奴なんですから、褒《ほ》められる話ですよ」

呟いた松次に、

「それは違う」

ぴしりと烏谷は言い放って続けた。

「たとえ艾屋が仕置屋でもあったとしても、勝手に仇を討つのは天下の御定法に外れる。そもそも仇討ちは武家のものであって、町人には許されようはずもない。許していてはお上の威信は保たれない」

「とはいえ、艾仕置屋、ご依頼の筋とある紙は艾屋仁五郎の罪を示すだけのものですし、鎮海魂神社のお札なら五平さん以外にも持っている人がいておかしくはないのでは？　それに侍が斬りつけたと大番頭の春吉さんが言っていますし、傷も太刀によるもの。五平さんにやっとうの心得はありません」

季蔵は必死に反撃した。

「しかし――」

田端はお札の後ろを返して見せた。そこには〝百両、巳年師走《みどししわす》寄進御礼、鎮海魂神社〟と記されている。

「すぐに鎮海魂神社まで人をやって調べたところ、巳年の昨年師走に百両もの金を寄進したのは長崎屋五平一人だった」

田端は幾分憂鬱《ゆううつ》そうな面持ちで言った。

「これから田端と松次に長崎屋へ行って貰う」

烏谷の言葉に季蔵は応えずに番屋を出た。

――五平さんはお縄になる。たとえ艾屋の悪事が暴かれても、五平さんが仇討ちで殺したのだとしたら、その罪はお白州《しらす》で裁かれることになる。事が事だけに罪一等は減じられるかもしれないが、殺しは殺し、重い罪と見做《みな》される。五平さんは刀に触ったこともないが、それこそ別の仕置屋に頼んで仇を討ったとされるだろう。長崎屋は取り潰《つぶ》され、八丈島《はちじょうじま》に遠島になったりしたら、残された恋女房のおちずさんと二人の可愛《かわい》い子どもたちはどうなるのだろう？――

先々のことに想いを巡らせると胸が詰まった。そんな時は料理に精を出すに限るとわかっている季蔵は、知り合いの漁師がまた届けてくれた鱚を丁寧に開いてこの日の品書きは食べ放題の天ぷらにした。

それでも、客たちが帰った後、

「季蔵さん、今日、ちょっと変だよ？」

三吉に図星を指された。

「天ぷらは少しでも集中力が欠けると上手に揚がらないからさ。見習ってくれ」

季蔵はわざと眉を寄せて見せた。

暖簾《のれん》を下げて三吉が帰って行ってほどなく、

「邪魔するよ」

松次の疲れた顔が開いた油障子から覗《のぞ》いた。入って来た松次は慣れた様子で床几《しょうぎ》に腰かけた。

「おや、今日は田端様は御一緒ではないのですか？」

季蔵が戸口の方を見ると、

「そもそも俺と田端の旦那が一緒なのはたいてい昼間と決まってるじゃないか」

松次は深いため息をついた。

七

さらに松次はこう告げた。

「正直、今夜ばかりは俺も旦那と一緒にはいたくなかったよ。旦那だってきっとそうだろうさ」

「わかります」

季蔵は頷いた。

「長崎屋は艾屋仁五郎殺しの罪で番屋に引き立ててある。長崎屋が艾屋を手に掛けなかったという証が出て来ねえ限り、伝馬町《てんまちょう》送りだ。奴はいっぱしの商人だが町人だから本当は大牢《たいろう》なんだが、そこはお奉行様が何とかしてくれて揚《あが》り屋《や》で沙汰《さた》を待つことになるだろうさ。俺は気に入らねえ、これまで生きてきて、これほど気に入らねえこともないんだよ」

松次は四角い顔を真っ赤にして唇を尖《とが》らせた。その顔はひょっとこの面にそっくりだったが、季蔵はとても笑うどころではなかった。

「こんな時酒が飲めりゃ、とことん飲んでやるんだが、あいにく俺は飲めねえ。下戸《げこ》は辛《つら》すぎると思ったのも初めてさ」

「まずは何か召し上がりませんか？　今夜の品書きは鱚の天ぷら食べ放題でしたので、天ぷらを休む暇なく揚げ続けていたせいでしょう、常のように凌《しの》ぎで夕餉《ゆうげ》を済ますのもついうっかり忘れていて、わたしも腹ぺこです。ご一緒にいかがですか？」

季蔵の誘いを、

「そういえば」

ぐううと鳴った松次の胃の腑が受けた。

「残りものの鱚天かい？」

松次の金壺眼《かなつぼまなこ》が耀《かがや》いた。

「すみません、鱚天は残らずお客様方のお腹の中です。ですが、これがあります」

季蔵は小さな海老《えび》が載った笊《ざる》を見せて、

「これで賄い天丼《てんどん》を作ります」

「へええ、そりゃあ、楽しみだ」

そこでまた、松次の腹の虫が鳴った。

賄い天丼の立役者は鱚を届けに来た漁師が、

「たまたま獲れた海老だがこんなに小さくて少しばかりじゃ、魚屋も買わねえだろうし、ここととあんたには世話になってるから」

只で置いて行ってくれたものだった。すでに下処理は済んでいる。

——小さくても海老は見栄えがする——

季蔵は鍋に醤油、味醂、酒、出汁を合わせて煮立たせると、鱚天の前に揚げておいた、親指の爪《つめ》ほどの大きさの葱《ねぎ》の青い部分と、揚げ物をすれば必ず出る揚げ玉、そしてとっておきの海老を入れた。さっと煮て溶き卵でとじる。これをまだ多少は温かい飯を盛りつけた丼の上に、青葱の緑、卵と揚げ玉の黄色、海老のほのかな紅色が引き立つように載せて供した。

箸を取った松次は、

「ふーむ、これの一番は煮汁を吸った揚げ玉の旨味とコクが、卵とも相俟《あいま》ってるところだろうな。海老と青葱は見た目美人ってとこか、もっとも海老の歯応えはぷりぷりしてて悪くねえし、青葱には全体を引き締める薬味っぽさがある。さしもの揚げ玉も卵とだけじゃ、ここまでの旨さ自慢はできねえだろう」

食通の面目躍如のうがった感想を洩らしつつ丼を空にした。

「腹というのは放っておくとさほどでもねえんだが、つい可愛がってやっちまうと図に乗っちまうもんだねえ」

まだ食べ終えていない季蔵の丼を見た。

「今少しお待ちください。残念ながらこのお代わりはないんですが、もう一つ、別の丼ものを拵えます。ただしこちらの方は本当に店にある物だけで作るつもりです」

急いで残りを食べた季蔵はきつね丼に取りかかった。まずは釜《かま》の残り飯に茹でて小指の爪ほどに切った人参《にんじん》と牛蒡のささがき、突き出し用にもとめて塩茹でして皮から外したそら豆を混ぜ込む。これを丼に盛りつけ、食べやすい大きさに切った油揚げを甘辛く煮付けて載せる。油揚げの上に胡椒《こしょう》を振りかけて供する。

「こりゃあ、簡単だし安上がりだ、それに何より旨いっ。胃の腑って奴にまた火がついちまうぜ」

松次は丼を抱えて掻き込むように食べた。

「あんたは食わねえのかい？」

ふと気がついた松次に、

「一人分しか釜の飯がなかったので。三吉と二人、このきつね飯は昼賄いでよく食べてますから。それにまだこの先があるのです」

首を横に振った季蔵は微笑んでいる。

「当ててみようか？　そいつは甘酒だろうが――」

田端と一緒の時の松次は酒代わりに甘酒を飲む。

「旦那はいないし、これだけ食わしてくれりゃあ、もういいよ。甘酒ってそもそも米の種類は違うが飯で拵えるもんだろう？　喧嘩しちまうようで、飯の後の甘酒はぞっとしねえ」

「甘酒ではありません」

言い切った季蔵は、

「お奉行様から親分の話をお聞きしました。お奉行は田端様から聞かれたとのことでした」

松次をじっと見つめた。

「田端の旦那がぁ？　普段、お役目に関わること以外、何もしゃべらねえのによりによってこの俺のことをかい？　お鍋についてだろうけど要《い》らぬ口だよ、お節介だ」

途端に松次はこめかみに青筋を立てた。

「お奉行様も田端様も親分の力になりたいと思われているのです。あの流行風邪禍で多くの食物屋が店を畳みました。最も多かったのは茶屋を含む甘味処だったので、近々、お奉行様のお力添えで何軒か、市中に甘味処を新しく開かせようという計画が進んでいます。差し当たっては使われていない大きな蔵を借りて、一月《ひとつき》ほど飯屋と一緒に露店ならぬ、蔵店を出させる、厄祓い祭が行われます。案じる田端様の気持ちを察したお奉行様は、これに松次親分とお相手に名乗りを上げてほしいのです。親分がお好きでくわしい甘味の店を出してはと。それもあってお奉行様はわたしに相談されたのです。決してお二人の仲を裂こうとしているのではありません」

「信じられないほどいい話じゃねえかよ」

松次は驚きのあまり唖然《あぜん》として、

「実はこのところ、何とかお鍋に身を立てさせたいと思ってた。このままじゃ、あいつは駄目だよ」

するっと舌が軽くなった。

「お鍋さんとのことを話してください」

「初めて会ったのは芝新網町《しばしんあみちょう》あたりを見廻りに行った時だった。俺はもうずいぶん長い間、そこに住まう病に罹《かか》った貧乏人たちを野垂れ死にさせないために、小石川《こいしかわ》の医者に診《み》て貰《もら》えるようにしてるんだ。そこにお鍋がいたんだよ。連中の頭が繰り返し、〝あんたをこれ以上はここに住まわせられないよ〟って言ってるんだが、お鍋は蹲《うずくま》っちまって動こうとしない。そのうちに女たちが、〝あんたみたいなのに居つかれちゃ、男たちが腑抜けになっちまう、あんたにふさわしいのは夜鷹《よたか》だよ、夜鷹〟って言って罵《ののし》り、思い切りお鍋を蹴《け》り始めた。俺はこのままでは死んじまうと思って助けたんだ」

「お鍋さんは元はお女郎さんで源氏名《げんじな》はむらさきさんだと聞いています」

「そうさ。まあ、器量好《きりようよ》しだが勝気にはほど遠いお鍋は吉原《よしわら》の花魁《おいらん》に昇り詰めることもなく、殺された信濃屋八右衛門に身請けされて妾になった」

「信濃屋さんの死後すぐに追い出されたようですね」

「お鍋は口の重い女なんだ。だからなかなか聞き出せなかったんだが、やっと口を開かせることができた。信濃屋八右衛門はお鍋を商いのもてなしに使ってた。お鍋ときたら、身請けされた夜、旦那の信濃屋から〝何のために高い身請け料を払ったと思う？　おまえの身体が当分は減らないお宝だからさ。水仕事一つ出来ないおまえなんて床でしか役に立たない。これからはそうわきまえて働くように〟と言われたんだと。お鍋ときたら泣いてもいなかった。お鍋の役目についちゃ、店の者たちも遠縁の連中も知ってて、そろそろ年齢《とし》も来てたことだし、いずれ床上手の役目が果たせなくなる前に放り出したんだろう」

「酷い話だ」

「そんなお鍋が初めて泣いたのは一つ屋根の下とはいえ、別々の部屋で寝ていたあの夜のことだった。お鍋を泊まらせるようになってから十日は過ぎてた。寝てた俺にお鍋が突然抱きついてきたんだ。熱い身体だった。そしてあんな無口な女がと思うような動きだった。俺もまだ男だから、応えちまった。するとお鍋は〝ここに居たい、居させて、あたしはどこにも行くところがない〟って泣いて朝までしがみついてた」

――お鍋さんへの情できっと親分も泣いたことだろうな――

季蔵は松次の心の深部に触れたような気がした。松次は先を続けた。

「それからお鍋は自分の布団を俺のに並べて敷くようになったし、一緒に出掛ける時も身を寄せてくる。俺も正直満更じゃあない。でも、何かが違う、このままを続けちゃいけねえと思ってる。死んだかかあや遠くへ嫁いだ娘の手前なんかじゃあねえ。もとより、たいして助けになんねえ世間様であるわけもない。お鍋にとって俺は何なのかと考えねえ日がなくなった」

――親分は元お女郎を相手に恋をしている、しかし、これは何とも切なすぎるな――

季蔵は烏谷や田端の心配は的を射ていると思った。

第四話　白味噌《しろみそ》

一

松次《まつじ》はさらに話した。

「百姓の家に生まれたお鍋《なべ》は飢饉《ききん》で食い詰めた家のために吉原《よしわら》に売られた。以来、お鍋は生きるために身体《からだ》というお宝を使ってきた。身請けした信濃屋《しなのや》を含む吉原の客たちや、信濃屋が相手をしろと言った助平な取り引き相手たち、そして助けられた俺《おれ》に自分のお宝を使わせるのは、まずは生きるためだったろう。けど俺はお鍋を道具みてえに使ってきた奴《やつ》らとはどうしても一緒になりたかねえのさ。自分で気がつかねえようにしてたが、どうやら俺は娘ほども年齢《とし》の違うお鍋に夢中なんだとわかった」

「それで何とかお鍋さんに身を立てさせたいと願われたのですね」

「とはいえ難儀だとはわかっていた。お奉行様の相手のお涼《りょう》さんみてえに芸事が達者なら別だが、お鍋は何にも出来ねえ。奉公は無理だろうから、せめて裂売《きれう》りや紙簪《かみかんざし》売りなんかどうかと思ってみたんだか、あれほど無口じゃ商いは無理だ。仕方がねえから、煮炊《にた》きぐらい満足に出来るように仕込もうとしてたところだった。お奉行様のおはからいは願ったり叶《かな》ったりだ。有《あ》り難《が》てえよ、でも――」

そこで松次は黙り込んだ。

「一人で生きられるようになったお鍋さんが親分のところから巣立ってしまったら、寂しいという想《おも》いもあるのでしょう？」

季蔵《としぞう》は察した。

「まあそんなところだ。だから、似合いの年齢の相手を見つけて欲しいなんてぇのは綺麗《きれい》事《ごと》かもしんねえ。けどまあ、その時はその時だし、たとえそうなっても、お鍋さえ幸せならいいと思えるような俺ではありてえな」

「なるほど」

季蔵は松次のお鍋への想いに胸が詰まった。

「けど、あのお鍋にからっきし駄目な煮炊きをどうやって教えたものか――。ちょいと教えたことがあった。あいつときたら結構狡《ずる》いとこがあって、あんまり飲み込みが悪いんでつい、怒鳴っちまったら、厨《くりや》に立ってるてえのに潤んだ目で身体をすり寄せてきた。後はお察しの通りさ。この分じゃ、せっかくの機会だってぇのに、あいつにお奉行様のお眼鏡に適《かな》う甘味を作らせることなんて、出来やしねえよ」

「たしかに与えられたのは機会だけです。厄祓《やくばら》い祭で味を認められなければ市中に店を構えるお許しは出ないでしょう。いかがでしょう？　お鍋さんにここに来ていただいてわたしから教えるというのは？」

季蔵の申し出に、

「お鍋があんたに煮炊きの教えをねえ――。お鍋と男前で通ってるあんたかぁ」

松次はいい顔をしなかった。

「菓子作りが大好きな三吉《さんきち》もいます」

「そうだったな」

急に笑みを浮かべた松次は、

「そうして貰《もら》えると助かる。早速明日から通わすよ、頼む」

珍しく頭を下げた。

この後、季蔵は冷卵《ひやしたまご》羊羹《ようかん》を煎茶《せんちゃ》と共に松次に供した。これはいもカステーラでたいそう烏谷《からすだに》に褒《ほ》められ、気を良くした三吉が季蔵が留守の間に拵《こしら》えた甘味であった。

もちろん、冷卵羊羹は煉《ね》り切り等の上生菓子ではない。何より、ありあわせの材料で出来る手軽さがあった。材料は卵と寒天、黒砂糖、水、片栗粉《かたくりこ》、酒である。

寒天は水でふやかし、黒砂糖と酒を合わせておく。生卵は溶いて布で漉《こ》し、酒と合わせた黒砂糖を加えてもう一度漉す。鍋《なべ》に寒天と水を入れて火にかけ、ぐつぐつしてくるまで煮溶かし、これも漉して鍋に戻す。人肌程度に冷めたら漉してあった卵液を少しずつ入れて混ぜる。完全に混ざったら鍋を再び火にかける。人肌よりやや熱い程度になったら、中身を四角い容器に移して固める。夏場は井戸でよく冷やして勧めると喜ばれる。

「冷卵羊羹かぁ、なつかしいね」

目を細めた松次は三吉の冷卵羊羹の滑らかな舌触りと、すっきりした甘さを堪能《たんのう》しながら、

「たしか、こいつはこれだけを食わせる茶店があったが店を畳んじまったな。好物だってぇ連中も多いから代わりの店は流行《はや》るだろうけど、はて、これだってお鍋に出来るかどうか——」

狭い額に三本もの皺《しわ》を寄せた。

夜五ツ（午後八時頃《ごろ》）を過ぎて松次が帰って行った後、季蔵は肴《さかな》になる黒白胡麻《くろしろごま》団子《だんご》を拵えた。残っているのは賄い丼《どん》で余った海老《えび》少々と青紫蘇《あおじそ》、これもまた漁師が鱚《きす》に付けてくれた何尾かの鯵《あじ》であった。

海老は叩《たた》いて微塵《みじん》切りの青紫蘇と白味噌《しろみそ》を混ぜ合わせ丸めておく。鯵も同様にして生姜《しょうが》と微塵切りの葱《ねぎ》、白味噌と混ぜ丸める。

次に白玉粉を水で練り、丸めてあった海老ダネを包み、炒《い》り黒胡麻を全体にまぶして揚げる。鯵ダネの方も同じように仕上げるが、まぶすのは炒った白胡麻であり、こうして黒白の胡麻団子が出来上がる。

——今夜は独り飲みでもいいから、飲みたい気分だ——

ほどなくして、

「俺だ」

しいことだった。

以前蔵之進はこうして夜半に訪れることが多かったが、おき玖《く》と所帯を持ってからは珍
蔵之進《くらのしん》が訪れた。

――あれだな――

「胡麻のいい匂《にお》いがしたのでつい釣られた。いいところへ来たようだ」

蔵之進はにっと笑った。

「こんな夜更けにいいのですか？」

季蔵が案じると、

「このいい匂いをおき玖への土産《みやげ》にすれば大丈夫だ」

蔵之進は片目をつぶって見せた。

「それでは行きましょう」

季蔵が酒の燗《かん》をつけようとすると、

「冷やがいい」

そうだろう？　と言わんばかりに蔵之進は季蔵の目を覗《のぞ》き込んだ。二人は湯呑《ゆのみ》の冷酒を
呷《あお》り、肴《さかな》の黒白団子を手摑《てづか》みで口に運んだ。

「おまえさんと長崎屋《ながさきや》とは長い縁があると聞いている」

頷《うなず》いた季蔵は、

「わたしは五平《ごへい》さんという人をよく知っています。あの人に限ってどんな事情があれ、人

を殺《あや》めるとは到底思えません」

きっぱりと言い切った。

「長崎屋も自分はやっていないと言いはっているという」

蔵之進は言葉少なく応《こた》えた。

「ところで、お奉行様が流行風邪禍《はやりかぜか》の後、商いの競争が過ぎるあまり、一時仕事が減っていた仕置屋への依頼が殺到しているという話をしていましたね。頼む方も頼まれる方も以前のような節操がなくなっているとか――。それで艾屋仁五郎《もぐさやじんごろう》のようなただただ強欲だけの仕置屋が出てきたのでしょうが、信濃屋さん、山形屋《やまがたや》さんを殺すよう頼み、五平さんを狙《ねら》わせた依頼人たちの目安はついているのでしょうか？」

季蔵は迷わずに訊《き》いた。

――依頼人たちの筋から真相が明らかになることもあるのでは？――

「以前この手の殺しは相手が死ねば得をする者と相場が決まっていた。おかしな死に方をしたお大尽《だいじん》の周辺を見張っていれば、そのうち景気が急によくなった同業者がわかって、そいつをお縄にすればよかったのだ。また、集まることもある同業者の殺しには躊躇《ためら》いがあるのか、そう多いものでもなかった。ところが、流行風邪禍後はたとえ大店《おおだな》であっても、商人たちは総じて景気の悪さに焦り、関《かか》わる仕置屋たちの動きが摑《つか》めなくなって、すっかり変わってしまった。見張り続けているというのに、信濃屋と山形屋、そして長崎屋の殺しを頼んだ者たちはようとして知れない。おまえさんはさぞかし五平を案じていることだろう、すまぬな、この通りだ」

蔵之進は悔しそうに唇を噛《か》んで頭《こうべ》を垂れて、

「ただし、依頼人たちがわかっても、そいつらが裁きを受けるだけで、長崎屋が艾屋を殺していないという証《あかし》にはならない。長崎屋は殺しはしていないと言い張ったものの、艾屋が殺されていた場所に落ちていたお札は自分の持ち物だと認めたそうだ。何でも寄進は去年の暮れにしたのでその時貰い受けたもののはずだが、探しても見当たらないと言い続けるばかりだと。長崎屋の旗色はよくない」

そこで蔵之進は黒と白各々の団子を数えはじめた。

「黒五個に白十個とはな」

「海老はごく僅《わず》かしかなかったので」

「白の勝ち、ここまではっきりと黒と白が分かれているといいのだがな。けれども海老と鯵のタネだが、どちらも中身の味付けに使われているのは白味噌だ。見かけが黒い黒胡麻団子だからといって味付けは黒味噌使いではない」

ここで一度言葉を切って目を細めた蔵之進は、

「それとどうして、長崎屋は噺家《はなしか》の松風亭玉生《しょうふうていたまお》が斬《き》り殺された後、艾屋に会いに行ったのか？　艾屋では長崎屋が客のふりをして訪れていたのを大番頭の春吉《はるきち》が見ている」

と言葉を続けた後、探るように季蔵を見た。

「海老と鯵、どちらに黒味噌を使ってもせっかくの風味が台なしですから」

そう応《こた》えた季蔵は蔵之進の言わんとしていることにはっと気がついた。

――五平さんは自分で玉生さんの無念を晴らそうとして動いていたのだ。おそらく、自身は白味噌さながらに潔白でありながらも、黒味噌のような奈落《ならく》のような闇《やみ》の世界に働きかけて――。何と五平さんは白味噌味に炒り黒胡麻をまぶした黒胡麻団子を装っていたのだ――

二

「五平さんはどうやって黒胡麻団子になれたかをお上に話したのですか？」

季蔵は訊かずにはいられなかった。

「いや、そればかりは固く口を閉ざしたままだ。黒胡麻を送った者を明かせば、長崎屋以外にも艾屋を殺したいと考えている者たちがいるかもしれず、容疑が長崎屋以外の者にも広げられるかもしれぬのにな」

――仕置屋にいいも悪いもないとお上は見做《みな》しているのだろうが、几帳面《きちょうめん》に調べを重ねた上、お白州《しらす》で裁けない悪を糺《ただ》す仕置人の大元だと昔、わたしに隠れ者になれと迫った時、お奉行はおっしゃっていた。これぞ江戸の町の義であるとも。このところはないが、お奉行の命により、悪をその命ごと絶ち切ったこともある。そうだ、そうだったのか――

季蔵は蔵之進の顔を凝視した。

察した蔵之進は無言で大きく頷いた。

――わたしのような隠れ者を配下にしているお奉行の事情だったのだ。黒胡麻団子になろうとした五平さんの願いを叶えたのは、自らも仕置屋を兼ねていると言えなくもないお奉行のはからいだったにちがいない。だがそれはたとえ相手が蔵之進様でも打ち明けることはできぬ話だったのだ。とっくに蔵之進様には気づかれているとわかっていても――、奉行という立場では決して公にできない事情だった。そしてそのことを五平さんは重々承知して黙っている。五平さんはお奉行だけではなく、艾屋を炙《あぶ》り出した義の仕置屋を庇《かば》い続けるだろう――

季蔵の考えを察した蔵之進は、

「だからここから先に踏み込めるのは俺ではなくおまえさん一人だ。仕置屋が流行風邪禍後に一変したのは確かだが、どこがどうなってしまったのか、絡まりあった糸のように、頭が誰《だれ》なのかさえ皆目見当がつかない。おまえさんしかもう五平を助けることはできぬやもしれぬぞ。俺はおまえさんがやれと言ったことはやる。要らぬ問いは返さぬ」

叱咤《しった》激励するように言って片手を差し出した。今までにはない所作ではあったが、

「承知いたしました、ありがとうございます」

季蔵は相手に自分の手を重ねた。

「俺は抜け荷の大罪を犯して仲間に全《すべ》ての罪を押し付けられて死んだ商人の子だが、この一件を見抜いていた筆頭与力《よりき》の養父に助けられ育てられて、今は役人となっている。ようは元は町人、今は役人、侍のはしくれだ。そんな俺だからそう思うのかもしれないが、悪

に上下も身分もない。町人にも侍にもそれこそ、そうだとわかっただけで打ち首となる仕置屋にも極悪人はいて、これらは徹底的に糺さなければいかんと思っている。そうではないか？」

蔵之進はしたたか酔い、

「わたしも大身《たいしん》の旗本家を主家の嫡男の奸計《かんけい》に嵌《は》められて出奔《しゅっぽん》し、元は武士、今は料理人です。わたしはあなたとは反対に侍から町人になりました。二種の身分を生きてみて、今のあなた様の想いに同感です。何としても、目に見えない網に絡めとられて難儀している五平さんを助けたい。弟子のために、下手人を探し出して仇を討とうとした五平さんのどこが悪いと言うのです？　そして五平さんがお解き放ちになったら、上下や身分そのものを笑い飛ばしてくれるような、あの方お得意の愉快な創作噺《ばなし》を沢山聴きたいのです」

季蔵も同様に酔って二人は大いに心を通わせあった。

明け方になって、

「酔った、酔った、飲み過ぎた」

そうぼやきながら蔵之進は千鳥足でおき玖と子どもの待つ八丁堀《はっちょうぼり》へと帰り、季蔵も長屋の油障子《あぶらしょうじ》を開けたとたん、板敷に倒れ込んで寝入ってしまった。

――しまった――

気がついて飛び起きた時はもう、陽《ひ》は高かった。

――昆布《こんぶ》を買うのを忘れていた――

海産物問屋に寄って昆布を見繕う。昆布は蝦夷地《えぞち》から北前船《きたまえぶね》がもたらす、料理には欠かせないものである。季蔵が贔屓《ひいき》にしている海産物問屋では、奥の地下に昆布専用の蔵があって、昆布は筵《むしろ》に覆われて熟成されている。

大きさでは日高《ひだか》昆布には敵《かな》わないが、旨味《うまみ》の深さでは利尻《りしり》昆布に軍配が上がる。利尻昆布の中には、古酒のように三十年愛《いと》おしむように手入れを怠らず寝かせて、曰《いわ》く言い難い旨味となる逸品さえあった。

「いいもんを見せて貰ったが、買うのは三年ものぐれえでいいよ」

聞き覚えのある声が奥から聞こえてきた。

「松次親分」

季蔵の方から声を掛けた。

「ああ、これからそっちへこいつと行こうと思ってたんだ」

松次はお鍋と思われる女を連れている。お鍋の年の頃は二十七、八歳で、ぱっと目立つ派手な化粧に縞木綿《しまもめん》の着物はふさわしくはないものの、逆に地味な着物が身体の芯《しん》といわず、隅々まで染みついている色香を際立たせている。男なら誰もが思わず目を瞠《みは》り、鼓動を速める妖艶《ようえん》さであった。

「これからこいつがあんたに世話になるんだから、手土産代わりにここの昆布でもと——」

松次は店の者に包ませた昆布を季蔵に差し出した。

「これはご丁寧にありがとうございます」

季蔵は腰を折って受け取った。

「それとこいつがぽつんぽつんと話して、これは食べたことがあるっていう中に、京料理ってのがあってさ、食べたことのあるもんから、学ばせてやっちゃあくれねえかと思ってさ」

「とんでもない、京料理などわたしには教えられません」

季蔵は慌てた。

「そこまでのもんじゃなくたっていいんだよ。たとえば白味噌を使った料理、時々作ってくれるだろ？　あんなんでいいんだ。さあお鍋、俺に言った料理をここで言ってみな」

松次に促されたお鍋は、

「白味噌の大和芋《やまといも》まんじゅう椀《わん》、賀茂《かも》なす田楽《でんがく》」

意外にも涼しい声で告げた。

――白味噌の大和芋まんじゅう椀は椀物のタネが尽きたと思う時、拵える。賀茂なすの方は夏場、先代の頃から良効堂《りょうこうどう》の佐右衛門《さえもん》さんに呼ばれて取りに行く。そろそろ声がかかる頃だ――

老舗《しにせ》の薬種問屋でもある良効堂は代々、薬種、果樹をも含む広大な薬園を隣接させていて、京野菜等もたいていのものは揃《そろ》えている。ただし多くは作らず、青物として売ることはないので、緻密《ちみつ》で弾力がある肉質を好んだ長次郎《ちょうじろう》の代から貰い受けてきた。

——とっつぁんは賀茂なすの田楽が好物だったな——

「まさに京料理そのものですね」

季蔵が相づちを打つとお鍋はひっそりと目の端に光を湛《たた》えて微笑《ほほえ》んだ。

——これだな——

季蔵はお鍋の元の暮らしぶりがなせる色香の放出に愕然《がくぜん》とした。

とっくに気がついている松次は、

「ほんとは流行風邪禍の時みてえに、俺もこいつと一緒に教えて貰いてえところなんだがな。お役目があるんでそうも行かねえ」

思い詰めた物言いになった。

「大丈夫ですよ、親分」

季蔵はお鍋を見据えて続けた。

「お鍋さんはしっかりとなさっていますから。こちらこそ、教えていただくことになるやもしれません」

この時、お鍋の目の光と微笑みが消えた。次には顔が伏せられる。啜《すす》り泣きが始まった。

「お鍋」

松次がお鍋の背に手を掛けた。

「困った奴だ」

途方に暮れる松次に、

「大丈夫ですよ、大丈夫」

季蔵は言い通して塩梅屋《あんばいや》へと先を歩いた。

店では三吉が賄いの飯を炊いているところであった。

「茄子《なす》に南瓜《かぼちゃ》、人参《にんじん》、牛蒡《ごぼう》っと。それからあると便利な青紫蘇も。用意しといたよ。昨日、季蔵さん、おいらの帰り際にそろそろあれだって言ってたから」

茄子、南瓜、人参を棒状に切り、ささがきにして酢水に浸した牛蒡と一緒に水溶き小麦粉をつけて、からりと揚げた夏野菜のかき揚げは夏ならではの賄い菜であった。これに限っては塩ではなく、昆布出汁、酒、醬油《しょうゆ》、味醂《みりん》を合わせるタレが欠かせない。かき揚げが冷めたらタレで煮て飯にのせる、夏野菜のかき揚げ天丼もなかなかであった。

お鍋と目を合わせた三吉は、

「えっ、えっ、これどうして？」

すぐに真っ赤になった。

お鍋が三吉に向けても、目の端で微笑む様子を見ていた季蔵は、

――三吉もやられたか――

やれやれと思いつつ、

「三吉、こちらはお鍋さん。わたしたちに京料理を教えてくださるそうだ。代わりにおまえから甘味を習いたいという」

紹介の言葉を口にした。

「お鍋が教えるなんてあんた――」

松次は困惑したが、

「お鍋さん、いや、元はむらさきさんが吉原で召し上がっていた出前の京料理はおそらく、老舗中の老舗の一流店からのもので、わたしたちが口にしたこともないほどのものでしょう。食べ上手は料理上手だとわたしは思っています。ですので心配していません」

季蔵は明快に言い切った。

三

「青紫蘇があるので飯は初夏らしく青紫蘇めしにします。これは揚げたての夏青物のかき揚げによく合うのです」

青紫蘇めしは青紫蘇と炊きたての飯を混ぜて塩と白炒り胡麻で調味するという、簡単な混ぜめしである。しかし、だからこその極意があった。

「こっちはかき揚げを揚げるから、青紫蘇めしはそっちで頼む」

「合点、承知」

三吉は手慣れた包丁使いで青紫蘇を微塵切りにした。

「そこでひと手間だ。少しの間水に晒《さら》せ」

深鍋にかき揚げのための油を熱しながら季蔵は怒ったような声を上げた。

「青紫蘇めし、毎年今時分は賄いにしてるはずだぞ」

「そ、そうだった、わ、忘れてた」

慌てて三吉は鉢に水を張って青紫蘇の微塵切りを晒そうとした。

「駄目、駄目。もう、せっかくの青紫蘇が包丁の金気で黒ずみはじめてる。こんなのを飯に混ぜたら、エグ味が出てしまう。悪くすると青紫蘇の水気で飯が緑のまだらに染まる。青紫蘇はまだ沢山あるし、青紫蘇めしはここが肝心。やり直し」

「へえぇい」

やり直した三吉は無事切りたての微塵切りを水に晒した。

「へええ、そうだったのかい？　青紫蘇にクセがあったなんて、俺は今の今まで知らなかったぜ。てっきり、どう使っても便利なやつだと思い込んでた。夏場はそうめんの薬味なんかに千切りにして使う、はて、水に晒しなんぞしたかな、とにかく重宝だよ」

松次は目を丸くした。

「青紫蘇の微塵切りは繊維に添って切る千切りとは違いますから。千切りでしたら繊維が潰《つぶ》れて水気が出ることもなく、手早い包丁使いで何とかなるのです。けれども、微塵切りでしかも、使う目的が味噌に混ぜたり、薬味にするのではなく、青紫蘇めしともなると、そうはいかず水に晒すのは必須《ひっす》です。青紫蘇めしは炊きたての白い飯に、ふわりと吹く風のように、青紫蘇独特の初夏の香味が混ぜ込まれていなければ美味しくありません」

「ふーん、青紫蘇めしにそんな深さがあったとは――」

松次が感心していると、釜に仕掛けた飯が炊きあがったのを見計らって、三吉は晒した微塵切りの青紫蘇を晒し木綿の上に載せて、これ以上はないと思われる丁寧さで水気を取った。

「おいら、思い出したよ。青紫蘇めしの青紫蘇は姫様みたいなもんだったっけ」

そう言って、三吉は炊きたての飯を飯台に取り、綺麗《きれい》な緑色の微塵切りの青紫蘇を木篦《きべら》で混ぜた。適量の塩と白炒り胡麻を加えざっと混ぜて仕上げる。

季蔵は三吉が青紫蘇の微塵切りの水気を晒し木綿で拭《ぬぐ》い始めたところで、充分に熱した油で夏青物のかき揚げを揚げていく。

ちょうどいい案配で青紫蘇めしと夏青物のかき揚げが出来上がった。

「はい、これね」

三吉は当たり前のように天つゆの入った小皿を松次たちに勧めた。松次はすぐに箸《はし》を取って、

「いいねえ。屋台の天ぷら屋は魚介だけで青物の揚げ物は売ってねえとこがほとんどだし、お上は火事が心配だから家での揚げ物は止《や》めろってうるさいだろ。だから、滅多にこんなのは味わえねえ」

天つゆに青物のかき揚げを浸して口に運んだ。

「早く、おまえも遠慮しねえで食べろや」

お鍋は箸を手にしたままでいた。

「なに、ぼやぼやしてるんだ。おまえときたら、たいていがうすらのろいが食べる時はそ

うでもなかったじゃあないか。おまえ、どっか具合でも悪いのか？」

とうとう松次は自分の箸を止めた。

「あの——これじゃなくて」

お鍋は目の前に置かれた天つゆを押しやると、

「あたしは塩がいい」

きっぱりと言った。

「さすがです」

季蔵は両手を打った。

「実を言うと青物のかき揚げに天つゆという組み合わせは、白い飯との相性を考えてのことなのです。かき揚げが冷めたら天つゆで煮て青物のかき揚げ丼《どん》にすればいい。もちろん丼《どんぶり》の飯は出来れば炊きたての白いご飯です。ですが、飯を青紫蘇めしにするとまた違ってきます。青紫蘇めしに天つゆで煮た青物のかき揚げは合いません。互いの風味を天つゆが完膚《かんぷ》なきまでに殺してしまう。適しているのは塩だけです」

「よりによってかき揚げに塩ねえ。こちとら醤油好きの江戸っ子のせいか、ぴんと来ねえなあ」

松次は首を傾《かし》げた。

「どうぞ」

季蔵は箸を動かしていないお鍋の前に塩が入った小皿を置いた。

お鍋は青物のかき揚げに小皿の塩をぶちまけるようにかけると、ぱりぱりと音を立てて食べ尽くした。その後猛然と青紫蘇めしを搔《か》き込む。

「食うや食わずの後はずーっと仕事ばっかり。時が惜しくて惜しくて」

お鍋はふと呟《つぶや》いた。

——幼い頃は故郷で飢えに苦しめられつつの農作業の手伝い、お女郎さん見習いになっても食べ盛りだというのに、遠慮でお代わりの飯茶碗《めしぢゃわん》は出せず、お女郎さんの頃は忙しくて身体が空かず、いつも時を惜しむように食べていたのだろう。信濃屋さんに囲われていた時はもう忙しくはなかったものの、先行きの不安に駆られていたんだろう——

季蔵は感慨深かった。

「沢山食べてください。幾つでも揚げますから」

そう告げて季蔵はお鍋のために揚げ続けた。お鍋は勢いづいて食べた。松次の方を見ると目を潤ませている。天つゆ一辺倒で黙々とかき揚げを青紫蘇めしに添えて食べて珍しく早く箸を置いた。

かき揚げ十個、青紫蘇めし五椀まで食べ終えたところで、お鍋は急に食べ方を変えた。まずは箸で青物のかき揚げを何切れかに分ける。そしてその都度塩を摘《つ》まんで振りかけつつ、青紫蘇めしと交互に口に運んで、ゆっくりと食していく。何とも優雅な食べ方であった。最後にほうじ茶が供されると、

「一度こんな風にお客さんたちみたいに食べてみたかった」

また洩《も》らした。

「お鍋、おまえ、やれば出来るじゃないか」

松次の顔が驚愕《きょうがく》している。

――きっと、親分はお鍋さんを引き取って以来、ずっとお鍋さんの様子にふさわしい、普通の食べ方を教えようと躍起になっていたのだろう。そうでしょう？――

季蔵は松次の方を見た。

――ったく、こいつには苦労させられたよ――

察した松次の目が笑って、

「あんた、さっき食べ上手は料理上手だって言ったろ。ありゃあ、一体どういうことなのか、説明してくれ」

季蔵に話を促した。

「お鍋さんは食べる間も惜しいほど忙しい時を過ごされてきていた一方、もてなすお客様方の豪華な膳《ぜん》を沢山ご覧になってきたのですよ。それで青紫蘇めしと一緒に食べる、青物のかき揚げに付けるのは塩に限る、天つゆではないとすぐにぴんと来たのです。実際にはお鍋さんは、青紫蘇めしと青物のかき揚げだけの粗食膳などは目にしていないかもしれません。けれども数多《あまた》の御馳走《ごちそう》を見てきて、お客様方が召し上がられる様子を目の当たりにし続けると、これは旨《うま》い、あれはそうでもない、あれに合う酒や肴は――などという食通たちの話も耳に入り、知らずと目福が口福ともなります。それで食べ上手は料理上手だと申し上げました」

「なるほどな」

頷いた松次は、

「ようはお鍋も多少は煮炊きの才があるってことだ。よかった、よかった。だが俺はどんな揚げ物でも天つゆがいい。ともかく明日からお鍋のやつをよろしくな」

お鍋を促すと晴れ晴れとした表情で席を立った。

見送った後三吉は、

「おいら、あの女の人の気持ちよーくわかるよ」

常にはない真剣な表情で告げた。

「どうわかるんだ？」

「おいらんちもさ、鏡みたいに顔が映るお粥《かゆ》を啜《すす》ってたことあるんだよね。そんな暮らしの中で夏だったりすると、棒手振《ぼてふ》りの青物屋がたまたま落としてった西瓜《すいか》を見つけて、ほんとは一緒に遊んでた仲間たちで分けなきゃなんないんだけど、図体《ずうたい》が大きいおいらが一人でがつがつ食べちゃってた。早く食べないと棒手振りが戻ってきて銭を取るんじゃないか、誰かに横取りされるんじゃないかって思ってたから、それこそあの女の人みたいに犬食いだった。おいら、今でも、がっついて食べるけどあの頃ほどじゃないんだ。毎日の賄いはほぼ食べ放題なんで、あの女の人が願ってたみたいに、おいら、結構上品に食べてるでしょ？」

「そうだな」

頷いた季蔵もまた、出奔して長次郎《ちょうじろう》と出会った時のことを思い出して、

――すぐに路銀を使い果たし、刀も質草と消えて飢えかけ、露店で売られていた饅頭《まんじゅう》に手を伸ばして売り手に咎《とが》められ、番屋に突き出されようとしていた。そこをとっつぁんは饅頭代を払って助けてくれた。人と人のわかり合いで一番強いのはこれなしでは生きられない食べ物で、理屈を超えてわかり合える唯一無二の代物なのかもしれない――

三吉とお鍋は上手《うま》くやっていくだろうとひとまず安堵《あんど》した。

四

それから何日か過ぎて季蔵は五平の妻おちずより文《ふみ》を届けられた。

わたくし共に起きている難事についてはすでにお聞き及びのことと思います。せめてもの救いは町人ながら揚《あが》り屋《や》で起居させていただいていることでしょうか。そのうえ、十日に一度、家族だけが会うことができるという、ご配慮です。

心配は尽きませんが、わたくしは五平が留守の間、大番頭たちと力を合わせて長崎屋と子たちを守らねばなりません。おかげであれこれ考えずに、夜は倒れるようにぐっすり眠っております。どうかご安心ください。

このような厳しさの中、当人がどうしてもまだ、味わっていない、季蔵さんならでは

の料理を味わいたいと申しております。お聞き届けいただけませんか？　なお、食べ物はわたくしが届けます。明後日がその日です。

長崎屋　ちず

塩梅屋季蔵様

この文を読んだ季蔵は、

——さすがだ。いざという時、おちずさんはしっかりしている——

長崎屋の内儀《ないぎ》おちずは元娘義太夫《むすめぎだゆう》で人気を博した水本染之介《みずもとそめのすけ》であり、恋い焦がれた五平は季蔵の助力を得て妻にして以来、二児にも恵まれている。五平にとっておちずは永遠の恋女房であり、宝物のように扱って常に気にかけてきた。たしかに舞台で物語を紡いでいたおちずは普通より感じ方が豊かである分鋭く、子らへの過剰な気遣いで不眠に陥る等繊細すぎる一面があった。季蔵は子らのためにもおちずの緊張を解き、くつろぎをもたらす食べ物はないかと五平に相談されたことがあった。

——五平さんがまだ、味わっていないわたしの料理？　そうか、そうだ——

はたと季蔵は思いついて催促がましいことを承知で良効堂佐右衛門に文を書いた。

毎年、この時季になると先代が好きだった賀茂なすの田楽が思い出されます。そちらでしか味わうことの出来ない珠玉の賀茂なすをお願いできませんか。

塩梅屋季蔵

良効堂佐右衛門様

すると翌日には文が返ってきた。

数知れない人々の命を奪った、あのように恐ろしい流行風邪禍の後だというのに、この春は薬草も菜もよく育っております。不憫《ふびん》に感じられた神様が、草木を通してわたくしたちに恵みをお分けくださっているのやもしれません。賀茂なすはいい実をつけております。いつでもこちらにおいでください。

良効堂佐右衛門

塩梅屋季蔵様

「三吉、良効堂さんまで頼まれてくれ」

季蔵は三吉に賀茂なすを分けて貰ってくるように頼んだ。

「ん」

三吉が不承不承頷いたのは言いつけが嫌だったからではなかった。三吉の目はちらと小上がりに座っているお鍋を見た。

――このおばさん、またついてきちゃうよ、おいら困るな――

このところお鍋は毎日通ってきている。季蔵は長次郎の日記の中から、まずは京風一番出汁のひき方と白味噌椀の作り方を見つけてお鍋に教えた。長次郎は京風一番出汁について以下のように書いていた。

京風一番出汁は水と昆布、削った鰹節《かつおぶし》で拵える。昆布と鰹節は同量である。そして肝は昆布扱いと湯の熱さにある。昆布は言うまでもなく表面の汚れを固く絞った布できっちり拭《ふ》き、鍋に張った水に入れて火にかける。この時湯は指を入れて熱さで少々痛いが我慢できる程度を保つ。この程度の熱さで昆布は最も旨味が出る。くれぐれもこれ以上熱くしてはならない。もちろん沸騰も禁忌である。

四半刻《しはんとき》（約三十分）ほどで昆布を引き上げる。この後一度沸騰させ、浮いてきた昆布のアクを取り、差し水をする。この時の湯の熱さは指を浸すには勇気が要る頃合いである。ここへ削った鰹節を入れ、沈んだらただちに漉《こ》して鰹節を取り除く。これが最も旨味がひき出された京風一番出汁である。

ただし、京風一番出汁には好みがあり、香りを一番とすると差し水を増やして湯の熱さをもっと下げてから鰹節を入れる。この時の湯の熱さは何とか指を浸せはするものの、痛みに耐えかねてほどなくあちちっと叫んで湯から出さずにはいられない程度である。

この京風一番出汁のひき方は京から出てきた料理人が、たまたまうちの店に立ち寄って教えてくれたものである。

また、京にはこの出汁を主とする料理、白味噌椀がある。これは味噌汁ではなく菜である。

白味噌椀の作り方を以下に記す。
一　煉《ね》り白味噌を作る。白味噌と酒、砂糖を合わせて鍋に入れて火にかけ、焦げないように煉る。椀にするならあまり長く煉ることはないが、煉りが足りないと麴臭《こうじくさ》さが残るので注意する。
二　京風一番出汁にこの煉り白味噌を合わせる。どれだけの分量の煉り白味噌を出汁に入れるかは好みであるが、これで白味噌椀の濃度が決まる。
三　白味噌椀にはコクのある揚げ物がよく合うので、賀茂なす、芋の茎であるズイキ、辛くない万願寺《まんがんじ》唐辛子《とうがらし》、生でも食すことのできる水なす等を唐揚げにして、この白味噌椀に浸す。極上の旨さだという。
正直、出汁と繊細な味に拘《こだわ》る京風は醬油と酒と味醂、砂糖の甘辛味を好む江戸っ子は好まず、白味噌椀を供することは滅多にないこととは思う。けれども、味とはこうも広く深いものだったのかと感心させられる。そして時々京風を思い出すのは悪くない。料理人の初心、味への謙虚さを取り戻すことでもあろうから――。

——味への謙虚さか——

季蔵はお鍋が口にしていた大和芋まんじゅうを拵えた。大和芋は数ある山芋の中でも粘りが強く味わいも濃厚である。江戸では多く生のものをすりおろしてとろろ汁にしたり、海苔《のり》に載せて磯部《いそべ》揚《あ》げにする。

大和芋まんじゅうとなるとやはり京風であった。これはまず、皮をむいて、適当な厚さに切った大和芋を水に晒し、蒸籠《せいろう》で蒸しあげてから裏漉しする。白玉粉を水を合わせて捏《こ》ね、耳たぶくらいの柔らかさになったら、裏漉しした大和芋と合わせる。それを小さめのお手玉、卵の半分くらいの大きさに丸め、あられを付けて揚げる。京風一番出汁と味醂、薄口醤油を合わせて煮立たせ、葛粉《くずこ》でとろみをつけた餡《あん》をかけて供する。

ちなみに薄口醤油は寛文《かんぶん》年間に播州《ばんしゅう》は揖保《いほ》郡龍野《たつの》(現在の兵庫県たつの市)で、円尾孫《まるおまご》右衛門《えもん》が創意工夫、醤油に糖化させた米を混ぜることにより、色の薄い醤油を得たのが始まりだったと言われている。元々は龍野でのみ好まれていたが、次第に京都への出荷が本格化した。

白味噌椀は品書きに入れられなかったが、大和芋まんじゅうはなかなか好評であった。

「あれはいいね」

常連の喜平《きへい》が讃《たた》えると、

「餡が何とも旨い」

辰吉《たつきち》が相づちを打ったまではよかったが、

「団子のタレなんかじゃあない、あの上品な餡だからいいんだよ」

団子を引き合いに出したところで、

「あたぼうよ、団子のタレなんかと一緒にすんねえ」

雲行きがおかしくなり、

「甘辛団子だって旨いじゃないか」

「今は団子の話なぞしてねえぞ」

嵐《あらし》になりかけたところで、

「まあまあ、お二人とも」

勝二《かつじ》が仲裁に入った。

「それならわたしが行ってこよう」

季蔵は身支度をして店を出ると新石町《しんこくちょう》の良効堂へと向かった。小上がりに座っていたお鍋がすいっと立ち上がってついてくる。

「あのおばさん、どこへでもついてくるんだもん、厚化粧だし、おいら恥ずかしいよ」

お鍋は季蔵だけではなく、これと定めた相手には必ずついて行った。これには三吉までもが含まれていて、

「長屋まではもう、勘弁だよ。おっかあなんておっとう相手に〝おおかた、あたしや三吉が食うや食わずだったてえのに、あたしたちの知らないところで遊んでたあんたの知り合いだろう〟って、小指立てて、わいわい言ってるうちにだんだん目が据わってきてた。ど

ういうわけか、ぱっと見てたいてい皆わかっちゃうんだよね、あのおばさんの昔のこと――」

ほとほと困り果てている。

季蔵の方も仕入れ先で、

「よっ、ご両人」

「おや、いつの間に？　季蔵さん、隅におけないねえ」

などと見当外れに冷やかされ通しで難儀していた。

五

「実りのいい賀茂なすを見ていたら長次郎さんが思い出されてならず、賀茂なすを取りにおいでくださいと、こちらから文を届けようかと思っていたところでした。いやはや、以心伝心とはこのことですね」

良効堂の主《あるじ》佐右衛門は変わらぬおだやかな様子で季蔵とお鍋を迎えてくれた。下働きには見えないお鍋のお供は明らかにおかしなものだったが、お鍋から送られてきた秋波に佐右衛門は一瞬困惑の色を浮かべたもののすぐにいつものおだやかな表情になった。

以前、良効堂では付け火で薬草園と菜園を燃やされたことがあった。

この時、主佐右衛門は、

「良効堂《うち》の薬草園、菜園は良効堂のものであるだけではなく、御長寿であられた大権現《だいごんげん》

（徳川家康《とくがわいえやす》）様の名残りなのです。食べ物や草木一般の薬効におくわしかった大権現様は、草木に同じものは一本もない、気候や土の違いだけではなく、世話の仕方によって変異して効能も変わるという事実を御存じでした。それで直轄の薬草園、菜園の他に幾つかの薬草園、菜園を市中に広げられ、わたくしども薬屋に託されたのです。わたくしどもが廃《すた》れなかったのは、必死で権現様、ひいては徳川様代々への忠誠を誓ってきたからです。わたくしは大権現様、御先祖様のためにも、再びここを緑の薬効があふれる場所にしたいと思います」

決意のほどを明らかにし、

「しかし、そうするには金子《きんす》がよほど要り用になろう。ここにはかつて、薬草を含む珍しい草木や菜が事典のように並んでいて、ここにないものはないとまで言われたほどだ。一つ、ごく親しい知人に限って、効能ありとされている薬草や時季の珍しい青物を届けて生業《なりわい》としてはどうか？　まあ、ごくごく上品で善意だけにもとづく先物取引だ」

烏谷の助言を受けいれた。

おかげで良効堂の薬草園、菜園では元よりも多数の草木が育っている。昨年には引っ越した隣家の敷地を借り受けて、とりわけ菜園が広げられていた。

「お知り合いがおいでになっています」

佐右衛門が告げると、広げた菜園の方から豪助《ごうすけ》が歩いてきた。弟分の豪助は出奔したばかりの季蔵を乗せた舟の船頭であった。小柄ながら顔立ちが綺麗に整っている豪助は、笑うと仕事柄真っ黒な顔に白い歯並みが眩《まぶ》しい。若い頃はもてにもてて騒がれ、始終おちゃっぴいたちに追いかけられていたのだが独り身を通していた。しかし、束《つか》の間《ま》寄り添ったおしんとの間に子が出来て夫婦となり子煩悩《こぼんのう》な父親に変わった。今ではほどほどに船頭を続けつつ、おしんの漬物茶屋を手伝っている。

「こんなところで兄貴に会えるとはな」

豪助は目尻《めじり》に皺《しわ》を寄せて微笑んだ。

「俺もだよ」

季蔵もうれしかった。

「魚の入り具合はどうかな？」

豪助が案じてくれた。塩梅屋の品書きを飾る主な魚は、棒手振りからもとめることもあるが、豪助の知人の漁師たちから安定した量が届けられていた。

「上々だよ、お上がお造り等の生物食いを禁じていた流行風邪禍の時ほどではないが、たまには一番人気に返り咲いた鯛《たい》もつけてくれるので助かる」

「よかった」

「そっちはどうなんだ」

「おしんの代わりに来たんだ。おしんは漬物にはさまざまな土地の異なる青物が必要だからって」

「さてさて、季蔵さんには賀茂なす、慶養寺《けいようじ》門前の漬物茶屋みよしの豪助さんには京青うりと越中高岡胡瓜《えっちゅうたかおかきゅうり》をお包みしましょう。おしんさんの腕に期待していますよ」

佐右衛門はにっこりして二人にそれぞれの品を渡した。

二人は佐右衛門に礼を言って、良効堂を辞した。

「京青うりと越中高岡胡瓜か。どちらも元を糺せば胡瓜の仲間だろうが、土と気候、世話の仕方の違いで、馴染《なじ》み深い胡瓜とは微妙に味わいの異なる青物に分かれたのだろうな。ところでいったいおしんさんはどんな使い方をするのかな？」

良効堂を出たところで、季蔵が訊くと、

「このところ、好きな漬物で優雅に茶を飲もうってえ客が戻ってきてる。俺も船頭は誰かに任せて舟の上でこれ、やってみたいよ、いつか――。好きな女とだったらもう最高じゃねえかい？　でも、まあしがない船頭の俺じゃ、夢のまた夢だけどな」

少し横道に逸《そ》れた話になったが、

「そうそう、京青うりと越中高岡胡瓜の使い方の話だったっけ。流行風邪禍なんてえもんを潜《くぐ》り抜けて生きてるとなると、ちょいと懐《ふところ》具合のいい奴らは格別な漬物じゃないと、満足しなくなってる。その上、珍しいもんを使った時にはその蘊蓄《うんちく》ももとめてくる。そういう話もここに来りゃあ聴けるから、おしんはほんとに有難がってるよ、兄貴にも感謝してる。俺はそれをおしんに伝える役目さ。だからこうやって書いておく。正直こういうのはあまり得意じゃないんだけどな」

「それではまず、京青うりと越中高岡胡瓜についての蘊蓄を頼む」

「えーっとね」

豪助は手控帖《てびかえちょう》を出して書き留めたものを読み上げた。

「京青うりは昔々の後白河《ごしらかわ》ってえ、天子様の頃からあって、『梁塵秘抄《りょうじんひしょう》』っていう立派な歌集にも出てきてる。切り口が祇園社《ぎおんしゃ》の神紋に似てて有り難てえもんだから、京じゃ、胡瓜よりもこっちの方がよく食べられてるんだと。越中高岡胡瓜の方はここまで格調高い話はねえ。こいつはどっこ胡瓜とも言われてる。どっこってえのは、越中言葉で太くて短いということ。とにかく並外れて太くなって、二百七十匁《もんめ》（一キロ）を超すものもざらで皮も厚いもんだから、日持ちもして、蝦夷地から昆布等を運んでくる北前船の船乗りたちが積み込んで、船の上で食べてるって話も聞いた」

「どっこ胡瓜の方はふんだんに昆布を使った出汁で煮付けて食べるような気がする。違うか？」

これはすぐにぴんと来た。

「さすが季蔵さん、その通り。ただし、おしんは叩いた鶏《とり》と合わせた餡掛けにするんだぞうだ。冬瓜《とうがん》でもこういうの作るし、味も似たりよったりだろうけど、珍しいどっこ胡瓜だっていうだけで、客には珍しくない冬瓜よりずっと評判になるんだってさ、あ、いけねえ」

慌てて豪助は口を両手で塞《ふさ》いだ。

「おしんから、たとえ相手が兄貴でも、料理の作り方はぺらぺらしゃべるなと言われてるんだ」

「心配するな、わたしは真似《まね》たり品書きに加えたりしないから」

季蔵は苦笑した。

おしんの店では数は多くないが、漬物だけではなく甘味や煮物等も品書きに入れている。実のところ、断りはあったものの、塩梅屋の菜の何点かはおしんの店に拝借されてしまった。その逆は今のところない。もっとも季蔵はおしんのちゃっかりぶりに、

――だから漬物茶屋みよしはそこそこ繁盛しているのだろう――

感心はしているが気など悪くしていなかった。

「それじゃ、青うりの方もしゃべっちまおうかな。こいつは刻んだ青うりと実山椒《みざんしょう》を合わせた浅漬けにするんだ。シャキシャキした歯触りが何とも言えない涼やかさだと、この料理を知ってた佐右衛門さんも言ってた。これ、京漬物なんだそうだ。ああそれから、胡瓜とか瓜とかってもんは、水気が多いんで小便の出がよくなり、むくみとかのぼせにいいんだって。夏にはぴったりの青物だとも教えてくれた」

急に終わりを急いで早口になった豪助は季蔵ではなく、後ろに居るお鍋の方へすっかり気を取られている。そわそわしているようにも見えた。振り返らずともお鍋の目は煌《きら》めいているに違いなかった。

――またか――

ややうんざりした気分で季蔵は探るように豪助を見つめた。

物心ついて実母に棄《す》てられた豪助には実母への想《おも》いが立ちがたく、少女のように若く見えた母親の面影をもとめて水茶屋に足しげく通っていたことがあった。高い茶と菓子を売る水茶屋は成熟した女との一夜の夢ではなく、大人になりきれていない年頃の少女の清々《すがすが》しさを売りとしている。想いを遂げられずに通い続けると、遊里で遊ぶよりも高くつく。豪助がいい例であった。

季蔵は手控帖を出して、

〝まさか――〟

書いて豪助に渡した。

〝色香はたいそうなもんだが、俺は大丈夫だよ。兄貴こそこの手には気をつけないと――〟

豪助は返してきた。

こうして始まった二人の筆談は、

〝俺、どっかでこの女と会ってるような気がする、だけどどこでだったかまでは思い出せない。それと、このまま俺に尾行《つ》いて来られでもしたら困る。そういう女だろう？　そんなことになったら、こういうことに人一倍感じやすいおしんが壊れちまいかねない。兄貴、何とかしてくれ――〟

悲鳴のような豪助の文に、

〝わかった、何とかする〟

季蔵が返して終わった。

六

——先に行け——

季蔵は目で伝えた。

——すまねえ、頼む——

佐右衛門から渡された包みを手にした豪助がその場から急ぎ足になった時、お鍋が小走りにその後を追った。

——かつて豪助は母親を思い出させる少女のような綺麗な茶屋女に次々惚《ほ》れていた。船頭だと言ったり、しっかり者の妻に叱《しか》られると話した自分語りは、目の前のお鍋さんの秋波に昔を思い出させられたからでは？　とかく昔の華はなつかしく、時に恋しくもあるものだ。これは豪助が自分でわかっている以上に危ない——

「すみません」

季蔵は素早くお鍋の袖《そで》を強く摑《つか》んだ。一瞬ではあったがお鍋は振り払おうとした。

「せっかくの賀茂なすです。店に戻ったら一つあなたがお好きな田楽を拵えてみましょう。土産に持って帰れば松次親分もきっとお喜びですよ」

「ああ」

応えたお鍋の身体から走り出す力が抜け、季蔵は袖を摑んだ手を放した。

「それはそれは楽しみなことです。さぞかしあの世の御先代もお喜びでしょう。そうだ、くれぐれも長次郎さんの供物は赤味噌の付けダレでお願いします」

そのまま季蔵たちは塩梅屋への帰路についた。


いつの間にかお鍋は季蔵の袖を握りしめて寄り添い続けている。

——困った——

——今、松次親分にだけは会いたくない。といってわたしの袖をこのお鍋さんに放させたら大変だ。お鍋さんは寡黙だが馬鹿ではない。豪助がどこで何をしているか、佐右衛門さんの言葉を聞いていて知っている。まっしぐらに慶養寺門前にある漬物屋みよしに向かうだろう。その上、豪助自身の口から船頭をしていることも——

はらはらしどおしだった季蔵は、塩梅屋が見えてくる辻《つじ》を曲がるとほっと安堵のため息をついた。

戸口を入るとお鍋は季蔵の袖を放した。

「役にたたねえこいつが世話になってるんで気になってね。今日はもうあがりだろうから迎えに来たよ」

松次が床几に腰を下ろして甘酒を啜っていた。すでにお鍋の目の光は松次に向かっている。

「親分ったら、甘酒はやっぱり冬場と同じあったかいのがいいって。ここには井戸で冷やしたのもあるのに」

三吉の言葉に、

「冷えた甘酒は甘酒ならではの風味がねえから願い下げだ」

松次は応酬すると、

「お鍋、帰るよ」

優しい声で促して一緒に戸口を出て行った。

「あのおばさんっていつまでここへ来るのかな？」

三吉が低い声で訊いた。

「しばらくは来る。嫌か？」

「おっかあから毎日くどくどと言われるのがちょっと――、おいらだって女の子に夢は持ってるから、あそこまでのことを聞かされると耐えるの辛《つら》い」

「おっかさんはどんなことを言ってる？」

「おばさんを一目見たおっとうがでれでれの顔したってことで、怒ったおっかあはおばさんのことを他所《よそ》から聞いてきた。おばさんは大店の御主人に身請けされたお女郎さんで、御主人が死んだ後追い出されたのは自業自得だって。男を食い物にし続けてて松次親分もいい加減、目を醒《さ》ます時だろうって。お女郎さんやってた女は誰でもおばさんみたいだってことじゃなくて、ああいう生き方しかできない女もいるんだろうってさ。とにかくほとんどの男が色香で釣られるんだろうから、おいらにも気をつけろって、毎日、うるさい、うるさい。さっきは季蔵さんが助け舟出してくれたからよかったけど、このところ、毎日一緒にここにいて、〝あ、釣られてる〟って感じる時あるし、おいら、ほとほと疲れちまったよ――」

三吉は胸のわだかまりを一挙に吐き出した。

「そのうちお鍋さんも食べ物を拵えて商う、自分の店を持つようになるだろうからそれまでのことだ。辛抱してくれ」

季蔵は三吉を宥《なだ》めたが、

「おしんさんみたいに？」

逆に問いかけられ、

曖昧《あいまい》に躱《かわ》すと、

「そうだろうな」

「違うよ、おばさんとおしんさん。おばさんのこと、おっかあは誑《たら》し込み女って言ってたけど、おしんさんは口八丁手八丁の立派な女将《おかみ》さんだもん。これもおっかあが言ってたこと―」

三吉は反撃してきた。

――その通りかもしれないが――

「人は変わるものだと信じたい」

松次の想いを遂げさせてやりたいと思っている、季蔵はやっとの思いで三吉の言葉を跳ね返した。

この後、五平の妻おちずより、朝一番で五平のための差し入れを取りに伺いたいとの文が届いた。

──これは一人で夜鍋をして仕上げよう──

そう決めた季蔵は常のように店が終わると三吉を帰し、五平のための差し入れを拵え始めた。

良効堂の賀茂なすはすでに田楽となって長次郎の仏前に供えられている。今夕訪れた客たちにも振る舞った。塩梅屋ではたとえ京青物の賀茂なすであっても赤味噌のタレで供する。赤味噌は醬油に似た味で江戸っ子たちには堪《こた》えられないからであった。

田楽用の赤味噌ダレは赤味噌と酒、砂糖、味醂を一つ鍋で合わせ、火にかけて煉り混ぜたものである。濃厚な赤味噌の味を酒、砂糖、味醂の調味料が縁の下の力持ちとなってややまろやかに変化させている。口にしたとたん、ぱっと広がるのは甘くて強烈な味噌味、赤味噌の鮮烈な風味であった。

賀茂なすの方は皮のまま縦割りにして、表面にタレが染み込みやすいよう、飾り包丁を入れ、胡麻油を引いた鉄鍋で両面をじっくり中に火が通って、皮もしんなりするまで焼く。表面に赤味噌ダレを塗り焼き目をつけて仕上げる。皮のまま賀茂なすを使うのは身よりもやや固めの皮であっても、赤味噌ダレの強い個性と相俟《あいま》って、身との違いを楽しみつつ、どちらも美味しく味わえるからであった。

——しかし、これで行くとしたら——

季蔵は先だって蔵之進に供した黒白の胡麻団子を拵えた。中身の味付けにはどちらにも白味噌を使うがまぶすのは炒り黒胡麻と炒り白胡麻にわかれる。

季蔵は三段重の一段目に黒胡麻団子を、二段目に白胡麻団子を同数詰めた。

——三段目はやはり、あれだな——

季蔵は京風の賀茂なす田楽を拵えることにした。これには田楽用の白味噌ダレが要る。これは江戸で好まれている赤味噌ダレなどとは、比較にならないほどむずかしい。材料は白味噌、酒、味醂、砂糖、ここまでは赤味噌ダレと同じであるが、練り胡麻と卵黄を加えて仕上げなければならない。全てを混ぜて鍋に入れて煉り込んでいくのだが、卵黄が固まったままにならないよう、さらに酒や味醂でのばしつつ優しく混ぜる。この案配は容易《たやす》くない。経験を重ねて習得する他はない秘訣《ひけつ》であった。

その上、賀茂なすの皮はむいておく必要がある。季蔵は試しに皮をむいた賀茂なすと、皮つきのまま焼いたもの各々二種を用意してみた。どちらにも田楽用の白味噌ダレを付けてみた。舐《な》めてみると、白味噌ダレは練り胡麻と卵黄によって、強烈でこそないが深みのある、曰《いわ》く言い難い上品な美味を醸《かも》し出していた。さらに各々の賀茂なすに塗ってみた。

——たしかに田楽用の白味噌ダレと野趣とも言える賀茂なすの皮は合わない。皮の味が繊細そのものの白味噌ダレに勝ってしまう。あの火が通ってしっとりしんなりした身にはこれ以上、ぴったりくるものはないほどだというのに——。田楽用の白味噌ダレは皮なしの賀茂なすを得て、典雅この上ない味に導かれるのだな――

　季蔵はしばし感心して手を止めた。


　五平の妻おちずは明け六ツ（午前六時頃）前に訪れた。驚いたことに娘義太夫として一世を風靡《ふうび》した時のように髪を結い上げ、裃《かみしも》を模した舞台衣装を身に付けていた。五平と結ばれ子らに恵まれて以来、少々ふくよかだった顔が、娘義太夫だった頃のきりりとした細面に変わっている。だが窶《やつ》れた印象は受けず、娘の頃よりもさらに美しく頼もしい印象を受けた。

「お上は艾屋さんの骸《むくろ》と一緒に見つかった、長崎屋五平宛《あ》ての鎮海魂《しずめうみたま》神社のお札を動かぬ証と決めつけています」

　おちずは悔しそうに唇を嚙みしめて先を続けた。

「けれども、旦那様の身の潔白をわたしは信じております。旦那様は偉いお坊様ではありませんがとにかく噺が好きで、善男善女だけではなく、弱さゆえについその手を汚してしまう悪人、強欲なあまり自分の命をも顧みない悪人、復讐《ふくしゅう》だけが生き甲斐《がい》になってしまった悪人、さまざまな悪人を深くわかっていました。身分、男女、貧富等の差による悲劇を含む、歌舞伎《かぶき》の演目を娘義太夫で話していたわたしも同様です。そして、ここまでわかっていれば自分の中に芽生えた悪に打ち勝つことができるのです。殺したいほどだというのと殺してしまうことは異なります。旦那様は艾屋さんを弟子のために殺したいとは思ったでしょうが、裁きはお上に委《ゆだ》ねたいと思っていたはずです」

ここで一度言葉を切ったおちずは、

「ですから今の囚《とら》われている旦那様は、きっと二つ目松風亭玉輔《たますけ》の形《なり》をなさりたいことでしょう。そして自分の中に芽生えた悪に打ち勝つことについての噺をなさりたいはずです。けれどもお奉行様にご無理をいただいた揚り屋ではもとより叶わぬことです。それで代わりにわたしがせめて、このいでたちで訪ねて旦那様のご覚悟を示したいと思い立ちました」

毅然《きぜん》として言い切った。

――おちずさんは五平さんと共に闘っている――

「なるほど」

――五平さんは長崎屋の主であると同時に、道楽とはいえ噺の会を続けていて、笑いの中にお上の横暴や無慈悲を糺す噺家としての筋を通そうとしていた――

「よくわかりました」

「行ってまいります」

おちずは深々と頭を垂れると、毅然とした面持ちで重箱の包みを抱え、伝馬町へと向かった。この時おちずの着けていた紫色の袴《はかま》の前から、短い組紐《くみひも》に結ばれた紅水晶の龍のお守りがちらと見えた。

七

――返しそびれてしまった――

季蔵は思わず片袖の先を掴んだ。

艾屋仁五郎が殺されていた場所で拾った紅水晶の龍を、誰の目にも触れないよう、袖の先に縫い付けていたのである。

――ああ、でも、このお守りは動かぬ証のお札をますます動かぬものにしてしまうのだから、お上に隠し通すだろうおちずさんを苦しませるだけになるかも――。ここはわたしが隠し通そう――

そう自分に言い聞かせた季蔵は飯の炊きあがるのと三吉を待ちつつ、裏手に植えてある葱を引き抜いてきて葱の味噌汁を拵えた。

するとほどなく三吉の住む長屋の住人が文を届けてきた。

すいません、今日はお休みします。もう、おいらくたくたです。それに特別におっとうの相手をさせられてお酒飲みました。二人とも自棄酒《やけざけ》。途中でおっかあも仲間になりました。これまた自棄怒り酒。肴はおっかあ得意の蛤鍋《はまぐりなべ》、これはどうでもいいことだったっけ。あ、でも何とかおっとうとおっかあは仲直りできたみたい――

三吉

季蔵様

この文を受け取った季蔵は、

「どうでもいいことではないぞ、三吉」

口に出して言い、

——今まで考えてもみなかったがこれを一ひねりすれば、お客さんたちに召し上がっていただける物になる——

これから漁師が今日の魚介を届けてきたら、是非とも蛤を注文して、それが入った日の品書きはまだまだ、旬《しゅん》のうちに入る蛤の鍋にしようと決めた。蛤鍋は砂抜きした蛤と食べやすい大きさに切ったワカメ、セリ、豆腐を出汁を張った土鍋で煮て、蛤の口が開いたら火を止めて供する。

この時季、蛤は沢山獲《と》れて安価なので、長屋の女房たちが蛤鍋を肴にして、女たちだけで酒を飲む蛤鍋の宴《うたげ》が催される。こうした蛤鍋はたいてい味醂も加えた甘辛醬油味であった。

——あれは蛤の旨味を殺してしまい、蛤鍋はいただけないものと決めつけていたが、出汁の調味を塩味または薄口醬油、白味噌にすれば蛤が生きる。江戸好みだの、京風だのではなく、蛤に醬油等の濃い味付けは合わない。これで茹《ゆ》でた稲庭《いなにわ》うどんでの〆《しめ》も楽しめる

——

季蔵は長屋の女房たちが蛤鍋でしたたかに飲んだ後、稲庭うどんの代わりに櫃《ひっ》に残った飯を入れて雑炊《ぞうすい》で食する様子を想像し、

――甘辛団子ならまだしも、甘辛雑炊はいただけない――

ぞっとしなかった。

そこへ、

「邪魔するよ」

松次がお鍋と共に入ってきた。

すでに松次の片袖を握っていた手を放している。季蔵に向けて僅かに微笑《わら》って口元を綻ばせ、切れ長の目の端に光を刻んだ。

「実は――」

季蔵が三吉の休みを告げようとすると、

「一緒に来てくれっ。お奉行と田端《たばた》の旦那が汐留川《しおどめがわ》で待ってる」

緊張した面持ちで告げた。

――またおそらく殺しだろう――

「わかりました」

季蔵はすぐに身支度を調えた。

「お鍋、おまえはここにいて留守番をしろ」

松次の言葉に、

「へえ」

お鍋は気の抜けた相づちを打った。

こうして季蔵は松次と一緒に汐留川へと急いだ。

しばらくは互いに無言で早足で歩いたが、汐留川が近づいてくると松次は、

「世話をかけたがあいつも煮炊きが少しは面白くなってきたようだ」

やはりお鍋の話を先にした。

「たいしてお役に立てていないようで」

「いいや、違ってきたよ。お鍋のやつ、〝賀茂なすの田楽なんてむずかしそうでとても出来そうもない〟って、しくしく泣くもんだから、〝泣くこたあない、賀茂なすでも江戸の普通のなすでも、田楽と名のつくもんはなんでも味噌ダレが決め手よ、こいつはそんなにむずかしかない〟と慰めて、赤味噌の田楽味噌を拵える手順を教えた。お鍋は俺に言われた通り煉り合わせて、豆腐やこんにゃくなんかにも付けて食べてた。その時〝美味しいっ、面白い〟って言ったのさ」

松次の話は半ば惚気《のろけ》であった。

「それは何よりでした」

応えた季蔵は、

――そうは言っても賀茂なすとなると、やはり白味噌の田楽味噌の他は考えられないのだが――

お鍋が賀茂なすに拘《こだわ》った理由がわからなくなった。

——吉原にいて高尚《こうしょう》な京料理を食べていたことを強く言いたかったのだろう——

そうは思ってみたものの、

——しかし、誰もが認める色香の御本尊ではあるが、そんな見栄《みえ》っぱりにはとても見えない——

不思議な気持ちは残った。

——そうだ、今はお鍋さんどころではなかった——

「殺されたのはどなたです？」

季蔵はこのまま惚気を続けそうな松次に訊いた。

「唐物屋《からものや》の薩摩屋《さつまや》紳助《しんすけ》だ」

岸辺には薩摩屋紳助と思われる大柄ですらりと背の伸びた骸が仰向《あおむ》けに倒れていた。一突きされた胸には脇差《わきざし》が刺さったままになっている。

「ご苦労」

烏谷は一応は言葉で労《ねぎら》い無言の田端は目だけで頷いた後、

「首がやけに硬い骸だ。骸の硬さは死んでから六刻（約十二時間）が一番だとその筋から聞いている。とするとこの唐物屋紳助は今日の明け方にここで殺されている」

と告げた。

「そちはどう視《み》る？」

烏谷が訊いてきた。

「それでは――」

季蔵は骸に屈《かが》み込んだ。

薩摩屋紳助の大ぶりに結った髷《まげ》は太い眉《まゆ》同様漆黒であった。年齢の頃は三十歳を少し出たところであろうか。目も鼻も口も大きかった。見開かれた目は驚いてはいるが憤りは少しも感じていないように見える。

念のため両手を確かめたが身を守ろうとしてできたような傷は一つもなかった。

「殺した相手は知り合いだと思います。おそらく薩摩屋さんは呼び出されたのでしょう。明け方にこんな人気《ひとけ》のない場所に出向いてきたのですから、よほど近しく信じていた相手だったのかと――たとえば女の人」

季蔵は思ったままを口にした。

「しかし、薩摩屋紳助といえば流行風邪禍に乗じて絨毯《じゅうたん》や綿羊の毛の調達等に素晴らしい手腕を発揮して、剃刀《かみそり》紳助との異名をとっていた。元は旗本の四男坊で薩摩とは縁もゆかりもない。それがいつしか薩摩屋を名乗るようになったのは、よほど益ある者への取入りに長《た》けていたのだろう。抜け目のなさも商才のうちだ。堅苦しいからと女房は持たず、金で始末がつく女としか関わらないというのが持論だそうだ。そんな奴に近しく信じていた相手などいるものだろうか？」

烏谷は首を傾げた。

「ならばその相手はよほど益ある者だったのでは？　あるいはその代理の人とか――」

季蔵の反論に、

「薩摩屋紳助はそんなお人好《ひとよ》しではないぞ。たとえ相当の大物からの誘いだったとしても、代理との交渉になど応じぬ奴よ」

烏谷はむっつりと応えた。

「代理だったというのは取り消します。ですがよほどの大物だったのは事実ではないかと思います。ただ――」

季蔵は紳助の胸に刺さっている脇差を見据えた。鍔《つば》のところで目を留めた。ちなみに鍔とは刀の刀身と柄《つか》を繋《つな》いで柄を握る手を守っているのである。

「装飾は小さな梅だけのありきたりの鍔です。大物はたいてい富裕でもあり、龍や鷹《たか》などの動物から、松竹梅などの植物に至るまで、非常に幅広く、よくよく趣向の凝った装飾がされている刀剣を道楽で集めるのが普通でしょう？　ですのでよほどの大物の持ち物としては合点がいきません」

季蔵は言い切ると、

「それと気になるのは艾屋が残していた文です。米屋の山形屋重兵衛さん、味噌屋の信濃屋八右衛門さん、長崎屋五平さん、そして、この唐物屋薩摩屋紳助さんの名がありました。山形屋さんと信濃屋さんはすでに、五平さんの身代わりになった松風亭玉生さんともども、艾屋が手に掛けたものと思われます。記されてはいたものの、未《いま》だ殺されていなかった薩摩屋紳助さんは今頃何故《なぜ》殺されたのです？　艾屋が殺されたとわかって頼み人がすぐに動いて、別の仕置屋に頼んだ？　艾屋が殺された後、この仕事を、いったい誰がどのようにして引き継いでいるのかが気になってなりません」

さらに言い募った。

――今までにない仕置屋たちの動き、この流れがわかれば五平さんの身の潔白の証になるはずだ。しかし、またこれは何とまあ、得体が知れず、闇の漆黒に手燭《てしょく》一つで進む難業そのものなのだろうか――

途方に暮れかけた季蔵に、烏谷はガハハハと豪快に笑いながら、

「道なき道でも道は出来る」

そっと囁《ささや》いた。

第五話　京風鯛《たい》尽くし

一

松次《まつじ》と共に塩梅屋《あんばいや》に戻ると、濃厚な赤味噌《あかみそ》の匂《にお》いがして、お鍋《なべ》が蛤鍋《はまぐりなべ》に舌鼓《したつづみ》を打っていた。セリや豆腐、ワカメは入れていない。

「おいおい、勝手なことをしちゃあ、いけねえよ」

松次は声を荒らげたがその目は変わらず優しい。

「お鍋さんは江戸っ子の蛤鍋がお好きなのですね」

季蔵《としぞう》が声をかけると、

「そりゃあ、あんた、蛤鍋は赤味噌と決まってらあな」

これまた松次が勢いよく応《こた》えた。

──白味噌、赤味噌と仕立てが二種ある賀茂《かも》なすの田楽《でんがく》同様、白味噌仕立ての蛤鍋もあるのだが──それにしても、元遊女が赤味噌の蛤鍋とは意外だな。料理屋から届けられてくるお座敷の蛤鍋は白味噌仕立てのはずだ。吉原《よしわら》では、お客を取る前はこのような蛤のほかには何も入っていない赤味噌蛤鍋しか、食べさせて貰《もら》っていなかったのかもしれない。あるいは幼き頃《ころ》食べた赤味噌の一種である田舎《いなか》味噌がなつかしかったのか？　しかし、そうならばワカメや豆腐はともかく、田舎にはそこらじゅうに生えているセリを入れてもよさそうなものだが――

季蔵はお鍋の好みに不可解なものを感じたが、松次の決めつけには逆らい難く、

「そうでしたね」

仕方なく相づちを打ったところへ、

「遅くなってごめん」

休んでいるはずの三吉《さんきち》が顔を出した。手に風呂敷《ふろしき》包みをぶら下げている。

「もういいのか？」

「だってあれだから、へへへ」

三吉はバツの悪さを笑いで誤魔化した。

「それにおいら、お鍋さんにぴったりのもの、閃《ひらめ》いたんだよね。これなら絶対お鍋さんでも出来る」

「そりゃあ、いったい何なんだい？」

松次が身を乗り出すと、

「今川焼《いまがわや》きの兄弟みたいな奴《やつ》なんだ」

三吉は風呂敷の結び目を解《ほど》いた。

今川焼きを焼く道具は厚みのある鉄板二枚に寸分違《たが》わぬ丸型の窪《くぼ》みが幾つかあり、蝶《ちょう》番《つがい》でこの二枚を合わせ持ち手も作ってある。二枚を開いたまま、どちらにも油を塗って火にかける。一方に水で溶いた濃いめの小麦粉と小倉餡《おぐらあん》を入れて火にかけ、煮えて小麦粉が固まりかけてきたところに、さらに同様の水溶き小麦粉を被《かぶ》せ、表面が固まりかけてきたら、もう一方の鉄板で蓋《ふた》をして持ち手を使ってひっくり返す。こうして両面がこんがりときつね色に焼けたほかほかの今川焼きが出来上がる。

「まあ、これも兄弟には違いないのだろうが――」

季蔵は丸形ではなく鯛《たい》の形に造られている鉄の窪みを凝視した。

「嘉月屋《かげつや》さんの新しい菓子の試みか？」

たしかに菓子は見た目も味のうちで、姿形が変われば別の菓子である。

「嘉月屋の嘉助旦那《かすけだんな》はさ、屋台の焼き鍋屋の文字焼きを見てるうちに思いついたんだって。あとそれから鯛の落雁《らくがん》とかからも」

焼き鍋屋とは屋台で砂糖入りの水溶き小麦粉を巧みに用いて、鯛や亀《かめ》などの様々な形に焼き上げ、子どもたちに売る稼業である。

文字焼きの技は高く、鯛のヒレやウロコ、亀の亀甲《きっこう》を一つ一つ精密に再現する。ただし、出来上がった鯛や亀はうすっぺらでその上固い焼き菓子であった。

「文字焼きの鯛は見事だけど粉臭くてちょっとだけ甘くて安いのだけが取り柄、嘉助旦那はこいつを何とか美味《おい》しいお菓子にしたかったんだってさ」

「それで木で出来た落雁の型を鉄に置き換えて、今川焼きのような道具を作られたのだな」

ちなみに落雁とはもち米や麦などの粉を、砂糖・水あめで練り、さまざまな型で固めた干菓子《ひがし》である。

――しかし、今川焼きの兄弟分の鯛型今川焼きが噂《うわさ》になったとも、売れているとも聞いていない。皆が憧《あこが》れる吉事には欠かせない高級魚を模したものなのに――

「嘉助旦那、絶対売れるって思って試しにご贔屓《ひいき》さんたちの子どもとか、お茶のお稽古《けいこ》なんかに配って食べて貰《もら》ったんだって。でも、子どもたちは尻尾《しっぽ》の餡が少なくて、やっぱり普通の今川焼きの方が頰張《ほおば》った時、うわっ、餡こが一杯っていう感じの本家今川の方がうれしくて美味《うま》いって。お茶席じゃ、鯛とはいえ大きすぎてさまにならないっていうんで、嘉助旦那、小さいのを作りますって応《こた》えたら、小さくしたら金魚にしか見えないし、鯛だからこそいいんだろうって。旦那さん、それ用の道具まで作ったっていうのに――。そこでおいらが松次親分とお鍋さんがお奉行のお眼鏡に適《かな》うような食べ物のお店、やろうとしてて、土蔵での一月出店を開く、それの試《ため》しみたいなもんだって言ったら、この道具を出してきてくれたんだよ。嘉助旦那も流行風邪《はやりかぜ》禍《か》でお店、特に甘味処《かんみどころ》ががくっと減っちゃったの案じてた。甘味に限らず食物屋は競い合う相手がいるからこそ、より美味《うま》い味が生まれるんだって。そして、今、お江戸の食物屋の狙《ねら》い目は少なくなった甘味処なんだから何とか頑張ってほしいってさ」

――同業者が減れば仕事が増えて儲《もう》けも多いと考える向きもあるというのに、さすが、嘉助さんらしい頭の下がるお考えだ――

「話は有り難《あ》《が》てえんだが」

松次は口を開いて、

「今川焼きの兄弟分とやら、気取ったお茶席から閉め出されたのは仕様がねえけど、子どもに人気がないのはちょっとな。せっかくだけどそいつは遠慮させて貰うよ」

きっぱりと言い切ると、懐《ふところ》から四枚の絵を出して見せた。一枚目は艶《つや》っぽい大年増《おおどしま》の奥女中が白地に藍《あい》で川辺の景色が描かれた大鉢を抱えている。その大鉢には幾つもの小さな桃、おそらく山桃が盛られていて、その上には何と雪が盛られていた。

「そんなの、嘘《うそ》でしょ」

三吉が声を上げると、

「そうでもねえ。毎年、前田《まえだ》様の加賀《かが》屋敷の氷室から公方《くぼう》様に地元加賀の氷が献上されているだろうが。そいつを桃に載せて食べてるとこさ。その証《あかし》にこの絵の雪には加賀の兼六園《けんろくえん》の松の枝が混じってるだろう？」

「でも、雪は公方様だけへの献上でしょ。おいらたちには降ってこないよ、夏だしね。あ、これ降るの駄洒落《だじゃれ》じゃないよ」

三吉は首を傾《かし》げた。

「俺《おれ》が言いたかったのはしごく簡単で、暑さで青息吐息の客たちが冷たさに救われる逸品はできねえものかってことさ」

松次は二枚目の絵を見せた。

「何だ、白玉だ。ま、あのつるっとした感触はひやっこくしとくと堪《こた》えられねえけどな」

三吉はふんと鼻を鳴らした。

「棒手振《ぼてふ》りの白玉売りなんて金魚売りの数より多くて、夏になりゃあ、どこにでも居るよ」

「そうは言っても白いのがほとんどだろ。赤かったり、赤と白の斑《まだら》だったり、黄色く色づいたのはあんまりない。白玉売りは暮れには松飾り、節句には桃の花なんてもんを売り歩いてる季節寄せがやってるから、器用に色づけなんてできねえんだろう。こいつを看板にしてた白玉屋は結構人気だったんだが、潰《つぶ》れちまってて今はねえ。こいつみたいなのを開いたらどうかね。狙《ねら》い目だと俺は思う」

松次はお役目柄、市中の様子や景気に通じている。

「それにさ、料理や甘味と美人ってえのは江戸の名物だろうしさ」

お鍋の端整な横顔と、絵に描《か》かれた美人のように襟《えり》を抜いて裸の肩の一部が見えている様子、真っ赤な婀娜《あだ》っぽい唇を横目に挟んだ。

──確かに美人と食べ物、特に食べる様には一種独特の生々しさがあって、とかく人は引きつけられるものだが、たいていは松次親分を含めた男に限る──

季蔵は一抹の懸念を抱いた。

「ところであんた、菓子にくわしいっていうから訊《き》くよ。白玉にどうやって色をつけるんだ？」

松次は三吉に訊いた。

「その前に親分、白玉の作り方知ってんの？」

「まさか」

「だったら教えるよ。誰《だれ》でもできることはできるけど、そんなに簡単じゃない」

えへんと三吉は咳払《せきばら》いして、松次は手控帖《てびかえちょう》を取り出した。

以下は三吉の白玉作りの説明である。

まずは大鉢に白玉粉を入れて、水を少しずつ混ぜ、水っぽさがなくなるまで丹念に練る。この時水が少なすぎると茹《ゆ》でて食べた時、乾いた白玉粉が残っていて台なしとなる。多すぎるとまとまらない。これをまとめて小指の先ぐらいの棒状にして、適当な大きさに切り、両掌《りょうて》を使いながら丸める。

お湯をたっぷり沸かし、丸めた白玉を茹でていく。白玉が浮いてきたら、火から離して一八〇数えるほど茹で冷水に放す。赤の白玉を作る場合は練る時に食紅を、黄色のものは練る前に加える水を減らしておいて、棒状にする時に減らした分と同じくらいの量の煮出したクチナシを加える。赤白の斑のものは棒状にする生地の片方に食紅を加えて棒を二本作り、赤、白それぞれを千切り合わせて丸める。

涼しげな皿に盛り砂糖をかけて供す。

「たしかに西瓜《すいか》を切って塩をかけて食うほど簡単じゃあねえが、数をこなして慣れちまったらどうってことなさそうだ」

これならお鍋にも出来そうだという言葉をかろうじて松次は飲み込んだ。

するとここへ突然、

「紫陽花《あじさい》色の白玉がいい」

蛤鍋を空にしたお鍋が洩《も》らした。

「紫陽花の色も白玉にあったらいいですね」

思わず季蔵は相づちを打った。

「紫陽花色となると青は蓼藍《たであい》、紫の方は紫根《しこん》かな。どっちもクチナシと同じやり方で乾燥してるのを煮出して色づけに使えばいい。紫陽花の白玉出来る、出来る。何より涼しそうだし、すっごく綺麗《きれい》だろうから、これ夏にはうんと売れるかも」

これまでいろいろ試してきた三吉が言った。

「あと一枚、正真正銘、これだけは今のこいつにも出来る」

松次がお鍋に向けて顎《あご》をしゃくった。

見せられたのはいわゆる水物の絵である。

「俺が思いついて描いてみたんだ」

松次は料理だけではなく絵の才もあるようだ。ゆったりと水を張った平たい鉢に、小指の先ほどの賽子《さいころ》型に切り揃《そろ》えられた山桃、甘い金まくわ、西瓜の他に胡瓜《きゅうり》や茄子《なす》、蓮根《れんこん》等が用いられている。水鉢の中に色とりどりの賽子が浮かんでいる。

「まるで食べ物には一切不自由しない極楽の池みたいですね」

季蔵は見惚《みと》れた。

「ただし、これは何と言っても切り方、賽子型が要です。絵でもこれほど惹《ひ》かれるのですから、実物となれば尚更《なおさら》でしょう。誰でもちょっと一掬《ひとすく》いなんて気持ちにさせられてしまう」

「その水、おいらだったら甘い方がいいな」

三吉の言葉に、

「よし、そうしたら、いっそ和三盆《わさんぼん》を気張ろうか」

松次はおうと声を上げた。

糖蜜《とうみつ》を含む和三盆は、主に高松藩《たかまつ》（香川県）や徳島藩《とくしま》などで作られている、国産砂糖の一種である。盆の上で砂糖を三度研ぐという、日本ならではの独自の精糖工程によって、細やかな粒子となり、口溶けの良さ、後に引かないすっきりとした甘さともなり、まさに最高級の砂糖であった。

「これに使うぐらいの和三盆ならあります。拵《こしら》えてみるなら使ってください」

――確かに案じられるふしはあるが、この線が一番何とかなりそうだ――

季蔵は必死な松次に何とか力を貸したかった。

二

こうして三人が話している間もお鍋は無言であった。

そのうちにお鍋は五平への差し入れ用に拵えて残っていた白味噌、客に供した赤味噌両方の田楽味噌が塗り分けられている、賀茂なすの田楽に箸《はし》を伸ばしていた。

お鍋の箸はせわしく動いて赤味噌の方を平らげた。白味噌が塗られているものには見向きもせずに箸が置かれた。

季蔵と一緒にそれを見ていた松次は、

「やっぱり、江戸っ子は何でも赤味噌だよ。たとえ賀茂なすが京生まれだって知ったことじゃねえ。白味噌の田楽味噌なんてなよなよしてるってえお公家《くげ》みてえで、甘ったるいのはいいんだがなーんか酒臭くてさ。白味噌なんて気取ったもん、使うのは京だけだよ、きっと、お鍋は天子様がいるだけでずーっと威張り散らしてる、京なんぞの生まれなんかじゃねえんだしさ」

金壺眼《かなつぼまなこ》を得意そうに瞠《みは》った。

「お鍋さん、江戸の生まれでしたか？　たしかはるか遠くの土地から売られてきたと伺いましたが――」

季蔵は訊《き》かずにはいられなかった。

「たしか奥州《おうしゅう》だと言ってたな。金持ちの道楽の鳴き合わせに使う、いい声で鳴く鶉《うずら》を捕りに来る鶏捕り屋以外、滅多に人が来ねえ山深いとこだと」

――そのようなところなら日々赤味噌が使われていてもおかしくはない。蛤鍋《かか》に赤味噌もありだとは思う。しかし、賀茂なすの田楽となると、もうこれは故郷の味と関わりがない。京青物の賀茂なすはなかなか手に入らないので料理屋ではいい値がつく。これを江戸で食べることができるのは高級料理屋へ出向ける人たちか、遊里でこれを届けさせることの出来る食通たちだ。そして田楽味噌は白味噌に限られる。遊里はえてして大枚《たいまい》を要求する客たちへの見せ方は優雅だが、内々は紙一枚使うにも許しが必要で、厳しく倹約していると聞いている。あえて江戸っ子の口に合うよう赤味噌味の賀茂なすを頼んで、買い受けた女郎見習いの娘に振る舞うわけもないのだ――

季蔵は先代の日記の一部を思い出した。

京で生まれた白味噌は備前《びぜん》、備中《びっちゅう》、備後《びんご》（岡山県、広島県の一部）、長州《ちょうしゅう》（山口県）、丸亀《まるがめ》（香川県）等へと伝播《でんぱ》したという。但《ただ》し、とかく白味噌は甘めで長持ちがせず値段が高い。味噌を菜や肴《さかな》にして、雑穀を糧とするような暮らしでは辛口の赤味噌が好まれたように思う。

――まず奥州では白味噌は使われていない。お鍋の故郷が白味噌が伝播された土地であっても、娘を売るほど窮していればやはり白味噌は使われない。とするとお鍋が白味噌の賀茂なすの田楽を知ったのは吉原の客膳《きゃくぜん》ということになる。ではどうして白味噌塗りではなく、赤味噌のものばかり選んで食べたのだろうか？——

とうとう季蔵はその疑問をお鍋にぶつけた。

「白味噌使いの賀茂なすの田楽はお嫌いですか？」

一瞬ぎょっとしたお鍋は思わずといった様子で季蔵を睨《にら》み据えると、あわてて、

「ああ、忘れてた」

細めた目の端に光を宿した。

そして一度置いた箸を取り上げると、がぶり、がぶり、がぶりと白味噌使いの賀茂なすを三口で食べ終え、

「帰る」

戸口へと向かい、

「それじゃ、またよろしくな」

松次も急いで床几《しょうぎ》から立ち上がった。

以来、お鍋は塩梅屋に通って来なくなり、それから五日が過ぎて、長崎屋五平からの文《ふみ》をおちずが届けてきた。

伝馬町《てんまちょう》の揚《あが》り屋《や》におります。おちずに託してくれたお重、いろいろ考えつつ美味しくいただきました。

中身は白味噌、表は黒胡麻《くろごま》と白胡麻の団子は季蔵さんらしいと感心しつつ、改めて自分が捕らわれるに至った経緯を思い出してみました。

弟弟子の玉生《たまお》があのような殺され方をして、わたしの身代わりになってしまったのだと知った時、下手人を突き止めてやろうと、お役人たちの前で息巻いたのは事実です。

この江戸に長崎屋《ながさきや》の他にも廻船《かいせん》問屋はあって、同業者間の競争が高じたものだろうとお上は言っていました。ちなみにこの件を調べたのは南町奉行所のお役人たちでした。

ところが同業者たちには船での遠方への買い付け、屋形船でのもてなしを含む宴席等と皆どこでどうしていたという身の潔白が立ち、嫌疑がかかる者は一人もおりませんでした。これではお上もお手上げです。それに南町奉行吉川直輔《よしかわなおすけ》様は烏谷《からすだに》様とは異なり、この大きな江戸の町の支柱になっているからという理由で、大店《おおだな》の主《あるじ》には嫌疑をかけないご方針とのことでした。

このままでは玉生が浮かばれません。玉生が生きていたら、どれだけ披露したい噺《はなし》を紡ぎ出せたかと思うとたまらない気持ちでした。わたしが下手人探しを諦《あきら》められるはずはありません。

そんなわたしの元へ、〝長崎屋五平に間違われて殺された松風亭玉生の下手人の手掛かりは南町奉行私邸にあり〟との文が届きました。差し出した者の名は藤原定家《ふじわらのていか》とありました。公家《くげ》支配の時代の末期から鎌倉《かまくら》に幕府が置かれた頃に生きた、あの〝小倉《おぐら》百人一首〟の撰者《せんじゃ》にして天才歌人、権中納言《ごんちゅうなごん》定家を名乗っていました。

わたしはやはりこれは商人間の競争が生んだものだと思いました。南町奉行とその奥方様はたいそう和歌に造詣《ぞうけい》が深く、しばしば私邸で歌の会を開いているという話は聞いていたので、まずはここを調べようと思い立ちました。

たまたま南町奉行私邸の奉公人の一人と長崎屋の奉公人が湯屋《ゆや》で顔を合わす仲でした。その者は、

「はじめに偉い歌人の生涯の話をお奉行様がなさって、その後は奥方様が歌を御指南なさいます。歌の道は深いので皆様、通い続けておいでです。ただし、この会に加わるには商人は大店でないといけません。御指南のお礼も相当なものですから」

と言っていたそうです。

わたしは早速、その奉公人に奥方様から御指南を乞《こ》いたいと伝えて、めでたく南町奉行様の私邸へ入り、見聞することが出来たんです。

しかし、残念なことにたった一度通ったきりだというのにあんなことになり、わたしは捕らわれの身となってしまいました。

鎮海魂《しずめうみたま》神社のしかもわたしのものだと思われるお札がどうして、艾屋仁五郎《もぐさやじんごろう》の骸《むくろ》の傍《そば》にあったのか、全く見当もつきません。それからかざり職に頼んで、わたしと女房のちず、子どもたち二人に作らせた紅水晶のお守りも、わたしの分だけ見当たらないのです。

鎮海魂神社のお札と紅水晶の龍の守りは掏《す》られて、同時に失《な》くしてしまいました。

あなたがお重に込めた想《おも》いは、白味噌の黒胡麻まぶしがこの究明をしようとしていたのがわたしなら、白味噌の白胡麻まぶしがわたしの身の潔白です。そして、あの白味噌をやや厚めに塗ったどーんと大きな賀茂なすの田楽は、女房のおちずや季蔵さん、烏谷様等で、ともすれば崩れ落ちそうなわたしの真の支えなのです。長いつきあいのある烏谷様とて、たまたま北町が当番だっただけのことで、真からわたしがこのような罪を犯すとは思ってはいらっしゃらないはずです。有難《ありがた》くてうれしくてならず涙を流しながら食べました。

よし、これでここを出たら江戸っ子らしく、赤味噌の賀茂なす田楽を食べてやるぞと自分で自分を励ましました。

わたしは決して負けません。

長崎屋五平

季蔵様

これを読んだ季蔵は文を書いて烏谷まで走らせた。

八ツ時（午後二時頃）、いつもの水茶屋の二階でお待ちしています。

季蔵

烏谷様

それから一刻半（約三時間）ほどして季蔵と烏谷は、戸口を入るとすぐに階段で二階へと導かれる水茶屋の座敷で向かい合っていた。五平からの文を読んだ烏谷が、

「たしかに鎮海魂神社のお札と紅水晶の龍の守りが同時に掏られたというのは不審な話よのう。しかしこの言い分の真偽のほどはわからぬぞ」

首を傾《かし》げると、

「これでもでございましょうか？」

季蔵は片袖《かたそで》の先の糸を解いて紅水晶の龍のお守りを出して見せた。

「艾屋仁五郎の骸から見つけました。真に長崎屋さんが下手人でこれを糊塗《こと》したいならば、二つも落とし主がわかるものを落としていくとは思えません」

「どこかで長崎屋から掏った者が下手人か？」

烏谷の大きな目がぎらりと光った。

「そのように思います」

「そして、これだ」

烏谷は艾屋が部屋の船簞笥《ふなだんす》にしまっていた、殺しの予定者を記した文を懐《ふところ》からとりだして広げた。

米屋　山形屋《やまがたや》重兵衛《じゅうべえ》

味噌屋　信濃屋《しなのや》八右衛門《はちえもん》

廻船問屋　長崎屋五平
唐物屋《からものや》　薩摩屋《さつまや》紳助《しんすけ》

三

「艾屋は山形屋と信濃屋殺しをやってのけ、長崎屋五平は人違いで失敗に終わった。この後、長崎屋の言う通りだとしたら、下手人の証になる札とお守りを掏られ、身代わりに殺された弟弟子の復讐《ふくしゅう》を口にしたこともあって、艾屋殺しの罪を負わされる羽目になった。そしてやり手の唐物屋、薩摩屋紳助が山形屋、信濃屋、長崎屋の身代わり同様斬殺《ざんさつ》された。捕らわれた長崎屋は身の潔白の証が立たぬ以上、いずれ打ち首、罪一等が減じられても遠島だ。競争相手はほくそ笑むことだろう。一連の殺しはやはり、競争相手の仕業だとは思うが蔵之進《くらのしん》が懸命に動いても、殺された主たちの周辺に疑わしい者たちは見つからない。それゆえ未《いま》だ尻尾を摑《つか》めぬ。この殺しには黒幕がいて、我らからの疑いを消し去るべく動いているのだ。仕置屋を束ねる頭の正体がまるでわからない」

烏谷は大きくため息をついた。

「南町奉行吉川直輔様のところへ御一緒しませんか？」

「わしにも行けというのか？」

烏谷は浮かぬ顔になった。

「五平さんからの文にもあるように、吉川様の奥方様は歌を教えておられるようです。初回は吉川様ご自身も何やら、歌人の話をされるとのことですので」

「ならばその手のことに疎《うと》いわしなど役に立たぬではないか？」

「奥方様がなさっている歌の会は、選ばれた人しか入ることができない格調高いもののようです」

「とはいえ、吉川殿とその奥方が好きな京文化をわしはろくに知らん。取り柄は地獄耳と千里眼、食通と言っても蕎麦《そば》や大福を好むわしに、高尚極まるそのような会に入って貰いたいかどうか——。下品極まる成り上がりとでも思っているのが落ちであろうよ。ちなみにわしに誘いなど未だかつてなかった——」

「裏店《うらだな》にある一膳飯屋《いちぜんめしや》の主であるわたしだけではとても門を叩《たた》いたとて入れてくださるとは思えません。あなた様はお奉行様でいらっしゃいます。それだけで入りたいというあなた様を拒むわけにはいきますまい」

季蔵は有無を言わせずに押しまくった。

——お奉行の命で料理を作りに赴いたとしても、吉川様と奥方様の話が聴けるとは限らない。お奉行が話し相手になって相づちを打っている間に、わたしは料理を拵えるだけではなく、いろいろ調べることも出来る。たとえばお奉行にもたらされた流行風邪禍の死者についての嘘偽りが、真に吉川様がおっしゃったように身に覚えのなかったことなのか、それともあの時塩梅屋の離れを訪れた吉川様の無邪気な狼狽《ろうばい》の有り様に、まんまとこちらは騙《だま》されていて、実は加担していたのをひた隠すつもりだったのか——。そうだとしたら、事実を示す日記のようなものが見つかるのでは？――

「まあ、よかろう、そうするしかあるまい」

烏谷は渋い顔で頷《うなず》くと、

「その代わり、うんと美味《うま》い料理を頼むぞ。吉川殿は鯛《たい》がお好きだというし、奥方は鯛でない魚の贈答品にはさんざん文句をつけるのだそうだ。だからきっと鯛料理にも一家言あることだろう。ありきたりの清々《すがすが》しく、淡泊な鯛料理ではお気に召さぬぞ――」

鯛料理を作れと言ってきた。

――清々しく、淡泊な鯛料理では飽き足らないのはお奉行の方だろう――

季蔵はこみ上げてきた笑いを嚙《か》み殺した。

「全力でお気に召していただける鯛尽くしの膳《ぜん》をご用意いたします。その代わりどうかお膳立ての方、よろしくお願いいたします」

「よく言った、それでこそ美味くて安い料理の作り方で市中に名の知れた塩梅屋の主よ」

旬《しゅん》の材料を用いた季蔵の手軽な料理は、一膳飯屋等での外食など滅多にしない、家で主の帰りを待っている女子どもにも食べて欲しいという想いで、拵え方を書いた紙を何枚も店に置いて、客たちに持ち帰って貰っている。これが市中で評判になって瓦版《かわらばん》に取り上げられることもある。ただし忙しい季蔵は瓦版屋に連載を頼まれても、とてもそこまでは付き合えない――

「それから鯛は何といっても高値な魚ゆえ――」

言い淀《よど》みかけた季蔵に、

「わかっておる、心配するな。鯛の代金はわしが払う。わしのところに鯛の金は取りにくるよう漁師や魚屋に言っておいてくれ」

烏谷はどんと厚い胸を叩いて見せた。

水茶屋から戻った季蔵は早速、三吉を走らせて豪助《ごうすけ》に頼み込み、まずは明日の早朝、揚がった中で一番大きな鯛二尾を、塩梅屋まで届けるようにとの文を託した。

そして翌朝は早くに目が覚めてそわそわと落ち着かず、暗いうちから家を出て店で大鯛二尾を待った。

空が白みはじめた頃、戸口に気配があって、

「あんた、ツイてるねえ」

入ってきた漁師は両手を使って、どんと大きな鯛三尾を季蔵にぶらさげて見せた。

「こんなの正月の睨み鯛にだってそうそうありゃしねえよ」

新年を迎えるに当たって、縁起物の大きな鯛を飾る習慣が睨み鯛であった。

「感謝します」

季蔵は深々と頭を下げた。

「掛け取りはここでいいのかい？」

漁師は塩梅屋の切り盛りが大変なのを知っている。

「大丈夫です、そうしてください」

――お奉行は自分のところへツケを回せとおっしゃったが、もしこれが外に洩れて、公金で贅沢《ぜいたく》をしていて、塩梅屋も関《かか》わっているとかの言いがかりの元になっては困る。あるいはこれが仕置屋の黒幕に聞こえでもしたら――

あくまで季蔵は用心深かった。

漁師を見送った後、季蔵は料理屋のものとは一味も二味も違う、鯛尽くしの品書きに取りかかった。これは南町奉行と奥方に献じるとっておきの料理でなければならない。

格別鯛尽くし

小鉢三種
・鯛香鉢
・鯛もそ
　鯛のなめろう

お造り三種
・紅白掻《か》き鯛
・鯛の霜降り
　鯛の変わり造り

焼き物二種
・鯛と雲丹《うに》のかまこ（かまぼこ）
　鯛の変わり焼き　ただし思案中

蒸し物二種
・鯛の大和煮《やまとに》（大和蒸し）
・鯛豆腐

茹で物　・鯛のふわふわ
揚げ物　鯛の変わり天ぷら
飯物　鯛のほぐし身飯
汁物　鯛の変わり汁

鯛は高級魚であり吉事や恵比須講《えびすこう》には欠かせず、江戸っ子とは切っても切れない縁で結ばれているものの、実は食べ方の種類はあまり多くない。脂が少ないので鰹《かつお》や鯖《さば》等の赤身の魚より傷みづらいこともあって、まずはお造りにされる。

お造りのタレは醬油は濃厚すぎて鯛の風味や旨味《うまみ》を消すので煎《い》り酒とほぼ決まっている。姿がいいので腸《はらわた》を取り串《くし》を打って塩を振り、焼き物になる。鯛の頭は兜煮《かぶとに》にはなるがこれはただ、醬油と酒、味醂、砂糖で甘辛く煮付けただけのものである。

――実は鯛の食べ方はこんなものなのだ――

ちなみに季蔵が記した格別鯛尽くし膳のうち、・印をつけた料理は先代長次郎《ちょうじろう》の日記にあったもので、まずは以下のように書かれていた。

今となってはなつかしい話だが、やはり料理は京の四条流《しじょうりゅう》だという思い込みに取り憑《つ》かれたことがあった。

四条流は四条流庖丁道《ほうちょうどう》というのが正規の称し方である。四条流庖丁道として藤原山蔭《やまかげ》

（四条中納言、八二四―八八八）が、光孝《こうこう》天皇の勅命により庖丁式を確立させて以来脈々と続いている。

その後、中御門流持明院基家《なかみかどりゅうじみょういんもといえ》の三男園基氏《そのもとうじ》が、四条流の別派を興し、足利《あしかが》将軍の頃には、四条流の庖丁人（料理人）・大草三郎左衛門尉公次《おおぐささぶろうさえもんのじょうきんつぐ》が、またその末期にはやはり進士次郎左衛門尉《じじろうさえもんのじょう》が各々別派を創始したと言われている。これは公家のみならず武家の中にも四条流が浸透しはじめた証である。

また、園部和泉守《そのべいずみのかみ》は大権現《だいごんげん》様の江戸開府と共に、やはり別派を興して幕府の厨《くりや》を預かることとなり、以後各藩へも普及が進んだ。

これを読んだ時の季蔵は、

――やはり料理は京風が一番なのか？――

やや意気消沈したものの、長次郎の次の説明で救われた。

『四条流庖丁書』という料理書がある。調理道具や箸、膳の飾り方、鳥（雉《きじ》）の焼き物、刺身、海老《えび》の舟盛り、鯛の潮煮《うしおに》、海月《くらげ》の和《あ》え物等の料理法が記されているが、たとえば刺身については刺身に添えるわさびと塩は接して並べる、酢や花鰹も添えるべきとある。

これには首を傾げざるを得ない。

おそらく、この頃は限られた種類の調味料しかなかったものと思われる。わしは料理は世につれ、土地につれと確信した。以来、料理に上下などないという信念の下に、美味しいと喜んでくださるお客様方の笑顔だけを頼りに料理人を続けてきている。

それと四条流庖丁道の真髄《しんずい》は包丁遣いなのではないかと思う。四条流には庖丁儀式というものがあり、これは料理人を庖丁師と呼んで包丁捌《さば》きを競うものである。

四条流の始祖藤原山蔭が鯉を捌く図にのっとって、庖丁師たちはその技法を烏帽子《えぼし》・直垂《ひたたれ》をまとった姿で再現する。庖丁と真魚箸《まなばし》のみを用いて、鯉《こい》・鯛・鰹等の魚に一切手を触れることなく、捌ききるのだという。ここまでになると、もはや料理ではなく、神事と言うべきであろう。わたしはこれに賛同できない。幾ら神事につながる包丁捌きが上手でも、肝心の料理の味が良くなければ、食べる楽しみとは無縁、つまらないことこの上なく、神様とて興ざめなさるはずではないか？　わしは料理に京も江戸も田舎もなく、只々《ただただ》美味い料理こそ料理だと思う。だから四条流の美味い料理しか書き残そうとは思わない。

四

――まったく同感だ――

深く共感した季蔵は、まずは四条流の料理のうち、鯛に限って先代が美味いと認めて、再現して記しているものを拵えてみることにした。

――とっつぁんが書き残したこれはという鯛料理だから間違いはないと思うが――

鯛香鉢、鯛もそ、紅白搔き鯛、鯛の霜降りを拵えたところで、

「おはようっ」

三吉が勢いよく戸口を開けた。

「わあ、鯛だ、鯛、三尾もある」

はしゃいだ後、

「あ、季蔵さん、朝餉《あさげ》のご飯炊《た》いてない」

釜《かま》が竈《かまど》にかけられていないことに気がついた三吉に、

「前から訊こうと思っていたが、朝餉は家で食べてくるんじゃないのか？」

まだ長次郎選定の四条流鯛料理が仕上がっていない季蔵は眉《まゆ》を寄せた。

「ん、食べてきてるよ。でも、ほら、こうやって季蔵さんがうんと早くから来てる日の朝は、おいらお相伴させて貰ってるでしょ。おっかあの朝餉も温かくていいけど、ここのはまた別腹、腹の虫がそう教えてくれるんだ」

しらっと言ってのけて飯炊きを始めた。

——敵《かな》わないな——

季蔵は苦く笑って焼き物に取りかかった。
・鯛と雲丹のかまこは鯛の崩し身を主として鱚《きす》の崩し身と、烏賊《いか》を刻んだものに卵白を入れてよく混ぜる。塩は入れない。これに越前《えちぜん》塩雲丹を漉《こ》したものをよく混ぜ、塩味と風味を調えて板につけて焼く。

——鯛だけではなく鱈や烏賊を入れるのは、強い個性を持つ塩雲丹に負けない、単調ではない味の深みを醸《かも》すためと柔らかな歯触りをもとめてではないかと思う——

鯛と雲丹のかまこが出来上がるのを横目で見ながら、裏庭に植えてある葱《ねぎ》で味噌汁《みそしる》を作っていた三吉は、

「鯛だけじゃない、雲丹もだあ」

目を輝かせて、

「それひょっとして試作だよね」

念を押して、

「他にもあるぞ」

季蔵が頷くと、

「ずいぶん贅沢な朝餉だよね。今日はおいら、朝から運がいいや」

くるくるとその場を廻《まわ》った。

蒸し物二種
・鯛の大和煮　鯛は鱗《うろこ》を除いて洗い、ぬめりを取る。塩はしない。これを蒸籠《せいろう》で三刻（六時間）蒸して、一晩そのまま蒸籠に入れたままにしておく。翌日、食する前に蒸すと頭、尾びれ、骨共々柔らかになる。これに挟み串を打って付け焼きにしてもよい。大和蒸しとして食するには、鯛からしみ出た汁を丹念に掛け、上に輪に切った唐辛子《とうがらし》、葱を飾る。

——蒸し鯛からしみ出たかけ汁だけでは、少々塩気が少なすぎるかもしれないな。これは骨まで無駄なく食べられるから、塩入の酒塩、溜《た》まりを加えた醤油等で付け焼きすると家族の菜にもなる。ただし塩が仇になる病人には向いた料理かもしれない——

三吉は、

「どのみち、これは明日だよね。でも楽しみ。おいら、鯛の骨って結構太いから喉《のど》に刺さって大変だったたって話は聞いてたけど、食べられるようになるなんて思ってもみなかったもん」

浮き浮きした口調になった。

季蔵は蒸し物の残りの鯛豆腐と茹で物の鯛のふわふわに進もうとして、鯛豆腐に足りないものがあったのに気がついた。

「三吉、急ぎ菓子屋の嘉月屋さんで餅《もち》を買ってきてくれ。色は白いのだけ。頼む」

「承知」

三吉が出て行った後、季蔵は茹で物を拵え始めた。

茹で物
・鯛のふわふわ　鯛の崩し身をよく当たって卵白とその半量の全卵を加えたものをさらに当たり混ぜる。これを薄い木板等の薄下地に伸ばし置く。どろどろでよい。少し匙《さじ》ですくって炭火で焼くか、湯煎《ゆせん》にしてみる。ふわふわ感が心地よいほどよいという。
——はんぺんのような食感に仕上がる。薄下地に伸ばして湯煎にすると下地ごと沈み、煮えて浮き上がってくる。焼いて作るふわふわは火加減がむずかしく固くなる――

そこへ三吉が走って帰ってきた。

「珍しいな」

嘉月屋に出かけた三吉は菓子など振る舞われたり、菓子の話が大好きな店主に引き留められたりしてとかく長《なが》っ尻《ちり》であった。

「季蔵さんが試してること、ちょっとご主人に話してみたら、〝それは大変だからすぐ帰るように〟って」

「いったい何が起きてるの？」

三吉は訊いてきたが、

「まあ、京料理がお好きなお客様のところへ出向くだけのことだ」

「時々やってるようなこと？」

「まあ、そうだ」

「なーんだ」

「だからおまえは案じなくていい」

「どうせおいらも行くんでしょ」

その顔は満更でもない。

「そうだ」

「わかった。でも、よかった、たいしたことじゃなくて。嘉助旦那って大袈裟《おおげさ》だよね」

——三吉には知らなくていいこともある——

「さて、おかげで足りないものも揃った。鯛豆腐を拵えるぞ」

鯛のすり身と卵白、餅の練り種を合わせてよく練る。固ければ出汁《だし》で延ばす。これを蒸し箱に入れて蒸す。熱が通った頃に取り出して蒸し箱のまま冷やす。冷えたら箱から出して切り分ける。切り方はもてなす人数や使い方による。

まずは季蔵は餅の練り種を拵えた。三吉がもとめてきた白い餅を当たり鉢で当たり、ふるいで漉し、姫のりのように煮て練る。ちなみに姫のりとは飯をやわらかく煮て作ったのりで、洗い張りや障子《しょうじ》張りなどに使われていた。

——これの肝は鯛豆腐になった時の固さだな。延ばし加減だ。杓子《しゃくし》で出汁を掬《すく》い入れるようにして調整するしかないだろう——

こうして四条流の鯛料理が出来上がったところで二人は試食を兼ねて、大和煮以外の鯛香鉢、鯛もそ、紅白掻き鯛、鯛の霜降り、鯛と雲丹のかまこ、鯛のふわふわ、鯛豆腐でしごく贅沢な昼餉をとることになった。

「京料理って食べるの、おいら初めて。さすがだねえ、何だか箸をつけるのが勿体《もったい》ない気がしてきた」

らしくもない言葉を洩《も》らした三吉だったが、箸で摘《つ》まんだ料理が口に入ったとたん、

「おいら飯と味噌汁は八ツ時（午後二時頃）にする。どうせあれは朝餉の分だったんだし」

当人だけが合点できる辻褄《つじつま》を合わせた。そして、

「天子様のおいでになる京のお料理、ありがたや、ありがたや」

念仏のように唱えつつ、三吉にしてはゆっくりと箸を動かし続けた。

五

食べ終えた三吉は、

「おいらが一番いいと思ったのは紅白搔き鯛、鯛のそぎ身にまぶしてある粉みたいなでんぶって、白餡《しろあめ》にまぶしてある打ち粉に似てるけど、ちゃーんと味がついてる。この料理、見かけがお菓子みたいでいいよね。鯛と雲丹のかまこも鯛のふわふわ、鯛豆腐も卵白使いがむずかしいんだろうと思う。おいらがやったら絶対失敗する。おいらで出来そうなのは鯛香鉢と鯛もそ、鯛の霜降りもいけるかも。あ、でも霜降りは紙の上から沸いたお湯かける案配がむずかしいから駄目かも、それとこの中で味がわりに濃いのは、鯛の皮のお浸《ひた》しみたいな鯛香鉢と鯛味噌の鯛もそだけなんだけど、この二つは続けて出さない方がよくない？　続くと他の料理の味、なくなっちゃうもん」

珍しくあれこれと長い感想を洩らして、

「なるほどな」

――江戸っ子の舌に京料理の奥義の美味を伝えるには工夫が要るようだ――

季蔵は鯛香鉢はそのままにして、紅白搔き鯛、鯛のふわふわ、鯛豆腐、鯛の霜降り、鯛と雲丹のかまこ、明日、醬油で煮付ける鯛の大和煮または大和焼き、鯛もその順番に供することにした。

——そして——

さらに季蔵が工夫した鯛料理の鯛のなめろう、鯛の変わり四種である造り、焼き、天ぷら、汁に鯛のほぐし身飯を加えなければならない。

——そうなるとまた供する順序が変わりそうだ——

頭を抱えかけた時、戸口から文を手にした男が入ってきた。文は烏谷からのものであった。

蔵之進、田端《たばた》らの調べに進展あり。新しい米屋と味噌屋が南町奉行私邸に出向くとの報を、出入りの駕籠屋《かごや》から得たのだ。急ぎ明日、南町奉行私邸での歌会にそちと赴くことにする。料理の支度を頼む。

季蔵殿

烏谷

これを読んだ季蔵は、

——格別鯛尽くしはとっつぁんの遺《のこ》した日記からのもの、四条流の工夫だけになるが仕方がないな——

多少本意ではなかったが、

——新しい米屋と味噌屋とは殺された米屋山形屋重兵衛、味噌屋信濃屋八右衛門に代わって、主になったという親戚筋《しんせきすじ》の者だろう。しかし、なぜこの二人とも同じ日に私邸へ行くのか？——

偶然とは思えず、解かなければならない重要な謎《なぞ》の前には、この際、料理人としての不本意は捨てなければならないのだと自分に言い聞かせた。

まずは京に通じていることが大自慢の南町奉行の奥方律《りつ》の眼鏡に適う料理であることが大事なので、早速、季蔵は格別鯛尽くしの全容を烏谷に伝えるべく文を届けさせた。

するとすぐに烏谷は返答してきた。

わしは醬油味が大好きだが鯛の大和煮を、醬油の付け焼きである大和焼きにするのはいかがかと思われる。塩さえ使わず、蒸し鯛からしみ出たかけ汁の旨味だけで食するというのは、如何《いか》にも京風と見受けられる。いっそ、その理屈を味方につけて鯛香鉢の前、ようは一番初めに供したらどうか？　そうすれば鯛の姿も拝めて、豪華な京料理ということになろうぞ。是非——。

それから歌会は昼餉を挟んでのものだそうだ。昼までには先方の厨にて準備万端に調えるように。

烏谷

季蔵殿

この提案に、

――さすがお奉行――

季蔵は感服した。

翌朝、季蔵と三吉は食材や鍋、皿小鉢を積んだ大八車《だいはちぐるま》を引いて南町奉行私邸の裏木戸を通った。

勝手口前で訪《おとな》いを告げると、

「来ましたか」

前に会った時よりもさらに鼻の高さが伸びた感のある奥方が、見下すような視線を投げてきた。

「本格的な京風の鯛尽くしですって？　そんなものが一膳飯屋で出来るものなんでしょうかしら。江戸市中の名だたる京料理の店ならともかく――。たしかに前の時はまあまあでしたよ。だってあれはただの宴《うたげ》の料理ですもの」

ふんと鼻を鳴らした。高い鼻ばかり目立つ骨張った顔の皺《しわ》に分厚い白粉《おしろい》が溜《た》まっている。

「まあ、あの北町様、烏谷様のたっての御推挙と御趣向とあっては仕様がありませんけどね」

言い募った奥方はさらにこの後も何か言いたそうだったが、

「わたくしどもも大変光栄に存じております。精一杯お気に召す料理を供させていただきたいと思います」

遮った季蔵は深々と頭を下げて三吉もそれに倣《なら》った。

三吉と二人で厨へと大八車に積んだものを運び入れていく。

「あのおばさん、女白天狗《しろてんぐ》みたいだね」

三吉が耳元で囁《ささや》き、

「ここにいる間は二度とそんなことを言っては駄目だぞ」

季蔵は制した。

——女白天狗であれば油断大敵、どんな役割を果たしているのか知れたものではないし、是非とも知らなければならない——

季蔵は三吉を促して料理の仕込みに入った。しばらくすると裏木戸に大八車が次々に止まる気配がした。

——何だろう?——

気にかけて耳を澄ますと、

「まあ、こんなに沢山。米俵も味噌樽《だる》も蔵へ運びなさい」

女白天狗のやや甲高く喜々とした声が聞こえた。

——訪れる山形屋と信濃屋の新しい主からの付け届けだろう——

いつだったか烏谷が、

「御定法には衣食住についてさえもさまざまな規制がある。遊興や贅沢も厳しく禁止されている。市中の大店の部類に入る主たちで叩いて埃《ほこり》の出ない者はいないから、奉行所を統括する奉行に心づけは欠かせない。奉行の役得よ。わしはそれならと遠慮せず土木工事の足しになる金子《きんす》を貰っているが、南町の吉川殿は各々の大店が商っている品物を、お宝よろしく、蔵一杯に貯《た》め込んでいると聞いている」

というような話を聞いたことがあった。

——まさにあれだな——

引き続き気配を窺《うかが》っていると、

「浅岡屋《あさおかや》でございます」

聞き覚えのある声がした。

「これは浅岡屋さん、こんなところから入らず、どうぞ、表門から入ってくださいな」

女白天狗の声が急に艶《つや》めいた。

——ん、浅岡屋さん？——

「いいえ、いいえ、こちらからで結構です。今日はこのところ臥《ふ》しがちな父の代わりで参りました」

——間違いない——

季蔵は、

「少しの間ここを頼む」

襷《たすき》を外して勝手口を出た。

――季蔵さん――

――おや、あの時の――

元太郎《げんたろう》と連れの大番頭泰助《たいすけ》の表情が驚いた。浅岡元太郎はつい最近、烏谷からの命で関わった裏仕事の相手であった。仕事先の八王子《はちおうじ》の女にのぼせてしまい、家出までしてしまったのを、何とか別れさせてくれと父親に烏谷が頼まれての仕事だった。結果は女が心に決めていた男と心中して果てたという、後味のよくないものだったが、袖にされた元太郎は無事浅岡屋に戻って季蔵の仕事は終わった。

――てまえどもは奥方様へのご挨拶《あいさつ》が――

泰助が目で報《しら》せてきて、

――どうぞ、わたしのことはもう気になさらないで――

――季蔵さん、後で――

元太郎の方は何か物言いたげであった。

「本日は奥方様のお白いお肌にことのほか映りそうな、鞍馬《くらま》の山の新緑と賀茂川《かもがわ》上流の川辺を描いた京友禅《きょうゆうぜん》を贈らせていただきます」

泰助は手慣れた様子で贈答の挨拶をして、

「それはそれは大儀でしたね」

女白天狗は嬉《うれ》しさを隠しきれない声を出した。

――浅岡屋は江戸で知らぬ者のいない呉服屋ゆえ、なるほど貢ぎ物は京友禅なのだろうな――

得心した季蔵は厨に戻ると再び襷を掛けて包丁を握った。

暮れ六ツが過ぎて四条流の京料理が仕上がりかけたところに、烏谷がやはり勝手口を開けてぬうと顔を出した。

「出来たようだな。さてこの供し方だが本日は南町奉行吉川直輔殿が話をされる。山形屋、信濃屋、浅岡屋とも歌会の新しい顔ぶれなので、このような時は吉川殿が藤原定家の話をされるという。そちも末席にて聴くように」

「あれですね」

あれとは膳を囲み合っている者たちの様子を窺うことであった。

「むろん、あれだ」

「わかりました。汁も飯もつかず、温かさが命という料理ではないので、ほとんどの料理を仕上げる寸前にまで調えておくことができました。三吉と交代で鯛の大和煮から鯛豆腐まで、全部を厨と客間を行き来して運ぶ傍ら、皆様がどんな様子でおられるのか、不審な動きをしないか、どうかまで目を離さずにいられます。調理に忙しく厨に籠《こも》っていると想《おも》わせて、廊下へ出たり勝手口から裏庭を見張ることができるのです。南町奉行様が召し上がる御酒のお世話の方はよろしくお願いします」

「よし、わかった。よろしく頼む」

こうして季蔵はそこに集った山形屋、信濃屋の新しい主たち、そして浅岡屋元太郎、烏谷、女白天狗の奥方と共に吉川の話に耳を傾けることとなった。

六

「藤原定家は京の公家政治の終焉《しゅうえん》から武家が本格的に政《まつりごと》の要となる頃にかけて生きた公家で歌人です。名門の藤原北家《ほっけ》御《み》子左流《こひだりりゅう》は、天子様のお祖父《じい》様となり我が世の春を謳歌《おうか》した藤原道長《みちなが》の家系に連なりながらも、主流ではないゆえに官位にも恵まれず、正三位《しょうさんみ》・藤原俊成《しゅんぜい》の代からやっと歌道で身を立ててきました。定家はそんな俊成の息子です。父親にも増して才のある歌道に邁進《まいしん》し、公家内での政争を経て時に左遷されつつも出世し、歌に目覚めた後鳥羽《ごとば》上皇様に見出《みいだ》されます。信任の厚さは勅撰《ちょくせん》和歌集『新古今《しんこきん》和歌集』『新勅撰和歌集』の撰進《せんしん》を命じられるほどでした。後鳥羽上皇様といえば承久《じょうきゅう》の乱で武家に向けて闘いを挑んだものの、失敗して隠岐島《おきのしま》へと流罪になりこの地でお亡くなりになりました。わたしは歌を通じての定家と後鳥羽上皇様の近親憎悪に近い友情に興味を抱いてきました」

ここで一度吉川は言葉を切った。この合間にしんと静まりかえっていた一同の中にはごほんと咳《せき》をこぼす者もいた。

「ふーむ、近親憎悪に近い友情とはどのようなものなのですかな」

烏谷はあくびを噛み殺して訊いた。

「後鳥羽上皇様は武士の平清盛《たいらのきよもり》公が力で政の長となって以来、凋落《ちょうらく》の一途をたどる公家政権を蘇《よみがえ》らそうと懊悩《おうのう》し続けた挙句、承久の乱で完全な敗北を喫します。二人とも絶頂期の公家政治の象徴である歌詠《うたよ》みにのめり込んで、束の間《つかのま》、憂さを晴らしていたのだと思います。こんな話があります。後鳥羽上皇様は自身の力を誇示するために、定家の巧みで雅《みやび》やかでことの外美しい歌に合わせて、京の四季をそれはそれは華麗に襖絵《ふすまえ》に描かせたものの、武家の力が増大しているとわかると取り払われてしまったそうです。このあたりから後鳥羽院様は定家も歌も見限って承久の乱へとひた走ったのです。また、定家の方も歌詠みへの精進を怠《おこた》り、見果てぬ夢ばかり追っている後鳥羽院様に失望してしまうのです。武家から才のある歌が届けられて、定家に弟子入りを乞うたりもしていましたから」

「弟子入りを望んだ方とはどなたです？」

思わず季蔵が訊いたのは烏谷が堪《こら》えきれずに口に片手を当てる間もなく大口を開けるのを見たからであった。

季蔵は女白天狗にじろりとねめつけられた。

「すみません、料理人の分際で」

季蔵は畳に手をついて詫《わ》びた。

「源 実朝《みなもとのさねとも》公です」

鎌倉に幕府を開いた源頼朝《よりとも》の次男源実朝は十二歳で鎌倉幕府第三代征夷《せいい》大将軍となり、「武士として初めて右大臣に任ぜられた。しかし母方北条《ほうじょう》氏の執権《しっけん》政治に不信を抱き、歌に関心を持って自身の悩みを癒《い》やそうとした。定家に教えを乞おうとしたのもそのためである。しかし、北条氏内部の権謀術策《けんぼうじゅつさく》、覇権争いの犠牲になって殺された兄の頼家《よりいえ》同様、叔父を父親の仇《かたき》だと周囲に吹き込まれた甥公暁《おいくぎょう》(頼家の子)に殺された悲劇の若者であった。

「実朝公が詠まれた歌を集めた歌集に『金槐和歌集《きんかい》』があり、金は鎌倉の鎌の字のへん、槐には大臣という意味があるので、『鎌倉右大臣家集』とも呼ばれてきました。定家が最も高く評価した歌がこれです」

吉川は以下の歌を朗々と詠みあげた。

「『大海の　磯《いそ》もとどろに　寄する波　われて砕けて　裂けて散るかも』。これは相模《さがみ》の海を歌ったものですが、『大海の磯もとどろに寄する波』の上の句には、若々しい雄々《おお》しさと潔さ、清らかさが感じられる一方、『われて砕けて裂けて散るかも』とある下の句は、何とも繊細な観察眼が見受けられ、上り詰めながらも、あまりに短かすぎた右大臣の惨《むご》い運命を物語っているかのようです。歌とは究極の世俗逃避で、悲しみを癒し喜びを倍増させてくれるだけではなく、不遇や憤怒《ふんぬ》、不信さえも趣きや美しさ等の感動や心の平穏に変える、言葉の忍術かもしれません。心の人生の糧とも言える。まあ、この三人に限って言えば、より上を目指す運命にあった者たちの贅沢な悩みの形ですが」

吉川は感慨深く締め括《くく》った。

「そうは言っても人はそれぞれ置かれた立場で上に立ちたい、支配したい、金も欲しい、楽しく遊びたいと思うものだと思います。おとっつぁんを見ているとよくわかります。度が過ぎると醜くさえある、そのような欲さえも歌が受け止めてくれるとなると素晴らしい世界では？」

浅岡屋元太郎は父、一右衛門《いちえもん》に絡めて話への感想を洩らした。

――元太郎さんにとって八王子で失った紅代《べによ》さんへの想いは？――

季蔵にはやや不自然な感想のように思えたが、

――きっと言葉に出来ぬほど心の深いところに悲しみを隠しているのだろうな。元太郎さんが歌を習って真から癒されることを祈りたい。ともあれ、お父様とも和解したようだし、意外に早く立ち直ってくれてよかった――

すぐに思い直した。

「いやはや、ごもっとも、まだお若いのにたいした御境地です」

「わたしも歌の心に世俗での清めを期待して通わせていただきたいと思いました」

山形屋と信濃屋の新しい主たちは共に相づちを打った。山形屋は三十代半ばを少し過ぎた年頃で信濃屋は髷《まげ》が白い。

一方、烏谷は、

「結構、結構、大変結構なお話でした。この後は花より団子という言葉がありますが、そろそろ下り酒の美酒と本格的な京料理の美肴《びこう》といたしましょう。それでは――」

季蔵に向けて顎をしゃくった。

「はい、只今」

急いで季蔵が酒と盃《さかずき》の用意を調えると、

「来た、来た。これがないと始まらぬ」

烏谷は例によってわははと大笑いすると、吉川に盃を取らせた。

そして、季蔵と三吉は厨と客間を行き来することになった。但《ただ》し、三吉は二度続けて料理の載った膳を運ぶが、見張りをしている季蔵は三吉の後の一度である。

客人たちが黙々と箸を動かし続けている。

「いかがですかな」

酒で料理を流し込んでいるかのような烏谷が問うと、

「そりゃあ、京料理ですから」

やや若めの山形屋の新主は慌てて箸遣いを早め、

「何よりここまで美しい料理をまだわたしは見たことがありません。紅白掻き鯛、鯛のふわふわ、鯛豆腐、鯛の霜降り、鯛と雲丹のかまこ、どれをとっても工芸品のように巧みな美しさです。それに四条流といえば老舗《しにせ》中の老舗だと聞いております。その四条流の奥義を忠実に再現したのがこちらの鯛料理と見ました。いやはや感服です。江戸にいながらこのような典雅な味を楽しめるとはもう、極楽に誘われたも同然、京文化や歌、料理にまで通じておられる南町お奉行様と奥方様のおかげです」

褒《ほ》め言葉を知り尽くしている年配の信濃屋は口を極めて褒めた。

ここで負けてはならじと、

「最初の一品、鯛の大和煮には驚きました。京の都の味だと思いました。藤原定家や後鳥羽上皇様、もっと前の天子様や宮家の方々も召し上がっていたことでしょう。そう思うと感無量です」

山形屋は箸を一度置いて頭《こうべ》を垂れしばし瞑目《めいもく》した。

「薄味は苦手です」

元太郎はつい本音を洩らしかけたが、

「ですが、味の神髄《しんずい》は薄味にあるような気がしてきました」

巧みに前言を撤回した。

「ということは皆さん、今が極楽、極楽」

烏谷は誰よりも早く箸を動かして酒で料理を流し込んでいる。

ちらと季蔵の方を見て、

――やれやれ、口に合わぬはずの京の鯛料理を、南町奉行夫婦のために、ここまで馬鹿馬鹿しく褒めちぎらなければならぬとはな――

愚痴をうんざりしている視線に託した。

――しかしそのための宴でございましょう？――

そう目で応えた季蔵は、

「ところで手前どものこの京料理、いかがでございましたか？」

女白天狗に訊いてみると、

「大変結構。市中の料理屋はとかく江戸好みに変えているが、この京風鯛料理は忠実に作られているように思う。実はわたし、京や上方に伝わる料理本を集めて読むのが道楽の一つでして――」

即座に吉川が応えた。しかし、女白天狗は、

「でも市中一と言われる料亭ふじ井《い》の方が味が勝っています。あちらを満点とすれば、これは半分ほどのお点しかさしあげられません」

きっぱりと言ってのけ、

「それは塩味を濃くしたり、醤油を使ったりと江戸流に変えているからだと今、申したであろうが」

吉川は窘《たしな》める口調になった。

女白天狗はぷっと膨れてしまい、吉川は苦虫を噛み潰《つぶ》したような表情になった。

夫婦間に生じた不穏な対立が客間に広がっていく。

「まずいぞ」

烏谷の目が報せてきた。

七

季蔵は、

「ありがとうございます」

まずは畳に手をついて、

「満点の半分でもお点をいただければ幸せでございます。きっとこの料理に通じていた亡き先代も喜んでいることと思います」

頭を垂れて畳の目を数えた。

「頭を上げなさい。そなたは料理人ながらなかなかよい心がけです、感心しました」

女白天狗の声が和らぎ、張りつめたその場も一気になごんだ。

季蔵が頭を上げると、

「少しお酒が甘すぎませんこと？」

客人たちに向けて女白天狗にしては珍しく人を案じる言葉を口にした。酒は吉川邸の蔵にあった下り酒が供されていた。もちろんどれも市中の酒問屋からの贈答品である。

「とんでもない」

烏谷は首を横に振って、

「吉川殿のところの酒は伊丹《いたみ》の剣菱《けんびし》、白雪《しらゆき》、老松《おいまつ》、池田の満願寺《まんがんじ》、李白《りはく》、一鱗《いちうろこ》、灘《なだ》の正宗《まさむね》、白鶴《はくつる》、米喜《こめき》等と下り酒中の下り酒。どれを供されても満ち足りた味わいです。隅田川《すみだがわ》や宮戸川《みやとがわ》、都鳥《みやこどり》といった江戸で造られる安い酒ばかり飲んでいる身のわたしなど、天にも昇る気持ちにさせていただいております」

さんざん上方から運ばれて来る下り酒を持ち上げた。しかしその実、烏谷は常々、

「わしは世に旨味に欠けると言われていて、辛口というよりも、鼻につんと来る江戸で造

られる酒が好きだ」

といって憚《はばか》らない。

「お気に召してくださって何よりです」

女白天狗は言葉とは裏腹に蔑《さげす》むような目を烏谷に向けて、

「何しろ、皆さんが召し上がっているのはあの戻り酒ですからね。極上の味のはずなのです」

こほんと一つ自慢の咳をした。

「おおっ」

「なあるほど」

山形屋と信濃屋の新主たちは盃を手にしたままのけぞった。

「おっとっと、こぼしかけた、勿体《もったい》ない」

「そうそう手に入るものじゃない、戻り酒の神様の罰が当たるぞ」

二人は興奮のあまり額に汗を滲《にじ》ませた。

元太郎は、

「たしか戻り酒って、上方から江戸まで運んだ下り酒を、再び上方までそのまま持って帰ってきた酒のことでしたよね。船に揺られている時間が倍になるので、より芳醇《ほうじゅん》さが醸し出されて、酒がさらに旨くなるんでしたよね」

知り得ている事実を淡々と披露した。

すると、吉川が、

「下り酒が好まれるのは上方から運ばれてくる間に、波に揺られ揺られて樽《たる》の木の香りが酒に移って、芳香を醸すのだと聞いています。そんな下り酒に往復の旅をさせるとさらに旨い戻り酒になるというなら、江戸で造られる酒とて、同様に旅をさせれば満更でもない、下り酒ならぬ上り酒、戻り酒になるのではないかとわたしはふと思うのですよ」

さらりと言ってのけた。

「そんな、あなた——」

女白天狗の眉が吊《つ》り上がった。

「有難い下り酒、戻り酒に因縁《いんねん》なんてつけないでくださいな」

妻の憤怒を、

「因縁ではない、道理を言ったまでだ」

吉川はさらりと躱《かわ》した。

季蔵は客間と廊下、厠《かわや》のある中庭を交互に見張っていたが、今のところ、誰一人外へ出て行く者はいなかった。

しかし、

「ちょっとわたくし——」

不機嫌この上ない顔になった女白天狗が席を立った。

——怒りを抑えるためなのだろうが——

季蔵は奥方が自屋へ入っていく後ろ姿を見た。

料理はすでに全《すべ》てを供し終えていて、鯛味噌である鯛もそを肴に下り酒の飲み放題となりつつあった。三吉だけが酒の追加を受けて厨と客間を行き来していた。

季蔵は廊下の角に隠れて女白天狗の部屋を見張り続けている。奥方は四半刻《しはんとき》（約三十分）近くも中から出て来ない。その上障子《しょうじ》の隙間《すきま》から光は一筋も洩れてきていない。

――あの奥方が暗い部屋で泣いている？　まさか――。それともあの意外な夫婦間での対立は示し合わせたことなのか？――

そう考えついて、耳を澄ませたとたん、厠のある中庭からどさりとものの落ちるやや重めの音が聞こえた。

――これは何かあった――

季蔵はすぐに中庭へと駆け付けた。

幸い灯《あか》りがあって土塀を背にしている葉桜の太い枝が折れているのが見えた。

――枝が折れたくらいであの音は出ない、それに今日は風もない――

縁先に目を遣《や》ると、近くの土の上に、葉桜の枝がぽきりと折れて落ちている。さらに目を凝らして仔細《しさい》に土の上を見て行くと、手足の痕《あと》が厠へと続いている。

――塀の傍《そば》から厠に向けて這《は》い進んでいる――

これで落ちたのは葉桜の枝だけではなく、闖入者《ちんにゅうしゃ》も一緒だとわかった。葉桜の枝は闖入者の重みに耐えかねて落ちたのである。

手足の痕は厠の前に植えられている南天《なんてん》で止まっていた。南天の根元をよく見ると、手足の痕と同様に小判の痕がくっきりと見えた。季蔵は地面に下りて、近くの土に触れてみた。

――柔らかい。小判が埋められて掘り起こされ、土を元に戻しているうちにうっかり小判を落とした痕だ、そして――

足を引きずりながら進んだ証のぎくしゃくした足跡が奥方の部屋へと続いている。

この時、きゃあああという叫び声が奥方の部屋から聞こえた。

慌てて季蔵は廊下に飛び上がると、急いだ。

「失礼いたします」

奥方の部屋の障子を季蔵が引いて、

「どうなさいました？」

尋ねると、

「きゃあああ」

奥方は悲鳴をまた上げた。

季蔵は部屋の灯りを点《つ》けた。

すると押し入れの下段が開いていて、白狐《しろぎつね》を模した飴売《あめう》りの装束を手にした奥方が蹲《うずくま》っているのが見えた。

烏谷が夫の直輔と共に駆けつけてきた。

「どうしたのだ？」

吉川は震える声で奥方に問うた。

「あなたがあんなことをおっしゃるものだから、わたくしは部屋に戻ってこんな目に。入って灯りをとろうとすると、喉に刃物と思われる冷たいものを突き付けられて押し入れに入れられたのです。しばらくはそのままでずっと真の闇《やみ》の中でした。怖くて怖くて。ですから押し入れの前に人の気配が止まった時、もう駄目、殺されると思いました。殺されはしませんでしたが、押し入れが開いてこんなものと一緒に押し込められたのです。わたくしを馬鹿にしてっ、悔しいっ、何ですか、こんなものっ」

奥方は白狐の飴売り装束を夫に向かって力いっぱい投げつけた。

「大事なくてよかった」

吉川は安堵《あんど》はしたものの、奥方に寄り添おうとはせず、奥方も夫を睨み据えたままでいる。

「一つお訊《たず》ねしてもよろしいでしょうか？」

烏谷が切り出した。

「ええ、まあ」

奥方は不承不承頷いた。

「あなた様を刃物で脅した相手について、何か覚えていることはありますか？」

「夢中でしたもの、覚えてなどいるわけもありません」

怒った口調で応えた奥方ににじり寄り、手を貸して押し入れから出るのを手伝った烏谷は、

「もしやこの者ではありませんか？」

季蔵の方へ顎をしゃくった。

――お奉行は何を言い出すのだ――

「さあ、わかりません」

――困った――

季蔵が顔に出さずに狼狽《うろた》えていると、ぺたりと畳に座ったままの奥方は首を横に振って、

「だって一言も話しかけてこなかったのですもの。ああ、でもそう言えばこの料理人ではありません。だってこの男には今夜の鯛料理の匂いがするけれど、脅してきた相手は何の匂いもしませんでしたから――。それとわたくし、今やっと助かったと感じました」

ふうと大きなため息をついた。

「ありがとうございます」

知らずと季蔵も畳に手をついていた。

第六話　江戸みつ豆

一

「少しばかり奥方様の具合が悪くなったようだ」

烏谷《からすだに》は起きたことを何も告げず、吉川《よしかわ》と一緒に客たちを見送ると、上女中を呼んで奥方の介抱を手伝わせた。

「世話になりました」

吉川は言葉少なに礼を言い、烏谷のために駕籠《かご》を呼んだ。

駕籠に乗り込む際に烏谷は、

「塩梅屋《あんばいや》の離れで待っておるぞ」

季蔵《としぞう》の耳元で囁《ささや》いた。

片付けを終えた季蔵と三吉《さんきち》は大八車《だいはちぐるま》を引いて塩梅屋に戻った。

「あの女白天狗《しろてんぐ》、お客さんたちの前に出て来なくなったし、なーんか、みんな急にぴりぴりしちゃってて変だったよね、いったい何が起こったの？　あの女白天狗どうしたの？」

三吉はしきりに探りを入れてきたが、

「ご苦労様、ここからはわたし一人で大丈夫だ」

三吉とは住んでいる長屋の近くを通った時に別れた。

――三吉を巻き込みたくない――

店に着いてみると離れにはすでに田端宗太郎《たばたそうたろう》、松次《まつじ》の顔があった。

「夜半に白狐の形《なり》の飴《あめ》売りが出没して奥方を脅した。起きたことはただそれだけのように見える。それだけか？　それだけしかわからぬのか？」

烏谷は入ってきた季蔵の顔を見るなり、間髪を容《い》れずに訊《き》いた。烏谷の眉《まゆ》は苛立《いらだ》ちと憤怒《ふんぬ》のせいで、これ以上はないと思われるほど吊《つ》り上がっている。

――田端様や松次親分はわたしが乞《こ》われて、時折、お奉行の手伝いをすることは知っていても、お役目のためには命を賭《か》ける隠れ者であるとは思っていない。料理人のわたしがあの場で皆様の見張りをしていたとは言えないのだが――

「わたしは部屋に入られてしまった奥方様が気になっていました。灯《あか》りがついていなかったので休まれたのかとも思いましたが、急に悲鳴が聞こえたので駆けつけたのです。好評だった鯛《たい》もその追加をさしあげて厨《くりや》に戻る途中でした」

季蔵が辻褄《つじつま》を合わせたところで、

「わたしです」

離れの戸口から蔵之進《くらのしん》が入ってきた。

「見極めてきたか？」

烏谷の問いに、

「はい、仰せの通りに」

蔵之進は話し始めた。

「賊の侵入場所は中庭でした。葉桜の枝を伝って屋敷の中に入ろうとした奴《やつ》は、折れた枝ともども落下、這《は》って厠《かわや》近くの南天《なんてん》の根元まで行き、土中にあった金子《きんす》を手にしたものと考えられます。土の上に手足の痕《あと》とうっかり落とした小判の痕が見て取れましたので」

――やはりそうだったのか――

ここまでの蔵之進の検分は季蔵の観察と寸分違《たが》わなかった。

「目的の金子を手にした奴はその後、木の陰にでも身を隠していて、隙《すき》を見て縁先に面している奥方様の部屋へと入ったのです。空の部屋のはずが奥方様がいるとわかって灯りを点《つ》けさせず、刃物で脅して押し入れに追い込み、おそらく――」

蔵之進は自分の片袖《かたそで》から菖蒲《しょうぶ》の絵模様が描《か》かれた着物の片袖を取り出して見せた。

「これは奥方様のぎっしりと詰まった箪笥《たんす》の底にありました。焦って取り出そうとしたあまり、力を込めすぎて引き千切ってしまったのでしょう。賊は着替えをして出て行ったのです」

――なるほど――

季蔵は心の中で頷《うなず》き、蔵之進は先を続けた。

「片足は引きずりつつも、這わずに歩いた痕が土の上に残っていました。賊は奥方様の部屋の縁先から裏庭へと走り、まんまと裏木戸から逃げていました。これだけなら、賊は、かつてどこかから奪って、南町奉行私邸だとは知らずに中庭に隠してしまった金を取りに来て、本懐を遂げたというところなのですが、どうやらそれだけではなさそうです」

ここで蔵之進は一呼吸置いて目の端に独特の微笑《わら》いを溜《た》めた。

「いったい何があるのだ？　早く申せ」

烏谷が荒い息を吐きながら急《せ》かした。

「もしやと思い金子が埋められていたと思われる、南天の根元をもう一度調べてみました。何とも柔らかな土でした。盗賊が埋めたのだとしたら、もっと深く穴を掘ったはずです。そもそも穴などどこにもありませんでした。小判であることが隠れさえしていればそれでいい、そんな様子の土塊だったのです」

蔵之進の話にじっと耳を傾けていた田端は、

「となると南天の根元はたびたび金子に土が掛けられていて、何らかの取り引きが繰り返されていたと思われます。きっと塀近くの木々の枝の中にも折れかかっているものもあるはず。明日にでも植木職を呼んで調べねば。ああ、しかし――、たしかに今は北町奉行所が市中の見廻《みまわ》りに就いてはいるが、事件の起きているのはあろうことか、南町奉行様の私邸。どうしたものでしょう？」

烏谷を見つめた。

「南町奉行夫婦も含めて南町に調べさせることにする」

烏谷は蔵之進に向かって頷いた。

「しかし、それでは――」

田端と松次は共に悔しそうな顔になった。

「そちたちは今まで伊沢《いざわ》蔵之進と分担して見張っていた、山形屋《やまがたや》と信濃屋《しなのや》の新しい主《あるじ》たちのさらなる動きを探ってくれ。どうにも南天の根元の金子の出処《でどころ》が気にかかる。山形屋か信濃屋か、はてまた南町奉行夫婦なのか――」

「一人忘れてやしやせんか？」

松次の伏せていた金壺眼《かなつぼまなこ》が開いた。

「田端の旦那《だんな》がお奉行にお聞きした話じゃ、浅岡屋《あさおかや》の倅《せがれ》元太郎《げんたろう》も来てたってえことですよ」

「そうであったな、忘れていた」

烏谷はつるりと顔を一撫《ひとな》ですると、

「浅岡屋元太郎はそちに頼みたい。元太郎が女恋しさに家出した後、そちは父親に頼まれて八王子《はちおうじ》まで探しに行き、見事連れ帰っている。気心も知れていて、そち以外に適した見張りはおらぬぞ」

ふふと笑った。もちろんその目は笑っていない。

――元太郎さんまでも疑ってかからねばならぬとは――

季蔵はやりきれない気持ちになりつつも、

「承知いたしました」

頭を下げた。

それから、松次を除く面々は酒になった。皆、江戸の造り酒である隅田川《すみだがわ》を黙々と飲んだ。

季蔵が店の七輪でせめてもの肴《さかな》にと見つけたスルメを焼いていると、松次が勝手口から入ってきた。

「お鍋《なべ》が家で待ってるからお暇《いとま》したいのは山々なんだが、こんな時だからさ、今、ここを抜けるわけにもいかねえ。それで悪いんだが、ちょいと聞いてほしいことがあるんだ」

「もちろん。どうです？　甘酒でもお飲みになりませんか？」

「そうさね。でも飲むのはここでいい。酒飲みの間に入っての下戸《げこ》の甘酒飲みなんて、常は田端の旦那が許してくれてるだけよ。あ、スルメは俺《おれ》が焼くよ」

甘酒を温める季蔵に代わって松次は菜箸《さいばし》を手にして七輪の前に腰を下ろした。

甘酒の入った湯呑《ゆのみ》を受け取った松次は啜《すす》り始め、スルメを離れに届けてきた季蔵は、

「田端様は焼きスルメはお好みですから」

また、七輪でスルメを焼き始めて、

「お話とはやはりお鍋さんのことでしょうか？」

松次の話を促した。

「まあ、そういうことになるだろうな」

酔いもしないのに照れて赤くなった松次は、

「お奉行様が催すってえ、蔵の中での食物屋祭、蔵露店みたいなもんなんだろうけど、そいつに声を掛けてもらってるだろ、俺。流行風邪《はやりかぜ》禍《か》のせいで、甘味処に店仕舞が多いからそっちの線がいいんじゃないかって、お奉行様はおっしゃってくれてるってえが、どうもね、何か起きたら一番先に潰《つぶ》れちまう店じゃ、どんなもんかって思ってた。それでおしんの漬物茶屋みてえに、甘味だけじゃなしに小腹の空《す》いた時にいい、湯漬けや握り飯と味噌《みそ》汁《しる》なんかも一緒に品書きに載せたかった。けど、お鍋があんな様子じゃあ、無理だってわかった。とにかく、あいつ、まるっきりの馬鹿じゃあないし、気まぐれってわけでもねえんだが摑《つか》めないところがあってさ。だから、お奉行様の催しも迫ってることだし、ここは一つ思い切って、絶対評判になる、人気の出る甘味で勝負することにしたんだ」

松次は思い詰めた目を季蔵に向けた。

「楽しみですね」

季蔵はこれ以上、松次が緊張し続けないようさらりと相づちを打って、

「もちろん、どんな甘味で勝負なさるのか、このわたしだけにはそっと教えてくださるのでしょう？」

柔らかく微笑《ほほえ》んだ。

「どんなもんだろうかって訊きたかったんだよ。それにあんたなら今回甘味には手をつけ

ねえだろうから、競うこともねえだろうしさ」

「是非聞かせてくださいい、あっちっちち」

季蔵は焼きたてのスルメを手で裂《さ》き始めた。

「あんた江戸みつ豆ってのを知ってるかい？　もう何年も前に江戸みつ豆屋ってえのがあってね、両国橋《りょうごくばし》の近くの屋台売りなんだが品書きはこれ一つ。しかも夏しか売らない。ただし売り手は麻や浴衣《ゆかた》がよく映る若い女だった。それも人気の的になって門前列をなす勢いだった。俺もこいつが好きでね、好きだったのはその女だけじゃないよ、江戸みつ豆の方もだ」

二

「江戸みつ豆とはどんなものなのです？」

季蔵は訊いた。

「あんた、新粉《しんこ》細工を知ってるだろう？」

新粉細工は米粉を練り上げた生地を用いて、さまざまな形がつくられる技であり菓子であった。元は祭礼や縁日等につくられて並べられていたが、やがて、その場で、客の注文通りの生き物や鳥が手慣れた職人の手から紡ぎ出されるようになった。

「飴細工と似ていますね」

飴細工もまた、練り上げた飴でさまざまな形がつくられ、見ている子どもたちの心を躍らせるものであった。

「まあね。けど新粉細工は米粉だけだから飴細工ほど高かねえ。江戸みつ豆はこいつでまずは屋形船を拵《こしら》える」

屋形船はお大尽《だいじん》が宴席を船上に移して船遊びを楽しむ際に活躍した。夏場の豪華な夕涼みが主であった。

「新粉細工の屋形船は涼し気なのがいいな。こう見えても俺、手先は利くんで屋形船ぐれえは拵えられる。中には派手好きな客もいるだろうから、うんと派手なのがあってもいいやな。船の中には塩茹《ゆ》でした赤えんどう豆をどっさり入れる。好みで黒蜜《くろみつ》をかけて食べるってぇ代物なんだ。どうだい？」

「いいですね」

世辞ではなかった。

「屋形船で遊べるのはごく限られた人たちなので、塩茹でした赤えんどう豆の入った新粉細工の屋形船は夢があっていいです。縁台での夕涼みにも花が咲きます。酒好きには堪《こた》えられない肴でしょうが、甘党でも黒蜜で楽しめるのが何とも憎いですよ」

季蔵は続けた。

赤えんどう豆は綺麗《きれい》に洗って一晩水につけて、豆を十分に水分で膨らませてから茹でる。しっかり膨らんだ赤えんどう豆を鍋《なべ》に入れ、新しい水に替えて火にかける。一度しっかり沸騰させ、そこで笊《ざる》にあけて煮汁を捨てる。この時、水をかけて豆をしっかり洗う。これで豆特有のアクが抜けて美味《おい》しく茹で上がる。鍋に戻してまた新しい水を入れてコトコト煮る。一気に煮るのは豆が割れてしまうので厳禁である。

つまんで食べてみて柔らかくなっていれば茹で上がりとなる。

茹で上がった鍋の赤えんどう豆に塩を加え、混ぜて全体に塩気が回れば塩茹での出来上がりとなる。

「肴になる塩茹での赤えんどう豆は、ちょい固めで塩をきつくした仕上げが酒との相性もいいような気がします。黒蜜かけの方は塩茹でにせず、黒蜜がよく絡むように固さを残さず柔らかになるまで茹でるのがいいのでは？　赤えんどう豆の煮方は小豆《あずき》に似ています。甘味の小豆は形が崩れて粒餡《つぶあん》になっていますから、柔らかさも味のうちです。ただし、皮が厚めの赤えんどう豆は、小豆ほどは柔らかくなりません。形が残って一粒、二粒と数えられる、そこがまた、屋形船に乗り合わせている人たちのようで楽しいではありませんか？」

季蔵はふっと目を和ませた。

「なるほど、肴用、甘味用と豆を煮分ければ新しさも出るな」

松次は威勢づき、

「ありがとよ」

離れへ戻ろうとしたが、ふと立ち止まって、

「こりゃあ、俺の考えすぎだろうと思うんだが、お鍋のことで気になってることがある。

俺は、照れ臭《くせ》えんで嫌なんだが、あいつときたら道を歩いててもやたら、こちとらに身を寄せてくるだろう？　それだもんだから、人目に立っちまってさ、人に見られててひそひそやられることが多いんだ。そんな時もあいつはいつも平気の平左なんだが、二度ほど俺の握ってた手を放して、まるで逃げるみてえに走ったことがあった。これ、あんた、どう思うかい？」

神妙な顔で訊いてきた。

──たしかにありそうにない話だ──

「お鍋さんが逃げ出した時はどんなことがあったのですか？」

季蔵も気になってきた。

「一度目は反物を担いで、手代と一緒に得意先をまわってた、やり手の忠義者と評判の浅岡屋の大番頭泰助《たいすけ》が、不思議そうな顔でお鍋の方に近寄ってこようとした時だ。もう一度は老婆《ろうば》と言っていい年頃《としごろ》の女が、じいっとお鍋を仇《かたき》を見るみてえに睨《にら》んでた時だ。お鍋はあんな具合だから自分で知らないうちに、他人様《ひとさま》からてえした恨みを買っちまってえんじゃなかろうかね」

「しかし、お女郎さんだったお鍋さんは信濃屋さんに身請けされた後、ずっと囲われていたわけでしょう？　自分で金子を使える立場にはありませんから、たとえば大きなツケ買いをしたのなら、恨みを買う前に、相手は吉原《よしわら》の店または信濃屋さんへ催促するはずです」

「そうだよなあ、俺もそうは思ったんだが、どうにも、お鍋のことになるとどんなことでも騒いでね。この年齢《とし》で惚《ほ》れた弱みとつきあうのは難儀だよ」

　胸の辺りに片手を当てて、苦く笑うと離れへ歩いて行った。

　――松次親分が思い出して捻《ひね》りを加えた江戸みつ豆は、皆が安堵《あんど》と癒《いや》し、楽しみを求めるこの夏、きっとよく売れることだろう。けれども客あしらいも兼ねてこれを売るのはお鍋さんだ。あの目の光――。となると、男の客たちの目的は江戸みつ豆では止《とど》まらず、結局は親分も案じていた、元の木阿弥《もくあみ》になるのでは？――

　季蔵は内心、商いの先行きではなく松次が負うであろう深手を思い遣《や》った。

　離れでの酒宴は続いている。

　季蔵が酒の追加と裂きスルメを持った皿を離れへと届けると、

「わからん、わからん、何がどうなっているのか、まるでわからん」

　烏谷は駄々をこねる子どものような様子で、暗礁《あんしょう》に乗り上げてしまっている一連の事件について愚痴をだらだらとこぼし、

「たしかにわかりません」

　田端は何とか相づちを打ち、

「烏谷様、入口さえ間違っていなければ必ず出口はあります」

　蔵之進は自身を鼓舞するかのようだった。

　すると烏谷は、

「お江戸の殺し屋の頭よぉ、いったいどこに居るのだ？　おったら返事をせい。三途《さんず》の川の先の虎翁《とらおう》よお、そちなら何もかも見えて知っておろうが——、わしは入口を間違えておるのやも——。教えてくれええ」

絶叫したかと思いきや、ごろりと巨体が傾いて寝入ってしまった。

——ここまでのお奉行は見たことがない。度重なるお疲れゆえだろう——

ここで山形屋と信濃屋を辛抱強く見張り続けてきた蔵之進は、

「おまえたちが役に立たぬからこうして鳥谷様が苦しむのだ」

田端を詰《なじ》った。

「なにをぅ、そもそもあんたは南町だろう。上に仰ぐのは南町奉行だというのに、なにゆえ我がお奉行に付きまとうのだ」

応戦した田端に、

「先ほどのわたしの言葉を改めて繰り返す。役に立たぬ者たちばかりだから俺が要《い》るのよ」

蔵之進は止《とど》めの一言を口にし、

「なんだと」

ちらと離れの戸口に置いた刀に目を走らせたのは田端だった。田端は北町奉行所内で知らない者はない剣の使い手である。

「そりゃあ、旦那、いけませんや」

察した松次が田端の肩に飛びついて動きを制した。

「あっしはこの旦那をお送りしやすから、あなた様は早くここからお帰りくだせえ」

松次の判断に、

「それがいいです」

季蔵は大きく頷いた。

こうして松次と田端、蔵之進が帰路に就いた後、季蔵は押し入れから夜着二枚を出して、前後不覚に泥酔して眠り込んでいる烏谷に着せかけた。

「これはとっつぁんが遺していったものです。そしてとっつぁんはここの仏壇にも時々来てくれます。あなた様の助けになろうと見守っているのは極悪な虎翁などではなく、隠れ配下のとっつぁん、塩梅屋長次郎《ちょうじろう》ですよ。ですから常の冷徹なあなた様のように、どうか、お心を確かに保ってください」

季蔵はそっと呟《つぶや》いて離れを出た。

季蔵は店の小上がりでぐっすりと眠った後、起きて烏谷のために朝餉《あさげ》の支度をはじめた。

鯛の身がまだ多少、アラでとった汁も含めて残っていた。季蔵はこれらも格別鯛尽くしに加える予定だった、四条流《しじょうりゅう》ではない独自の鯛料理を拵えようと決めた。

——深酔いした翌朝では、さすがのお奉行も生で食する鯛のなめろうや変わりお造り、揚げ物の変わり天ぷらは召し上がれないだろう。だから、お勧めする朝餉は鯛のほぐし身のせ飯と鯛の変わり汁にしよう。とはいえ、これだけでは寂しい。そうだ、あれだ、あれで拵えることができる、これぞ今一つ、想《おも》いが湧《わ》かずにいた鯛の変わり焼きだ――

思いついた季蔵はほんの一時ではあったが満足そうな笑みを浮かべた。

三

鯛のほぐし身は骨の付いたままのアラを、アクをとりながら茹で、骨を取り除いてほぐすと出来上がる。この時鯛の旨味《うまみ》が出ている汁は捨てないで残しておく。ほぐした身に生姜汁《しょうがじる》を加えて胡麻油《ごまあぶら》で炒《いた》め、少々の塩、薄口醤油《しょうゆ》で調味したものを白飯にのせると鯛のほぐし身のせ飯になる。これは鯛を使う時必ず拵える賄《まかな》い料理の一つであった。鯛を炊き込む鯛めしとはまた一味違う、三吉に言わせれば、

「鯛めしだけだとなーんか物足りないけど、これだとおいら、食べたぁって感じる。胡麻油のおかげかな」

と中々の代物であった。もっとも、

「あ、でも、鯛皮焼きやそうめん入り鯛汁あってのことだけど」

注文付きではある。

これらも鯛の賄いには欠かせないもので、鯛皮焼きは、同様に鯛の皮を用いる四条流京料理の鯛香鉢を、季蔵が自分流の料理に工夫した。ようは湯煮《ゆに》して煎《い》り酒で炒《い》る代わりに焼いてぱりぱりにする。鯛香鉢の下味は塩だけだが、鯛皮焼きには塩、胡椒《こしょう》、それに摺《す》り

にんにくを用いる。鯛皮焼きはそのまま摘《つ》まんで肴にもなるが、指で細かく潰して、鯛のほぐし身のせ飯の上にぱらぱらとかけると、旨味たっぷりのふりかけになる。熱い出汁《だし》を注げば汁かけ飯に、煎茶《せんちゃ》にすれば変わり鯛茶漬けになる。

——お奉行はきっとこれを好まれるだろう——

季蔵はこの鯛皮焼きも拵えた。

そうめん入り鯛汁はアラでとった汁で粗《あら》千切りの大根を煮て、あれば豆乳を加え、茹でたそうめんを加える。この時そうめんは主食ではないので、多くて三啜《すす》り分ほどでよい。葱《ねぎ》の青い部分を千切りにして添えると、味も引き締まって見栄えもする。

——あと一品——

季蔵が準備を始めようとした時、

「ごめんください」

戸口から声が上がった。

「どなたです？」

「わたしです。八王子でお世話になった浅岡屋元太郎です。奇《く》しくも昨夜お会いしました——」

「どうぞ、お入りください」

「ありがとうございます」

元太郎が入ってきた。

「昨夜なかなかお話が出来なかったものですから」

「そうでしたね」

「八王子の時のお礼と、お会いした時、咄嗟《とっさ》に今わたしどもの身に起きていることをどうしても、季蔵さんに聞いてほしいと思ったものですから」

元太郎は知らずと眉間《みけん》に皺《しわ》を寄せた。

——よほどの悩みがあるようだ——

この時、元太郎の腹がぐうと鳴った。

「すみません、朝餉がまだの上、あまりにいい匂《にお》いなので」

「わたしもこれから朝餉です。昨夜の鯛料理の余りで拵えました。塩梅屋の賄いにすぎませんがいかがです？　ご一緒に」

「お言葉に甘えさせていただきます。走ってきたんで実はお腹《なか》、ぺこぺこだったのです」

こうして二人は小上がりで朝餉の膳《ぜん》についた。

「鯛の賄いとは何とも豪華な朝餉ですね」

元太郎は箸を取って、まずはそうめん入り鯛汁を啜ると、

「鯛の出汁に大根、豆乳の組み合わせが、寝ている間に鈍くなった舌を優しく目覚めさせてくれますね」

と告げて次は鯛のほぐし身のせ飯にとりかかった。

「しばらく普通の鯛めしが食べられそうにありません」

忙《せわ》しく箸を動かし、鯛皮焼きを摘まんで口に運ぶと、

「鯛の煎餅《せんべい》みたいで美味《おい》しい」

と言い、季蔵が湯漬けや茶漬けを勧めると、

「この飯のお代わりは湯漬けと茶漬けにしていいですか？　あ、でも一人で三杯飯はあつかましすぎるな――」

ばつの悪そうな顔で俯《うつむ》いた。

「かまいません。美味しいと言って食べてくださるのは何よりですし、炊きたての飯ものせるほぐし身炒めも十分ありますから」

「すみません」

元太郎は頭を下げ、

「大丈夫ですよ」

季蔵は微笑みかけてから切り出した。

「わたしもどうしておられるかと気にはなっていたのです。とはいえ、あのようなことの後なので、浅岡屋さんの前を通るたびに思い出しはしても、買い物でもないのに中へ入るのは憚《はばか》られていました」

「わたしこそ、恩人のあなたに是非ともお礼を言わなければと思っておりました」

「恩人とわたしを言ってくださるということは、お父様と和解されたのですね」

よかったと季蔵は安堵した。

──傷が癒えることはいいことだが少しばかり早くはないか？──

「紅代《べによ》にはわたしの知らないことがありすぎました。まさか、あの紅代が心中相手の萩吉《はぎきち》と夫婦同然だっただけではなく、一緒に盗みを働き続けていたとは夢にも思っておりませんでした。しかも、紅代も萩吉も共に名だたる盗賊たちの子だったとわかったんだそうです。あのままでいたら浅岡屋は押し込みの餌食《えじき》になっていたかもしれません。それを告げる文《ふみ》が代官所から届いて、おとっつぁんから見せられ、わたしはすっかり目が覚めたんです。正直、もう紅代とのことはなかったことにしようと自分に言い聞かせています」

元太郎は目を伏せた。

「わかります」

──利用されていただけとわかるのも辛《つら》いことだろう──

「おとっつぁんには心配をかけすぎたと反省しています。そんなおとっつぁんにこんなことが起きているんです」

元太郎は胸元から文を出して季蔵に見せた。

「これは──」

季蔵は絶句した。

命が惜しくば川開きまでに身代《しんだい》を大番頭泰助に譲れ。倅元太郎に譲れば倅の命もない。なお、我らに仕損じはない。花火が終わる頃、必ず決着をつける。

江戸仕置屋総代

浅岡屋一右衛門《いちえもん》様

「脅しの文ですね。お父様はどうされていますか？　奉行所には届けましたか？」

季蔵の問いに、

「いいえ。おとっつぁんはこれが届けられたとたん、心の臓の病が悪くなって寝ついてしまいました。かかりつけの医者にはそっとしておいて気を荒立たせないことが肝要だと言われました。急な発作が取返しのつかないことになるとのことでした」

「身代を譲れと向こうが指名しているからには、大番頭の泰助さんが何か知っているのでは？　奉行所に届ければ調べてくれるはずですが――」

「わたしもおとっつぁんにそのように言ったところ、また発作を起こしかけたのでそれ以降は何も言っていません」

――元太郎さんの持ち味が変わったと感じたのはこれだったのか――

「ただし両国の川開きは明日に迫っています」

元太郎の眉間がまた皺で埋まった。

ちなみに両国の川開きは陰暦の皐月《さつき》（五月）末からであった。そして、川開きより向こう三月間、大川筋に涼み船での遊山が許された。

「何か、心当たりはありませんか？」

「身代を伸ばしたおとっつぁんはとにかくやり手ですので、同業者や利鞘《りざや》の多い呉服売りに食い込みたい人たちにとっては、目の上のたん瘤《こぶ》のようなものだったはずです。お得意さんの奪い合い等が関《かか》わって、恨みを買っていなかったといえば嘘《うそ》になります」

「泰助さんが指名されている以上、文を書いたのは泰助さんに近い人だとわたしは思います。奉行所もそのように判断することでしょう。元太郎さんはどう思われますか？」

「それ、市中を探しても右に出る者はいないという評判の忠義者泰助が怪しいということですか？」

元太郎は悲しそうな顔をした。

「ええ」

「そして、江戸仕置屋とはおそらく、金子をもらって人殺しをする稼業のことでしょう？」

「はい」

「だとすると、泰助が殺し屋に頼んでおとっつぁんやわたしの命と引き換えに、浅岡屋の身代を乗っ取ろうとしているということですよね」

もはや元太郎は泣きそうであった。

「残念ながら」

「泰助は年端もいかない頃からおとっつぁんに仕《つか》えて大した働きをしてくれました。呉服屋は他の商い同様、後払いの掛け売りで、お客様のところをお訪ねしてお売りしているのですが、泰助はおとっつぁんに今までにない商いのやり方を助言しました。お客様に店においでいただく代わりに、掛値なしの正札で現金でお売りするというものです。これが大当たりして正札の日は朝からお客様は長蛇の列です。泰助のおかげで浅岡屋はただの呉服屋から今の大店《おおだな》になったんです。その上、おとっつぁんの心労を慮《おもんぱか》った泰助はたいそう案じて、八王子に足を運んでくれ、わたしを迎えにさえ来てくれました。そんな泰助がこのようなことをするとは――」

元太郎は溢《あふ》れ出てしまった涙を手の甲で拭《ぬぐ》った。

――八王子で見せた涙と同じだ――

季蔵は感無量な想いになった。

「そこまで浅岡屋に尽くしたのだから、報われてもいいと泰助さんが思ったとしても不思議はありません。人は誰でも心に闇《やみ》を抱えて生きているものです。何かの弾みで、たとえば屋台飲みか何かの時、ふと泰助さんの口から出た浅岡屋への愚痴を、その筋の連中の一人が聞いていて持ち掛けたのかもしれません。普段は隠れている心の闇が表に放たれてしまったのかも――。この文を読まれたお父様が寝込まれたのも、それに気づいたからではないでしょうか？」

「泰助はもう、おとっつぁんやわたしが知っている泰助ではないのかもしれないのですね」

元太郎は悲痛な声を出した。

「そうであってもおかしくはないでしょう」

「紅代に惑わされてのわたしの家出も、泰助には金輪際、跡継ぎとして許されるものではないと面白くなかったのかも――。わたしは今まで兄のようだと泰助を頼ってきたのですが――。ああ、一体どうしたら――」

――またしても元太郎さんは信じてきた相手に手酷《てひど》く裏切られた？――

季蔵は元太郎の胸中を思うとたまらない気持ちになった。

「わたしにその文を預からせてください。何とか奉行所に調べをお願いしてみます」

「ありがとうございます、ありがとうございます――」

元太郎は涙ながらに何度も礼を言った。

「それから泰助さんが疑わしいとなれば、たとえ川開きの前でも、お父様を一人になさるのは危ないとわたしは思います。どうかあなたが傍《そば》にいて離れず守ってさしあげてください」

季蔵が助言すると、

「そうだ、そうでしたね」

跳ね上がるように立ち上がった元太郎は、

「帰ります」

塩梅屋を出て行った。

四

――大変なことが起きている――

季蔵は離れで泥酔してしまった烏谷を起こした。これは是非とも耳に入れておく必要があった。掛けてある夜着を剝《は》いで、

「お奉行、お奉行様」

巨体を揺すってみたが、

「うーん」

酒臭い息を吐き出しながら寝返りを打って逃げを決め込んでしまう。

仕方なく季蔵は諳《そら》んじるように元太郎から預かった脅しの文を読み上げた。

「それはまことか」

烏谷はがばと起き上がると季蔵の手から脅しの文をひったくった。

「脅しの文だけではないのです」

季蔵は元太郎から聞いた紅代の話をせずにはいられなかった。

「一見、脅しの文と紅代さんの話は江戸と八王子、離れていて関わりがないようですが、わたしには前から気になっていることがあるのです」

季蔵は相対死と断じられた二体の骸《むくろ》が、祝言に欠かせない熨《の》斗鮑《しあわび》と末広扇《すえひろおうぎ》を持っていたことに、違和感と不審を抱いたが、あの世で結ばれるためのものだったとすれば、あり得

なくはないと自分に言い聞かせてきた。そのことを初めて烏谷に話した。

烏谷はそこに江戸仕置屋が居るかのように宙を見据えた。

「ということはあれは相対死ではないな」

「はい」

「だとすれば、あの二人を相対死に見せかけて殺したのは誰だ？　脅しの文が浅岡屋の跡継ぎに指名している大番頭の泰助か？」

「今、泰助さんをお縄にして責め詮議《せんぎ》をすれば白状するかもしれません」

「そうではないという根拠は？」

「紅代さんと別れさせるために泰助さんは八王子まで出向いています」

「それは店主に命じられたからだろう。奉公人の務めだよ」

「泰助さんに浅岡屋を継ぎたいという思いがあるのなら、若旦那の元太郎さんと紅代さんを相対死に見せかけて殺したはずだからです。わざわざ紅代さんの想い男である萩吉さんまで巻き込む必要はありません」

「人は理だけで罪を犯すものではない。わしの筋書きを言うてみよう。主の命だから仕方なく、元太郎連れ戻しの役目を果たそうとした。が、いざ八王子に出向いてみると、二人の絆《きずな》は深いことがわかった。これを知れば、血を分けた倅のこととて、今は怒りが解けぬ主もそのうちに二人の仲を許す。このままでは自分の滅私奉公には何の報いもないという のに、浅岡屋の身代は一緒に居るだけで幸せな二人のものになってしまう。好いた女と莫《ばく》大《だい》な身代、浅はかな元太郎ばかりがいい思いをする。頭に血が上った泰助はこの先、得が出来るとは限らない、あまり練り切れていない計画を腹立ち紛れに咄嗟に実行に移した──。これではどうかな？」

「紅代には萩吉という相手がいると突きとめるのには時も手間もかかるでしょうし、咄嗟に実行したにしては熨斗鮑等趣向が凝り過ぎています。たしかにお奉行のおっしゃる通り、人は理だけで罪を犯すものではないでしょう。けれども、一時血が上った頭も時と共に冷えてきます。計画的に進めていたとしたら、元太郎と紅代を心中させた方がよほど得だとわかるはずです」

「うーむ」

烏谷はしばし瞑目《めいもく》した後、

「そち、心中装いの殺しは泰助ではないとして、ではどこの誰《だれ》の仕業というのか？」

切り口上になった。

「元太郎さんの話では二人の親は盗賊だということです。二人もまたその手伝いをしていたようです。けれども盗賊とはいえ親が子に手を掛けるとは思えません」

「盗賊同士はとかく縄張りを巡って熾烈《しれつ》に闘う。二人の親たちにとって敵方の盗賊の仕業かもしれぬ。親の因果のとばっちりを受けた？」

「ならば、なぜわざわざあのくらやみ祭の日を選び、熨斗鮑と末広扇という凝った趣向を施したのでしょうか？」

「宿敵に思い知らせるためには、各々別に殺して各々の親元に届けるだろうな。下手人が泰助ではないとすると、盗賊たちの争いごとの他に、あの二人が殺される理由が見つからない。その上、江戸仕置屋を名乗っての脅しの文はなにゆえに泰助を跡継ぎにしようとしているのか？　やはり黒幕は泰助なのか？　ああ、やはりまだ五里霧中、謎《なぞ》が増えるばかりだ、うーっ」

烏谷は頭を抱えて呻《うめ》いた。

「頭が痛くなってきた。だが昨夜の酒のせいなどではないぞ。朝餉を食べればきっと治る」

「ここへお運びしましょうか？」

「いいや、店で食べる。もう、大丈夫だ。飯のことを想ったら気分も良くなってきた」

烏谷は井戸端で顔を洗って口を漱《すす》いでから店に入り、

「よき匂いよな。今日の朝餉は鯛の賄いであろう」

言い当てた。

まずは季蔵はそうめん入り鯛汁から勧めた。

——これは酒で疲れて乾いた五臓六腑《ごぞうろっぷ》の潤いとなるだろう——

椀《わん》を手にした烏谷は、

「これほど身体《からだ》に沁《し》みる汁はなかろうよ。だが、そうめん入り鯛汁などという呼び名はあまりにつまらない。いっそ、万能癒し汁とでも名づけてはどうかな？」

つるつる、ずずっと如何《いか》にも旨そうにそうめんと鯛汁を胃の腑《ふ》におさめた。

その合間に季蔵は鯛のほぐし身のせ飯に鯛皮焼きをぱらぱらとふりかけ、熱い出汁をかける湯漬けを拵えた。烏谷はさらさらと湯漬けを搔《か》き込んだ後、

「これは身体の力になる。続いていつものも頼む」

茶漬けを所望した。菜をのせた飯に熱い出汁や茶をかけて食するのを烏谷は好み、どちらか一方ではなく、どちらも共に味わうのが常だった。茶は出汁よりもよほど力強い風味ゆえ、後で食した方がいいのだというのが烏谷の食いしん坊持論であった。

――しかし、元太郎さんにはこの湯漬けと茶漬けを食べさせられなかった。しかし、今の元太郎さんにとって湯漬けや茶漬けよりも、お父様を守る方が大事なはずだ――

浅岡屋父子は大丈夫だろうかと気になった。

警護の者をつけたらどうかと告げようとすると、

「せめて昨夜、南町奉行宅で起きた騒動の絡繰《からく》りがわかってくればな――」

湯漬け、茶漬けと進んで、珍しくお代わりをせずに箸を置いた烏谷はまたしても宙を見据えた。

「もしやあの一件と紅代さん、脅しの文の件とが関わっているとでも？」

――脅しの文を差し出したのは江戸仕置屋。すると紅代さんと萩吉さんは敵対する盗賊ではなく殺し屋の手に掛かった？――

この時、季蔵は八王子で見かけた、紅代の長屋を襲った二人組を思い出した。

――あの者たちは江戸者のようだった。あれらは江戸仕置屋の仲間では？　紅代さんと萩吉さんが相対死を装わされたのはあの者たちの仕業では？　そして頼んだのは、元太郎さんと紅代さんの別離を真から願った御仁。奉公人の泰助さんは駒《こま》の一つにすぎなかった？　それに気づいた泰助さんが別の仕置屋と結託してあのような文を？　だとしたら、これはもう聞きしに勝る、節操など微塵《みじん》もない、流行風邪禍後、生き残りを賭《か》けた殺し屋たちの死闘だ――

季蔵は背筋が寒くなった。

――むしろわたしの憶測であってほしい――

一方の烏谷は、

「少なくとも三件のいずれも浅岡屋絡みか関わりがある。一件目は倅元太郎の悲恋の顚末《てんまつ》、二件目は浅岡屋への脅しの文、そして三件目の昨夜は元太郎が父浅岡屋の代わりに出ていた。こう揃《そろ》うとわしとて偶然には思えないが――」

慎重な物言いをして大きなため息をついた後、

「とはいえ、この三件の結びつきの証《あかし》がないのだ、証が――」

目を這わせて宙ではなく土間を睨みつけた。

しばらく無言が続いた後、

「湯漬けか、茶漬けのお代わりはいかがです？」

季蔵は聞いたが、

「いや、いい。ただしもっともっと代わり映えのするものなら食うてもよい」

烏谷は駄々っ子のように受け応《こた》えた。

「それなら、今すぐに拵えましょう」

「まことかのう――」

烏谷はやや意地悪げな視線を季蔵に投げた。

「拵える様子もなかなか面白く一興でございましょう」

烏谷の視線を気にせず季蔵は、残っていた鯛のほぐし身全部を大きな鉢に取り、アラを使った鯛汁を加えて小麦粉少々をまぶすように混ぜ、少々の塩で調味した。

「何だ、葱焼きを真似《まね》た鯛のうどん粉焼きなど珍しくもないぞ」

烏谷は辛辣《しんらつ》な物言いをした。

葱焼きも烏谷の好物であった。これは青い部分まで斜め切りにした葱を鉢に入れて、調味の塩を加えて葱に潤いが出てくるまで待ち、少々の水で小麦粉をまとわせる。平たい鉄鍋で裏表をこんがり、カリカリになるまで焼く。

「まあ、葱の甘さがおやつにも肴にもなるという点ではたしかに似ています」

季蔵はさらりと躱《かわ》して、次には柚子牛酪《ゆずぎゅうらく》（柚子入りバター）に取り掛かった。

――牛酪は高価なだけではなく、ただでさえ入手がむずかしい。夏場になると牛酪はほとんど手に入らなくなるから、おそらくこれが冬場からの使い納めになるだろう――

柚子皮を綺麗に洗って、中の白いわたをとり、五日か七日ほどカラカラになるまで天日干した後、当たり鉢で当たって柚子粉に仕上げる。乾燥のさせ方が徹底していると一年は保存できる。

五

「何だ。それは？」

烏谷は季蔵が鉄で出来た大小の鯛型を取り出したのを見て身を乗り出した。

「三吉が世話になっている菓子屋嘉月屋《かげつや》の嘉助《かすけ》さんからいただいた鯛焼き器です」

「鯛焼き？ 聞いたことがない。ただしこれで型が丸ければ今川焼《いまがわや》きだな」

「嘉助さんの話では作って試しに配ってはみたものの、なぜか、神田今川橋の今川焼きほど好評を得られなかったそうです。それでこちらで何かの役に立てばとくださったのです」

「柳の下のドジョウ狙《ねら》いはとかく外れるものだ。いくら形が鯛でも焼けた小麦粉の色ではなあ――。鯛を模した菓子といえば、赤く色づけしたおめでたい砂糖菓子か、落雁《らくがん》と決まっておることだし」

「たしかに。でも、中身が餡ではなく本物の鯛だったらどうでしょう？」

季蔵は大小の鯛焼き器に小麦粉と卵を水で溶いた生地を流し、餡代わりに先ほどのほぐし身を挟んで焼いた。

焼き上がった大小の鯛焼きを目にした烏谷は、

「わかった、わかった、評判が良くなかった理由がわかったぞ」

うれしくてならない顔になって、

「これよ」

小ぶりの鯛焼きを裏返しにして、

「裏がただの小麦色で鯛の顔も鱗《うろこ》もないからだ。嘉月屋から鯛焼き器を作るよう任された職人は砂糖菓子や落雁の鯛型に倣《なら》った。これらはたいていが祝い事に使うものゆえ、表だけを見て愛《め》でるもの、見せない裏は顔や鱗がないのっぺらぼうでかまわない。だが、焼き上がるのを待っていて食べる菓子は、表も裏も鯛でなければしっくりこない」

「なるほど。さすがお奉行様、慧眼《けいがん》です」

季蔵は思ったことを口にして、

「まあ、このような気づきは奉行の仕事ではあるまいぞ」

烏谷がやや苛立った物言いをした時、

「北町奉行様、烏谷様はおられますか？」

蔵之進の声がして田端と共に店に入ってきた。二人とも目が赤い。

「酔いどれで帰っておき玖《く》に訊かれるままに、北町の田端殿と一触即発になったと洩《も》らしたところ、北、南に分かれてはいても同じ奉行所同心、いがみ合う理由などないとおき玖に叱《しか》られました」

蔵之進の言葉に、

「わたしも同じです。元は娘岡《おか》っ引《ぴ》きだった妻のお美代《みよ》に、南北の縄張り争いで調べがとばっちりを受け、そのせいでどれだけの悪党がまだ捕まらずにいるのか、考えたことがあるのかと言われました。同じ八丁堀《はっちょうぼり》同士、ここは力を合わせるべきだと反省し、伊沢殿に詫《わ》びようと役宅を出て――」

田端は常より感情の籠《こも》った物言いで返した。

「以心伝心、わたしも田端殿のところへ向かおうと家を出たところでした。辻《つじ》でばったり田端殿と会ってすぐに同じ目的だとわかったのです」

蔵之進はくすっと笑った

そんな田端に、

「わたしから伊沢殿に何かお役に立つことはないかとお訊《たず》ねするつもりでしたが――」

「これから再び南町奉行私邸を訪れて、先ほどよりもくわしく探したり、調べたりするつもりだから手伝ってほしいとお願いしました」

蔵之進が応えて、

「二人とも不思議にもあれだけの深酒が身体から消えていました。むしろ力が湧き出てきて、二人してびっしり贈答品が詰まった蔵を調べました。蔵には艾屋《もぐさや》にあったような船簞《ふなだん》笥《す》があり、開けると奥方が日々書き留めていた贈答の覚え書き、誰が何を送ってきたかが、〝南町奉行参り〟と名付けられて綴《と》じられていました。船簞笥に気づかれたのは田端殿です」

と続けた。

「艾屋仁五郎《じんごろう》の殺し帖《ちょう》は船簞笥にあったと松次から聞いていましたから」

田端が淡々と説明し終えたところで、

「これです」

蔵之進は南町奉行の奥方が記した贈答覚え書きの綴《つづ》りの束を烏谷に渡した。烏谷は古いものから順に帖を繰りその目が奥方の達筆を追った。

「今、我らが目をつけている者たちの名があるぞ。山形屋の元主重兵衛《じゅうべえ》、〝いつもの米俵〟、信濃屋の元主八右衛門《はちえもん》、〝いつもの味噌〟、これらは三月ごとに貰《もら》っている」

――昨日も山形屋と信濃屋から米と味噌が届けられていたから、新しい主たちも南町奉行参りを引き継いだのだろう。歌会は表向きで賄賂《わいろ》を贈って暗に目こぼし等、便宜《べんぎ》を図ってもらったのだろう――

季蔵は苦く思った。

「あと浅岡屋一右衛門からは四月に一度、たとえば〝春の夜桜裾模様《すそもよう》、京友禅《きょうゆうぜん》〟等あって、四季折々の絵模様を凝らした着物を貰っている。他に、大島紬《おおしまつむぎ》、男物、羽織袴《はおりはかま》とあったり、西陣帯《にしじんおび》とかもある。呉服は高価ゆえ、つい〝嬉《うれ》し〟とか、〝美し〟とか奥方の気持ちが書き添えられている」

――それで奥方は浅岡屋の跡継ぎの元太郎さんに対して、下にも置かない振る舞いだったのだな――

得心のいくところであった。

烏谷の指先は綴りを繰る速さを増していく。

「長崎屋《ながさきや》五平《ごへい》の父親の名がないのは、南町奉行に吉川殿が就かれる前に亡くなっているからだな。当然のことだが、長崎屋五平の名はわしが仲介してやったこの間の一度きりだ。〝戻り酒五樽《たる》とはなかなかの貢ぎ物〟と奥方は記している。五平はわしの顔を立ててくれたのだろう」

——誤って弟弟子が殺された真相を知ろうとさえしなければ、江戸と噺《はなし》が大好きな五平さんが歌会になど加わることはなかったはずだ——

〝下り酒とんぼ返りで上り酒〟という五平の川柳を季蔵は心に浮かべた。

「唐物屋《からものや》薩摩屋《さつまや》紳助《しんすけ》の名はない。薩摩屋は流行風邪禍でのしあがったよく出自もわからない男だから、無理もないと言えば言える。が、たとえ歌など何の興味もなくても、お咎《とが》めを緩めてくれる南町奉行の吉川殿に、すかさず、取り入っておこうとする方が自然だ。それから不思議でならないのはあれだけ欲まみれの艾屋仁五郎の名もない。これはまたわからぬことになった。そちたちはどう思う？」

烏谷は三人をやや厳しい眼差《まなざ》しで見据えた。

——わかっていたら申し上げていますよ——

蔵之進の目が季蔵に訴えてきている。

——弱った、困った——

田端はごほんとわざと重い咳《せき》をした。

「お奉行様が仲介した五平さんを除く全員、新旧の山形屋さん、信濃屋さん、浅岡屋さん、薩摩屋さん、艾屋さんの全員が関わる場所が他にあるのではないでしょうか？　おそらく歌会などではなく、誰もに便利だとか、必要だとかのモノが関わる場所です。ただし、それがどこなのかまではまだ、とても思いつきません」

季蔵の言葉に、

「なるほどな」

烏谷が頷くと、

「もしかしてあの奥方がどこぞの悪党と結んでいて、奥方とそやつが仕置屋の黒幕。昨夜は白狐の飴売り姿のそやつを奥方が導き入れ、殺し料の金子を南天の根元から、持ち帰るように仕組んだのではと思い過ぎていました。今までこれが繰り返されていたと――。ああでも、あの足跡は男にしては少々小さめでしたっけ」

蔵之進は頭を掻《か》き、

「わたしも伊沢殿とほぼ同じ考えでした。そして遠い親戚筋《しんせきすじ》から主になった山形屋、信濃屋が怪しいと睨んでいたのです。ただし山形屋、信濃屋の主が殺された各々の時、新しい主たちは、店の者たちに囲まれて夜鍋をしていたと言うので、これがどうにも打ち破れずにいたのです」

田端は珍しくため息をついた。

「そのことは新しい山形屋の主が信濃屋の元主殺しを頼み、新しい信濃屋は山形屋の元主殺しを頼めば崩れる」

烏谷は断じたものの、

「ただあの二人の様子を見ていて、顔は合わせたことがないように見えた。それゆえあのように笑顔で隠しつつ緊張していたのよな。とはいえこれだけであの二人の企《たくら》みを明々白々にすることはできない。取り換えの殺しを仲介した者こそ黒幕で、それは艾屋に違いないと思うが、その艾屋はいったい誰が殺した？　そやつが唐物屋薩摩屋紳助も殺したのだとは思うが、季蔵の言う通り、南町奉行私邸からはもう、これ以上は出てくるまい。ただし、南天の根元で何らかの取り引きがされていたことは確かで、あの歌会は仕置屋たちにとって何らかの役割は果たしていた。よいか、何としても南町奉行宅以外で全員が関わっている物か場所を探せ、いいなっ」

指示を与えると小さな方の鯛焼きにがぶりと嚙みついて、

「これはめでたい鯛餡入りよ。朝餉の代わりに食うがよい。何かわかったら南茅場町《みなみかやばちょう》のわしの家まで報《しら》せよっ」

九個ほど焼き上がっていた小さめの鯛焼きを季蔵に包ませて渡すと、二人を戸口へと追いたてた。

六

烏谷は、

「さあ、帰るぞ。早く特大鯛焼きを包め。もちろん柚子胡椒牛酪も忘れずにな。そちも来い」

季蔵を急《せ》かした。

「このわたしもでございましょうか？」

——お奉行がお涼《りょう》さんのところに帰るのはわかるが、どうしてわたしまで？——

「もしや——」

季蔵が戸惑いと不安を顔に出すと、

「実は瑠璃《るり》の具合がこの何日間かあまりよろしくない」

烏谷は慎重に案じる言葉を口にした。

「どのようにでございましょうか？」

季蔵は全身が固まりかけた。

瑠璃の心の病は食を細くしたり、眠りを浅くするので、時に身体にまで及ぶことがあるのだ。流行風邪禍の折も、罹《かか》らずに無事に済んだのが不思議なくらいだった。

「いつものあれだろうかとお涼は言っている」

いつものあれとは季蔵がお役目等をこなしていて悩んだり、その身に危険が迫った時、なぜか差し伸べられる瑠璃の救いの手、この時に限って輝く瑠璃の第六感の閃《ひらめ》きであった。お涼はこれをいつものあれとも瑠璃の愛証とも呼んでいた。

「いつものあれはわしが〝南町奉行吉川直輔《なおすけ》の屋敷で料理せよ〟とそちに命じた日から起きた。瑠璃は着物を裏返しに着て、帯も裏返しに締めるそうだ。何度、お涼が着直させても受け入れず、とうとう虎吉《とらきち》まで味方につけてその身に触らせなくなった。もちろん寝る時の浴衣も裏返しだ」

虎吉は元は迷い猫だったが、瑠璃のためには縄張りを超えて遠出をしても帰ることができたり、毒蛇にも立ち向かっていく。それで錆《さ》び猫の雌《めす》ではあったが飼い猫とする際に虎吉と命名された。

――瑠璃の敵だと見做《みな》せば、たとえ相手が餌《えさ》をくれるお涼さんであっても、虎吉は容赦しないだろう――

「モノ造りはしているのでしょうか?」

画《え》が好きな瑠璃は元々絵心が豊かであった。今の瑠璃はまだ絵筆を持つまでには恢復《かいふく》していないものの、一日の大半を紙や布で花や草木を作って暮らしている。瑠璃の心身の健康はこうした絵心の延長線上にある手芸に励めるか否かで周囲はほぼ判断できる。

「いや、ただこれを紙に書き続けているだけだ」

烏谷は胸元から瑠璃の書いた紙を出して季蔵に見せた。以下の平仮名が書き連ねられている。

もかるちてけさてけだくてれわみなるすよにろどともそいのみうほお

「書かないのは浅く眠っている時だけだ。起き出すと必ず書く。もう百枚近く書いた。今もきっと書いていることだろう。瑠璃を案じている虎吉もあまり寝ず、食べず弱ってきているとか」

「〝けだくて〟は〝けだかくて〟では？」

「それでは最後の〝うほお〟は獣か何かの叫び声か？」

二人は顔を見合わせて、

「わかりません」

季蔵は激しく首を横に振り、

「猫の言葉でないといいがな」

憮然《ぶぜん》としている烏谷はにこりともしなかった。

「とにかく参ります」

季蔵は素早く身支度すると、烏谷と共にお涼の家がある南茅場町へと向かった。

朝からよく晴れているというのに、常と変わらずきっちりと身仕舞して出迎えたお涼の顔は青ざめていた。

――虎吉だけではなく、お涼さんもろくに眠れていない様子だ。こうも瑠璃のことを案じていただき感謝の限りだ――

「ご心配をおかけしております」

季蔵は頭を下げると、お涼の方も、

「お待ちしておりました」

辞儀を返した後、

「とにかく、案じられて、案じられて。早く、早く」

季蔵と烏谷を瑠璃の居る二階へと急き立てた。

部屋には梅干しを添えた粥膳《かゆぜん》が置かれているが、手はつけられていない。虎吉の餌《えさ》の入った猫膳も同様である。布団はのべられたままであった。裏返しの浴衣を着た瑠璃が一心不乱に文机《ふづくえ》に向かっている。

書いているのは、〝もかるちてけさてけだくてれわみなるすよにろどともそいのみうほお〟である。平仮名が書かれた紙が部屋中の畳を埋め尽くしかけている。

――昨夜だけでさらに百枚は書いたはずだ――

季蔵は瑠璃の隣に控えている虎吉の方を見た。気がついた虎吉はにゃーっと鳴いた。

――虎吉も真から瑠璃を案じている。おそらく瑠璃がとことん大事だからだろう。一つ試してみるか――

季蔵は心で虎吉に話しかけた。

――〝もかるちてけさてけだくてれわみなるすよにろどともそいのみうほお〟、これが何であるかさえ解ければ瑠璃は元気になれる。〝もかるちてけさてけだくてれわみなるすよにろどともそいのみうほお〟を解いてくれ、お願いだ、虎吉――

ひたすら季蔵は虎吉に向けて繰り返した。

するとまた、にゃーっと虎吉が鳴いて瑠璃の元から離れた。平仮名が書かれて部屋の中に散らばっている紙を一枚ずつ、口に咥《くわ》えて一か所にまとめた。

「虎吉は片付けが上手です」

お涼が洩らすと、

「片付けなどより、謎を解いて貰いたいものだ。ま、猫では所詮無理か――」

烏谷が苦言じみた物言いをした。

すると虎吉はシャーッと抗議するかのような声で応え、あわてて季蔵は、

――みんな虎吉同様瑠璃の具合を案じているのだよ。それに虎吉の力も信じている。口は悪いが本心ではない、虎吉だけが頼りなのだ――

精一杯取りなした。

すると三度目のにゃーっが出て、虎吉は紙の一枚を口に咥えるとしばらく噛み続けてから、季蔵の膝《ひざ》の上に乗ってその紙をぽとりと畳の上に落とした。

拾い上げてみると以下のように虎吉の鋭い歯が立てられて、文字と文字の間に穴が開けられていた。

も・か・る・ち・て・け・さ・て・け・だ・く・て・れ・わ・み・な・る・す・よ・に・ろ・ど・と・も・そ・い・の・み・う・ほ・お

「何だ、これは？」

覗《のぞ》き込んだ烏谷を季蔵は自分の唇に人差し指を当てて黙らせた。虎吉を不快にさせてはならない。

――虎吉、ありがとう。わたしたちはおまえほど利口ではない。一つお手本を示してくれないか？――

にゃーっと虎吉は四度目の鳴き声を上げると、〝み・う・ほ・お〟の四文字を各々破れないよう嚙んで切り取ると、畳の上に〝お・ほ・う・み〟と並べ替えた。

「おほうみ、大海、これは――」

「わかったぞ」

烏谷がうれしげに唸《うな》った。

「わかりましたね」

「一字ずつ切り離して逆さに並べ替える。おい、鋏《はさみ》だ、鋏をここへ」

「はい、はい、只今《ただいま》」

こうして一字毎《ごと》に後ろから並べ替えてみると以下となった。

おほうみのいそもとどろによするなみわれてくだけてさけてちるかも

「平仮名ばかりではぴんと来ぬな」

烏谷は漢字を交えて横に書き足した。

大海の磯《いそ》もとどろに寄する波われて砕けて裂けて散るかも
「まさか、昨夜我らが吉川殿から教えられた源《みなもとの》実朝《さねとも》公の歌だったとはな。瑠璃は画や手仕事の他に歌も習っていたのか？」

烏谷に訊かれた季蔵は、

「聞いていません。瑠璃がこの歌を知っていたら逆さには伝えないはずですし」

と応えた後、

「まずは虎吉に礼を言ってください」

今後のことも考えて促した。

「ごめんなさいね、虎吉。おまえは季蔵さんと同じくらい、瑠璃さんのことを想っていてくれるのね。それでわたしたちには見えない、わからないことが見えたり、わかったりする。凄《すご》い、凄い、そしてありがとう、この通りよ」

お涼は虎吉に向けて手を合わせ、

「たかが猫だがされど猫よな」

烏谷はややわかりにくい褒《ほ》め方をして、

「猫には猫らしい褒美《ほうび》をとらせる。猫ならば好物の魚、それも高級魚の鯛の身が餡代わりに入った鯛焼きであるぞ」

と続け、季蔵は内心ひやりとしたが、虎吉はにゃ――っにゃ――っと〝わかった、わかった、まあ、いいだろう〟と言わんばかりに、二度長く伸ばして鳴き、得意げな顔になった。

七

「瑠璃っ」

季蔵は文机に駆け寄って、筆を手にしたまま崩れ落ちようとしていた瑠璃を抱き止めた。すでに気を失っている。

「まあ、大変」

お涼が布団の上に横たえられた瑠璃にそっと優しく夜着を着せかけた。

「医者だ、駕籠だ」

烏谷はどしどしと大きな音を立てて、階段を駆け下りた。

駕籠で早々に訪れた主治医はまずは脈を確かめて、

「速かった脈も元に戻っています。よかった、もう大丈夫。この病は思いばかりに身体が引きずられて、肝心の命が持ちこたえられなくなるのが一番危ないのです。やっと思いが切れたようなので、これからはゆっくりと身体を休めることができるはずです。何日も不眠気味だったでしょうから、これから一日近くはぐっすりとお眠りになるでしょうが心配は要りません。いずれ目覚めれば食も進むようになります。今は休息が何よりの薬です。目覚めたらまたお呼びください」

安堵の笑みを浮かべて帰って行った。

季蔵はそれからしばらくの間、眠り続ける瑠璃の手をとったまま傍に座っていた。

──命懸けでわたしを守ろうとしてくれたのだね、瑠璃。ありがとう──

たまらない切なさが季蔵の心を覆っている。

──けれども、瑠璃が伝えてくれたあの源実朝の歌とわたしとはどうつながるのだ？そのつながりがわかって、一連のことがつながらなければ、瑠璃にまたこのようなことが起きるのではないだろうか？──

季蔵はそっと瑠璃の口に自分の顔を近づけて、寝息の健やかさを確かめると、

──瑠璃とわたしのためにも真相を明らかにしなければならない──

足音を忍ばせて階段を下りた。

季蔵は座敷の隅に座った。茶を啜っていた烏谷は、

「瑠璃が示した実朝公の歌に一体どのような意味があるのだろうかのう？」

いきなり本題をぶつけてきた。

「お奉行はどう思われます？」

季蔵は返した。

「ごく当たり前に考えれば実朝公の歌を詠みあげたのは吉川殿ゆえ、あの夫婦が江戸仕置屋、黒幕ということになるが――」

「そうお信じになられますか？」

「そちはどう思う？」

今度は烏谷が返してきた。

「あの御夫妻は共に京風が好きだとはいえ、夫婦仲はよくはありません。悪事であっても組める相手ではないのでは？」

「京好みも夫婦仲の悪さも猿芝居だったという見方もあるぞ。実は蔵之進に頼んで流行風邪禍後、急に秩序を失った江戸の闇を一掃する勢いで究明するという、格別なお上の命をわしが受けたとのこちらの動きを南町奉行夫婦に伝えさせていた。もちろん真《まこと》ではないが、なに流行風邪禍の死者の数を偽るやり方に比べればこれは賞賛ものだ」

烏谷はにやりと笑った。

「たとえそうであったとしても、南天の根元の金子の一件は覆せません。南町奉行夫妻が仕置屋稼業の黒幕で、山形屋と信濃屋の新しい主とはすでに各々別々に見知っていて、頼まれた殺しを配下の艾屋に引き受けさせていたとしたら、艾屋の次は薩摩屋紳助ではなく、山形屋、信濃屋の新主の口を封じるはずです」

「それでは、誰がなぜ南天の根元に金子を置かせたのだ？　あの夫婦は殺し料だけでは物足りず、さらなる強請《ゆすり》を思いついたのでは？」

烏谷は猛然と反撃に出た。

——お奉行は死者数の偽りがまだ腹に据えかねているのだ——

「わたしはあの時全《すべ》てを見ていました。お奉行様のご推察によれば、奥方は夫婦喧嘩《げんか》をして見せた後、白狐の飴売り装束を着て盗人《ぬすっと》を装ったことになります。奥方の部屋と庭の南天は目と鼻の先、金子が目的ならばわざわざそんな真似をする必要は毛ほどもありません」

季蔵はきっぱりと言い切った。

「たしかに——な」

打って変わって烏谷が萎《しお》れていると、

「お邪魔いたします」

玄関から声が掛かった。

「わたしが出ます」

季蔵が急いで出ると蔵之進と田端が立っている。二人とも全速力で走り回っていた証に顔は汗にまみれて髷《まげ》が乱れていた。

「南町奉行の屋敷ではない集会処がわかりました」

田端は座敷に居る烏谷に聞こえるよう大きく声を張った。

「わかったかぁ」

烏谷が走り出てきた。

「これです」

田端は破った手控帖を烏谷に渡した。

「なるほど――」

得心した烏谷は季蔵にその走り書きを見せた。

「これは――」

季蔵は絶句した。

以下のように記されている。

薬種問屋良効堂《りようこうどう》〝薬草園、菜園講〟名簿より
浅岡屋一右衛門　御所望ヨモギギク
薩摩屋紳助　御所望ヨモギギク
信濃屋八右衛門　御所望ヨモギギク
長崎屋五平　御所望ヨモギギク
艾屋仁五郎　御所望ヨモギギク、伊吹《いぶき》もぐさ
山形屋重兵衛　御所望ヨモギギク

田端は説明をはじめた。

「周知の通り、開府以来連綿と続いてきた良効堂の薬草園は、そこにない有用草木はないとまで言われていて、多種多様の植物があります。ただし持ちこたえるのはむずかしいので火事に遭《あ》った時、お奉行からの助言で、〝薬草園、菜園の会〟を講と見做して人を募《つの》り、支え合うこととなりました。この講に入る者たちの特権は月に一度は希望の薬草または青物を得ることです。ヨモギギクは蝦夷地《えぞち》に自生しているものなので、入手がむずかしいのですが、薩摩等のクスノキから採る樟脳《しょうのう》よりずっと匂いが穏やかで効果はそれ以上にあるので、浅岡屋と薩摩屋は呉服や絨毯《じゅうたん》の虫よけ、後の信濃屋、長崎屋、艾屋、山形屋も荷物や長持《ながもち》用の防虫に用いるべく、良効堂のヨモギギクを所望していたとのことでした。良効堂では冬場は干したものを渡していたとのことです」

「それから――」

　ここからは蔵之進が続けた。

「艾屋の伊吹もぐさですが、これはその昔、三十六歌仙の一人藤原実方朝臣《ふじわらのさねかたあそん》が、『かくとだに　えやは伊吹の　さしも草　さしも知らじな　燃ゆる思ひを』と百人一首に入る典雅な恋歌を詠んだことから、最上のもぐさとされている物です。ここでの伊吹は美濃国《みののくに》（岐阜《ぎふ》県）と近江国《おうみのくに》（滋賀《しが》県）の国境にある山で、さしも草はもぐさの元になるヨモギで伊吹山に群生しています。但《ただ》し、良効堂の主は〝伊吹と呼んでいるものは、ずっと先祖から受け継いできたヨモギの一種で、幸いにも火事で焼けずに済んだ〟と話しているように、真にかの伊吹山のものであるかはわからないとのことでした。艾屋の奉公人たちの話では主仁五郎は月に一度、良効堂の主からこの伊吹山もぐさを渡されると、懸命に自分の庭で増やそうとしていたとのことです。上手《うま》くいけば、ただでさえ高いもぐさにさらなる箔《はく》がつくわけですからね」

ちなみにもぐさはヨモギの葉の裏にある纖毛《せんもう》を精製したもので、夏によく育ったヨモギの葉を採集し、陰干しして臼《うす》で搗《つ》き、篩《ふるい》にかける工程を繰り返す。ようは大変な手間をかけて作られるため、点灸《てんきゆう》用に使用される、不純物のない纖毛だけのもぐさでなくとも高値であった。

――その上、さらに伊吹山という箔がついたもぐさを売り出そうとは、さすが、殺し屋業も厭《いと》わない人並み外れた強欲ぶりだ。殺されてさえいなければ艾屋仁五郎が黒幕に違いないのだが――

季蔵は黒幕について何の見当もつかない自分を腹立たしく感じた。

一方、烏谷は二人を促して座らせると紙に以下の名を書いた。

浅岡屋一右衛門
長崎屋五平
南町奉行吉川直輔、妻女　律《りつ》
良効堂佐右衛門《さえもん》

──やはり良効堂さんまで──

「この中に黒幕が居る」

──揚《あが》り屋《や》に囚《とら》われていて、薩摩屋紳助殺しには関わっていない五平さんは外してもいいのでは──

季蔵の胸中を察した烏谷は、

「黒幕は一人とは言っていない。歌会や薬草園、菜園を通して密《ひそ》かに報せあってさえいれば、どこに居ても、足がつかないよう共謀して殺しは出来る」

突き放した物言いをした。

季蔵はこの時そっと蔵之進と田端の方を見た。二人とも首を傾《かし》げて押し黙っている。

──この四人に黒幕が絞られてもまだ、誰かという確証が摑めないとは──

重苦しい気配を縫って、虎吉がにゃーおとひときわ高く鳴きながら飛び込んできた。

八

「まあまあ、虎ちゃん、待って、待って」

厨《くりや》にいた様子のお涼が特大鯛焼きの大皿を持って、虎吉の後を追ってきた。

「旦那様のお言いつけで厨で虎吉に褒美をとらせようとしてたんですよ。なのに、虎吉ときたら、すぐに食べないで特大鯛焼きを咥えて裏返すんですよ。何度もね。途方に暮れかけていると虎吉が突然、厨を出てここへ──」

お涼は困惑顔でことの次第を口にした。

「虎吉、おまえはいったいこれが何だというの?」

お涼はため息をついて大皿を畳の上に置いた。

すると虎吉は待っていたかのように特大鯛焼きを咥えると、裏に返した。裏とはっきりわかるのは嘉月屋から貰い受けた鯛焼き器の片面は、鯛の顔や鱗が彫られていないのっぺらぼうだったからである。

——これはもしや——

季蔵は瑠璃が着物や帯を裏返しに着ているという烏谷の言葉を思い出した。

——瑠璃は浴衣さえも裏返しに着ていた。そして虎吉はこの特大鯛焼きを裏に返し続けている。それに源実朝の歌は後ろから詠まれていた。後ろからは裏ではないが前からを表と見做せば、裏だと言って言えなくはない。瑠璃も虎吉も今、わたしが直面していることには裏がある、表だけ見ないで裏を見よ、その真実に気づけと示し続けているのではないか? しかし、それはあまりといえばあまりに恐ろしい——

ここで虎吉がにゃーお、しゃーっと季蔵だけを見て鳴いた。親愛と威嚇の入り混じった鳴き声であった。

——そうだな、真のことから目を逸《そ》らしてはならぬな、虎吉——

立ち上がった季蔵は、

「これから府中《ふちゅう》まで行ってまいります。ここで証を摑めば真の黒幕がわかります」

そう告げて玄関へと向かった。

一度店に戻った季蔵は三吉に仕込み等の指示をすると、旅支度を調えて一路府中へと向かった。道中走るような早足を続けて夕刻前に府中へと入った。

――陽《ひ》が高い時季で助かった――

府中に入った季蔵は紅代と萩吉が眠っている大晃寺《だいこうじ》へと急いだ。

思った通り、大晃寺に人の気配はない。勝手口から厨に入ると干からびた青物が異臭を放っている。

「慶円様《けいえん》」

世話になった住職の名を呼んでみた。応えはやはりない。

墓地へと向かった。

紅代と萩吉が葬られた墓の前に立った。厨の青物同様、季蔵が元太郎と一緒に供えたベニバナが枯れたままになっている。季蔵はこれを片付け、咲いているベニバナを切って束ねて手向けることにした。

ベニバナの茂みには真っ黒な顔で腰が曲がり、籠《かご》を背負った老婆が居た。盛んにベニバナの花を摘み取って背籠に入れている。

「ベニバナで染めるとそりゃあ、いい赤に染まるんだよ、あんた、江戸から来た人？」

「ええ」

頷くと老婆はにっと屈託なく笑い、

「ここは廃寺のようですね」

季蔵は念を押した。

「いんや、去年までは慶円様がおいでだったんだが、いんようになってしもうてからはこの有様よ。おいでの頃は年に一度のくらやみ祭ん時は必ず、慶円様が世話をした孤児《みなしご》らが戻ってきたんだが、今年は来ねえようだった。代わりに旅芸人が来てね、おらと道でばったり会った。おらはくらやみ祭の日に芝居見物もねえだろうと思ったんだが、〝くらやみ祭の前の日から次の日まで一座を貸し切ったお大尽がいて、弔いと野辺送りの芝居をしてくれってことなんだよ〟って座長が言ってた」

江戸にそう遠くないせいか、老婆は話好きのようであった。

「弔いと野辺送りの芝居の舞台はここですか？」

「そこまでは聞いてねえ。くらやみ祭は前も後もここらのもんはてんやわんやだもんだから。出て行く時にも顔が合って〝まさか、本物の相対死の骸で芝居をさせられるとは思わなかったよ、正直、ちょっと気味が悪かった。おかげで飲みすぎちまった〟って、座長は悪酔いの後の青い顔してた」

この後も老婆は季蔵に訊かれることを期待しているようだったが、

「ありがとうございました」

礼を言って大晃寺を離れると代官所へと向かった。

相対死を検分した役人柳井《やない》三九郎《さんくろう》に会いたいと告げると、年齢の頃は五十歳後半でごま塩の髷、鶴《つる》のように痩《や》せた男が出てきて用向きをきいた。

「申し訳ございません、人違いでございました」

頭《こうべ》を深く垂れて詫《わ》びた季蔵は、

——浅岡屋では明日は正札の日、そして川開き。とにかく、急がなければ——

江戸市中への道をひた走った。

昼が過ぎた頃季蔵は日本橋本石町《にほんばしほんごくちょう》二丁目にある浅岡屋に着いた。浅岡屋の大きな店構えの前に女たちが数珠《じゅず》つなぎに並んでいる。

「さあさ、皆様、半期に一度の大売り出し、掛け値なしでございますよ、買った、買った、買ったぁ」

手代《てだい》たちが大声を張り上げている。ただし元太郎や泰助の姿はない。

——とかく、大店ともなるとこういう催しは若くて見た目がよく、気の利く手代たちを表に出して盛り上げるものだ。元太郎や泰助も夜鍋で値段を決める等の仕事に追われていたはずだ。人殺しなど朝飯前だが骸が出ては店の人気が落ちる連中。そうなったら困るので、半期に一度のぼろ儲《もう》けをまず優先させてその最中のどさくさ紛れに殺す。白昼、誰も知らない、誰にも悟られない殺し。だから、今は店にいないで奥に引いて病床の主の世話をしている？　このような日なら、誰も奥の主の病臥《びょうが》している部屋には近づかないだろうから——

季蔵は裏木戸へと回りかけて前を歩いている女の姿に気がついた。

——お秋《あき》さん——

お秋は母親が幼い時に亡くなった元太郎の乳母であった。

——お秋さんも仲間だった？——

季蔵は相手に気づかれないように間を取って歩いた。

お秋は裏木戸から入るとこぢんまりと建てられている茶室へと向かった。

——浅岡屋ほどの大店なら呉服商という商い柄、さまざまな趣味の大尽や大名等を茶室でもてなすこともあろうから、これほど露地に凝っても不思議はない——

茶室の周囲は露地と呼ばれる茶室だけの庭園である。利休《りきゅう》の侘茶《わびちゃ》趣味である、カシやヒサカキ、マツ等花や実の目立たない常緑広葉樹だけではなく、美観を重視したヤマモモ、ビワ等の果樹、香り高いモクセイやモッコクが植えられていた。

——助かった、これなら隠れられる——

そう思ったのは季蔵だけではなかった。お秋もまた、露地の木々の中に身を隠した。その後季蔵は茂みの外へ出て水屋近くまで木々の中を忍び歩きした。すでにお秋は水屋につながる裏手の出入り口に耳を当てている。

——この様子ではお秋さんは仲間ではない？　では、なぜここにいる？　何を探ろうとしている？——

季蔵は自信のある耳を澄ませた。茶室の中の声がぼそぼそと聞こえてくる。

〝何でよ、何でこんなとこで殺《や》らなきゃいけないのよ？〟

聞いたことのある声だったが咄嗟には思い出せなかった。

〝ここには恨みがあるからさ。おやじときたらここは偉い人たちが来るところだからって、子どもの俺に遊ばせてくれなかった。その上ビワもヤマモモもいで食べるとこを見つかると飯を抜かれた〟だからおやじもここも大嫌いだった。

〝あたしが吉原や雑穀がとことん嫌なのと同じだね〟

〝こんなとこ、俺が継いだらいの一番にぶっ壊してやるぜ〟

〝あたしもこっそり、吉原に火、付けようかな〟

〝そりゃいい。でもその前にこいつを何とかしないと、匕首《あいくち》と石見《いわみ》銀山《ぎんざん》、どっちがいいのやら――〟

〝そこのあんたのおやじは両方で殺ったから、そいつもそうしたら？〟

〝身代狙いで主に石見銀山を盛ったものの、なかなか死なず、焦《じ》れて脅しの文を出して川開きの日に殺すと告げて、その通りに匕首で主を刺し殺した奉公人。こいつが、見とがめた跡継ぎの俺も襲ってきて揉《も》み合った末、やむなく匕首が極悪人の胸に突き刺さってしまった。悪いのは全部泰助。俺は自分を守っただけで無罪放免って筋書きにしたい。この筋書きに石見銀山は使えない〟

〝血がどばーっと出て派手なのは匕首だもんね。花火が上がる川開きにはふさわしいよ〟

〝それじゃ、そうするか――〟

――泰助さんがあぶないっ――

茂みに隠れていた季蔵は立ち上がって一歩踏み出しかけたが、

〝ううっ、ど、ど、どうしてあたしのことを――ううっ、うううっ――〟

女の声が呻き声に変わって続いた。

〝いい潮時だよ、俺のためなら死ねるって、いつだったかおまえ、言ってたろ。たしかにおまえは色の道には長《た》けてるけどただそれだけだ。それにいくら婀娜《あだ》っぽくても、もう大年増《おおどしま》だ。そんな女にこれ以上、俺はつきまとわれたくない。よく尽くしてくれたがもううんざりなんだよ。苦しいかい？　痛むかい？　そんなら早く楽にしてやるよ、さあ、もう一突き〟

〝うわっうう――〟

ここで女の呻き声が止まった。

〝さてね〟

元太郎はしごく冷静であった。

〝泰助、おまえにもすっかり世話になったな。でもこの筋書きだとおまえは死んでも、主殺しと跡継ぎを殺しかけた罪を犯したと見做される。それですぐには殺さずに一服盛って縛り上げ、覚悟を決めて貰ってからここで殺すことにしたんだ。骸はいろんな悪党たちと同じ大きな墓穴の中さ。行先は地獄だなんて悲観することはないよ。人は死んだらおしまい。地獄も極楽もついでにあの世もないんだから。それと墓穴はこの女付きだ。こいつと一緒におまえが主殺しを企てたっていうことにしようと思ってる。この女の情夫《いろ》だったたっていうのは悪くない。いい女なんだから、ただし生きていればの話だが。さあ、はじめようか。縄は解かないよ、おまえが結構、浅岡屋ならではの正月恒例素人相撲《ずもう》で勝ち抜くのを見てきたからね。さあ、逃げろ、逃げろ、転がれ、転がれ〟

次には元太郎が泰助を追い回すどたどた響く足音と、荒縄と畳の擦れ合う音が続いた。

その音が途切れかけた時、水屋に続く戸口に居たお秋が動いた。戸を開けて飛び込んでいった。

——お秋さんも危ない——

季蔵も続いた。

茶室の中がすでにこと切れているお鍋の鮮血に染まっている。壁にもたれているのは、寝巻のまま蒼白《そうはく》な顔で胸から血を流している浅岡屋一右衛門であった。濃い血の匂いが充《み》ちている。

泰助は荒縄で縛り上げられた上、手拭《てぬぐい》で猿轡《さるぐつわ》を噛まされていた。この狭い中を必死に逃げ続けたせいで、顔中汗だらけで髷がざんばらになっている。

「何だ、お秋か。今、悪さをした泰助の折檻《せっかん》をしているところだ」

元太郎が匕首を振り上げたのとお秋が、

「やめてえ」

むしゃぶりついたのはほとんど同時であった。

元太郎の匕首がお秋の肩を掠《かす》りかけたその一瞬を季蔵は見逃さなかった。微妙に身体の均衡を外した元太郎の手首に、季蔵は素早く手刀を繰り出すと、元太郎は匕首を落とした。お秋が飛びついてそれを拾った。

「それで泰助さんを自由に」

季蔵の言葉にお秋は頷いた。

元太郎は季蔵に素手で立ち向かってきた。季蔵は躱さずに元太郎の身体を受け止めると、ずるずると外へ引きずっていき、何度も相手が動けなくなるまで地面に叩《たた》きつけた。

——こんなに恵まれた生まれと育ちなのに、どうしてこんな悪の道に逸れてしまったのか？——

季蔵がこれほど腹立たしいだけではなく、悲しい怒りを感じたのは初めてであった。

捕り方が来るまでの間に季蔵はお秋に、なぜここにいるのか、どうして茶室に飛び込んだのか尋ねた。

「大番頭の泰助さんが案じられたからです。泰助はあたしがお腹を痛めた子なのです」

「えっ。まさか父親は？」

「そうです。浅岡屋一右衛門です。お志乃《しの》お嬢様がこちらに嫁入りする前に、あたしは一右衛門に——。産まれた泰助は遠縁に預け、仕送りをしていました。ですからお嬢様の祝言の時に一右衛門の顔を見て、あたしは胆を潰しました。お嬢様に申し上げようかとも思いましたが、それではお嬢様が傷つくと思い、その時は黙っていました。そして、元太郎坊ちゃんが生まれ、お嬢様が亡くなりました。あたしは元太郎坊ちゃんをお世話しているうちに、泰助が恋しくてならなくなり、一右衛門には出自を隠して、奉公人として雇い入れてもらいました。母と名乗ることはできませんでしたが、毎日、泰助の顔を見ることができる、言葉を交わすことができることは本当に嬉しかったです。そのまま月日が流れました。最近、母親の勘でしょうか、泰助に何か悪いことが起きるように思えて、何度かこっそり庭から様子を窺《うかが》っていました」

「なるほど。母親の子を想う心ってすごいですね」

「そんな――。でも一度くらい、親らしいことをしたかっただけです」

お秋は涙ながらに話した。


浅岡屋を継いだ泰助はお秋を母として迎え入れた。

この後、縛についた元太郎は、

「どうせ打ち首なのに、責め詮議で痛く辛い思いはしたくないから全てを話す」

と言い、一部始終を話した。

それによれば元太郎は子どもの頃から厳しすぎる父親が怖く苦手であった。そんな父親への鬱屈《うっくつ》した気持ちが長じると反発に変わっていったが、面と向かってはっきりとした思いを伝えることはできなかった。むしろ、どうすれば父親が喜ぶか機嫌がよくなるかがわかるようになり、上手《うま》く立ち回れるようにさえなった。しかし、その分鬱屈の度合いは高くなり、いつしか、父親を殺す夢を見るようになったという。

「そんな時おとっつぁんがわからぬ頼み事をしているのを立ち聞きした。相手は唐物屋の薩摩屋紳助だった。二人で組んで毛織物売りを牛耳《ぎゅうじ》ろうという話だった。毛織物はずっと長崎から入ってくる南蛮《なんばん》ものばかりが売れていて、ここは長崎屋五平の独壇場だ、これをこちらに渡して貰うには長崎屋に死んでもらうほかはないと話していた。おとっつぁんは商いのためには人殺しまで頼むのかと呆《あき》れる一方、これは使えると思った。たまたま、おとっつぁんの代わりに信濃屋八右衛門からの招きで元遊女の妾《めかけ》を抱いたことがあった。それがむらさきだ。むらさきにこの話をすると、自分で出来ることがあれば手伝うと言ってくれた」

そこで元太郎はふと思い出したらしく、

「むらさきは艾屋仁五郎にも豪華膳の代わりに抱かれていた。すでに艾屋は殺し屋業も商いの裡《うち》にしていて、寝物語に、信濃屋八右衛門、山形屋重兵衛それぞれの身内が、今の主を殺して店を乗っ取ろうとしている話をした。しかも身内たちは当主殺しを頼むのではなく、山形屋の身内が信濃屋八右衛門を信濃屋の身内が山形屋重兵衛をという頼みなので、後で調べられても因果関係が摑めないという念の入れようだった。俺はこれを聞いた時、これからの仕置屋業はこれだ、これに限ると思った。本当に悪い奴かどうかを確かめて殺すなどという綺麗ごとは、前からありはしないと思っていたが全くその通りなのだ。そして流行風邪禍後の不景気がこれを加速させた」

仕置屋業を始めたきっかけについて話した。

「その後、艾屋はおとっつぁんと薩摩屋紳助の頼みで長崎屋五平を殺そうとしたが、間違って別の男を殺してしまった。弟弟子を殺された長崎屋は下手人を突きとめようと調べ始めた。そこで俺は艾屋に薩摩屋紳助を殺すよう頼みに行った。いずれは艾屋もおとっつぁんも殺すつもりだった。このまま仕置屋業が市中で栄え続ければ、必ずおとっつぁん、浅岡屋も薩摩屋も参入しかねないと思ったからだ。俺は自分が仕置屋業の頭になりたいと思ったのだ」

　この言葉を烏谷から聞かされた季蔵は、

──こんな幼い心の若者が市中の闇社会の頂点をめざして殺しを続けていたとは──

　愕然《がくぜん》とした。

　紅代と萩吉のことを訊かれた元太郎は、

「まあ、おとっつぁんにも多少の親心はあるとわかっていた。だから長い時と金をかけてあの芝居をした。大晃寺の住職も女たちも代官所の役人までも金で動かした旅芸人だよ。本物の住職は三月前絞め殺して寺の墓地に埋めた。あ、それから紅代に危害を加えそうな勢いで江戸から行った二人組もね。紅代とは何もない。あっちは俺のことなどろくに知らないはずだし。相対死を装わせて殺したのは店に帰りやすくするためもあったが、後々めんどうなことが起きないようにさ。面白いし、よく出来た芝居だと思う」

　笑顔さえ浮かべて締め括《くく》り、むらさきとのことについては、

「艾屋との寝物語に何と自分を重宝に使っている信濃屋八右衛門が殺されたとわかった時、

むらさきは狂喜乱舞していた。すっかり勢いづいた。それからはなかなかよく働いてくれたけど、あの様子だろう？　女郎になる前は市中の水茶屋で働いてて、それを知ってる顔と会うのはまずかった。あれだけ様子《や》が派手だと覚えられてた。もっとまずいのはいくら言っても、あの色気のふりまきを止めないことだった。俺が様子を探れと言ったら早速、ぱっとしない岡《おか》っ引《び》きの家に入り込むんだから。ああいうのはかえってこっちが探られるってこともあるのに。むらさきにとって色気は武器だったんだろうけど、年齢をとったらそれも通じないだろうから、殺してやったのを感謝してると思う。いいことをした」

大真面目《おおまじめ》に言ってのけた。

断るまでもなく元太郎は打ち首、獄門、山形屋、信濃屋の新しい主たちも死罪に処せられた。

良効堂佐右衛門は事件とは関わりがないとわかり、お構いなしとなった。

沢山の贈答品を受け取るだけではなく、流行風邪禍の死者数を誤魔化《ごまか》すなどして私利私欲に走った挙句、弱みをむらさきことお鍋に握られ、南天の根元に金子を置いておくばかりではなく歌会や屋敷が仕置屋稼業に便利に使われていた南町奉行吉川直輔とその妻律は公儀の手が入る前に自害して果てた。

その様子を聞いた烏谷は、

「友禅を纏《まと》った律殿の喉《のど》を吉川殿が突き、傍らで白装束の吉川殿が腹を切っていたそうだ。吉川殿はあのお方なりに、律殿を慈しんでおられたのだろう。だから長崎屋五平にあのような文を出したのだ。奥方の行き過ぎた所業を少しでも止めようとしてな。今はあの世でお二人とも歌三昧《ざんまい》の日々を送られていることだろう」

呟くように言った。

揚り屋の五平は晴れてお解き放ちとなり、季蔵は隠し持っていた紅水晶の守り龍を、鯛のなめろうと変わり造り、変わり天ぷらと共に長崎屋まで届けた。

鯛のなめろうは長葱、軸を取った青紫蘇《あおじそ》のみじん切りと、粗みじん切りの鯛の身を合わせてさらに包丁で叩き、味噌と酒、おろし生姜を加えて盛りつけて仕上げる。

変わりお造りの方は鯛の刺身に千切りにした塩昆布《しおこんぶ》と木の芽のみじん切りをのせ、胡麻油をたらーりとかけまわす。

変わり天ぷらは鯛皮焼き同様、塩、胡椒、少々の大蒜《にんにく》で下味した、一口大の鯛の身を衣をつけてからりと揚げ、柚子粉を混ぜた柚子煎り酒で食する。

五平からは以下のような返事が届いた。

諸々《もろもろ》ありがとうございます。鯛のなめろうは鋭い味で酒が進む鯵《あじ》のたたきとはまた別で、ふわりと包みこまれるような優しさが身に沁みました。

鯛の刺身に塩昆布、胡麻油、木の芽の組み合わせはまさに変わりお造りの面目躍如です。

変わり天ぷらは子どもたちに大人気です。

最後に一言。

囚《とら》われたのは苦労でしたが、凄い殺しの渦中にいたのだと思うと、背筋が寒くなりつつも、噺家《はなしか》魂に火がついたようにも思います。いずれ長い噺にしたいと思っています。

長崎屋五平

季蔵様

松次はまた常のように田端と共に塩梅屋を訪れるようになっている。松次にはお鍋のことを何も告げないでくれと田端は言い、しばらく松次はお鍋の話はしなかったが、

「あれだけの色香だと男が放《ほう》っておかねえだろうが。どこぞでまた、どっかの男と手をついでるんだろうさ。赤子でもできれば変わるかもしんねえし、まあ、ちょこっとだったが俺はいい思いをした、そう思うことにしたんだ」

意外に明るい表情で甘酒を啜った。

本格的な夏と烏谷が催す蔵での食べ物祭が近づいていた。

季蔵はその祭りの日、瑠璃が最も喜ぶものを食べさせたくて日々迷っている。

〈参考文献〉

『北斎漫画』　葛飾北斎画　国立国会図書館所蔵
『世渡風俗圖會』　清水晴風著　国立国会図書館所蔵
『風俗画報』　明治28年4月25日号
『江戸期料理人の記録』　海野岩美著（発行　新宿調理師専門学校出版部　発売　近代文藝社）
『人物叢書　藤原定家』　村山修一著（吉川弘文館）
『源氏将軍断絶　なぜ頼朝の血は三代で途絶えたか』　坂井孝一著（PHP新書）
『点と線』　松本清張著（新潮文庫）
『エッジウェア卿の死』　アガサ・クリスティー著、福島正実訳（ハヤカワ文庫）

本書は、時代小説文庫（ハルキ文庫）の書き下ろし作品です。

時代小説文庫
わ 1-55

焼《や》き天《てん》ぷら 料理人季蔵捕物控《りょうりにんとしぞうとりものひかえ》

著者 和田《わだ》はつ子《こ》

2021年6月18日第一刷発行

発行者 角川春樹

発行所 株式会社 角川春樹事務所
〒102-0074 東京都千代田区九段南2-1-30 イタリア文化会館

電話 03(3263)5247[編集] 03(3263)5881[営業]

印刷・製本 中央精版印刷株式会社

フォーマット・デザイン&シンボルマーク 芦澤泰偉

ISBN978-4-7584-4414-9 C0193

http://www.kadokawaharuki.co.jp/[営業]
fanmail@kadokawaharuki.co.jp[編集] ご意見・ご感想をお寄せください。

和田はつ子
雛の鮨
料理人季蔵捕物控

書き下ろし

日本橋にある料理屋「塩梅屋」の使用人・季蔵《としぞう》が、手に持つ刀を包丁に替えてから五年が過ぎた。料理人としての腕も上がってきたそんなある日、主人の長次郎が大川端に浮かんだ。奉行所は自殺ですまそうとするが、それに納得しない季蔵と長次郎の娘・おき玖は、下手人を上げる決意をするが……(「雛の鮨」)。主人の秘密が明らかにされる表題作他、江戸の四季を舞台に季蔵がさまざまな事件に立ち向かう全四篇。粋でいなせな捕物帖シリーズ、第一弾！

和田はつ子
悲桜餅《ひざくらもち》
料理人季蔵捕物控

書き下ろし

義理と人情が息づく日本橋・塩梅屋の二代目季蔵は、元武士だが、いまや料理の腕も上達し、季節ごとに、常連客たちの舌を楽しませている。が、そんな季蔵には大きな悩みがあった。命の恩人である先代の裏稼業〝隠れ者〟の仕事を正式に継ぐべきかどうか、だ。だがそんな折、季蔵の元許嫁・瑠璃が養生先で命を狙われる……。料理人季蔵が、様々な事件に立ち向かう、書き下ろしシリーズ第二弾！